Prologue

« Il va le payer. »

Tout est parti de cette petite phrase. Le genre de choses que tu dis à propos du mec qui vient de te briser le cœur. Tu es blessée et en colère, et tu ne rêves que d'une chose : te venger.

Évidemment, ça ne veut pas dire que tu vas le faire. Tu as beau rêver d'une vengeance terrible, tu es quelqu'un de bien. Jamais tu ne passeras à l'acte. Pourtant, le simple fait de *songer* à la vengeance peut te conduire dans des zones troubles. Parfois jusqu'au meurtre. Cinq filles l'ont appris à leurs dépens.

Autrement dit : attention à ce que tu souhaites, car ton vœu pourrait bien être exaucé.

* * *

Dans une salle du lycée de la petite ville de Beacon Heights, une trentaine d'adolescents étaient assis dans l'obscurité, les yeux rivés sur un écran. Le mot *Fin* s'affiche. Ils venaient de visionner *Dix petits nègres*, un vieux film en noir et blanc qui parle de justice, de châtiment et de meurtre. Ces élèves de terminale avaient la chance d'assister au prestigieux cours de cinéma de M. Granger, la coqueluche des élèves – et en particulier des filles.

Avec un sourire témoignant clairement de sa haute opinion de lui-même, il alluma la lumière.

— Étonnant, non ?

Sans attendre la réponse, il divisa la classe en plusieurs petits groupes, avant d'annoncer :

— Sujet de la discussion : de quoi traite ce film, selon vous ? Cela vous permettra de trouver des idées pour la prochaine dissertation.

À chaque nouveau film, M. Granger donnait un devoir. À première vue, cela pouvait paraître facile. Mais, en réalité, il était très exigeant et notait sévèrement, comme tous les professeurs de cet établissement ultra-compétitif. Choisir le bon groupe de discussion était donc capital pour préparer la dissertation.

Au fond de la salle, Julie Redding, la fille la plus populaire du lycée, était assise parmi un groupe d'élèves qu'elle connaissait à peine. Il y avait Mackenzie Wright, violoncelliste surdouée, dont on disait même qu'elle s'était produite avec Yo-Yo Ma ; la sublime Ava Jalali, mannequin depuis toujours, qui déjà avait eu sa photo dans *Glamour* ; Caitlin Martell-Lewis, star du foot, aussi agitée qu'un lion en cage. À côté de Julie se trouvait la seule personne qu'elle connaissait bien : Parker Duvall, sa meilleure amie, dont la caractéristique principale, ces derniers temps, était d'être passée d'hyper populaire à paria.

À cette époque-là, ces filles se fréquentaient peu. Mais cela devait bientôt changer.

Au début, elles discutèrent du film. Celui-ci parlait du fait de punir par la mort les gens qui avaient commis des choses atroces et posait la question : s'agissait-il d'un châtiment, ou d'un meurtre ?

Contre toute attente, Parker prit soudain la parole :

— Je sais que c'est un peu tordu, lâcha-t-elle à voix basse. Mais j'ai trouvé que le justicier avait raison. Certaines personnes méritent d'être punies.

Durant quelques secondes, un silence choqué régna. Mais Julie intervint rapidement, toujours prompte à prendre la défense de Parker :

— C'est vrai. Je veux dire... je connais des gens qui méritent d'être punis. Pour moi, le premier sur la liste serait le père de Parker. Le juge l'a libéré trop vite.

Julie haïssait cet homme à cause de ce qu'il avait fait à sa fille. Le visage de Parker portait encore les cicatrices de ce qui s'était passé cette nuit-là, ce moment terrible où sa vie avait basculé. Elle n'était désormais plus qu'un être à part, une silhouette abîmée, un fantôme. Au lieu de chercher à regagner l'amitié des uns et des autres, elle avait fait le vide autour d'elle. Peut-être était-ce plus simple de se cacher que de montrer à quel point elle était brisée ?

D'un signe de tête, Parker approuva les mots de son amie. Julie lui pressa la main en signe de soutien, sachant à quel point il était difficile pour elle de parler de son père.

— Et pourquoi pas Ashley Ferguson ? enchaîna Parker.

Julie se rembrunit. Ashley était une élève de première qui passait son temps à la copier : non seulement elle s'habillait comme elle, mais elle était même allée jusqu'à se teindre les cheveux de la même couleur. Flippant.

Les autres filles bougèrent sur leur chaise, mal à l'aise, ne sachant pas très bien où cette discussion les menaient. En même temps, elles ne voulaient pas donner l'impression d'avoir peur. À Beacon, il fallait savoir prendre des risques, sinon on était vite considéré comme minable.

Mackenzie s'éclaircit la gorge.

— En ce qui me concerne, je dirais Claire.

— Claire Coldwell ? s'exclama Ava en écarquillant les yeux.

La stupeur se lisait aussi sur les autres visages : elles étaient censées être les meilleures amies du monde. Mackenzie se contenta d'acquiescer avec un haussement d'épaules. Julie la dévisagea sans un mot. Elle avait sûrement ses raisons, songea-t-elle. Tout le monde a ses secrets.

Ava posa ses mains à plat sur la table et déclara :

— Moi, ce serait la nouvelle femme de mon père, Leslie. Elle est atroce.

— Et quel plan imagineriez-vous ? poursuivit Parker à voix basse en se penchant au-dessus de la table. Pour Ashley, je sais : elle pourrait tout à fait glisser dans sa douche et se fracasser le crâne. Et pour vous, ça serait quoi le crime parfait ?

Ses yeux passaient de l'une à l'autre, questionnant chaque visage. L'air concentré, Ava fronça les sourcils.

— Leslie est tout le temps saoule, énonça-t-elle lentement. Elle pourrait peut-être tomber du balcon après avoir descendu sa bouteille de vin quotidienne ?

Parker se tourna vers Mackenzie.

— Et toi ? Comment tu te débarrasserais de Claire ?

— Euh… Un accident ? Elle pourrait être renversée par une voiture, dont le conducteur s'enfuirait…

D'un geste nerveux, elle attrapa sa bouteille d'eau et avala une gorgée, avant de lancer un coup d'œil autour d'elle. Claire se trouvait dans la salle, mais elle ne semblait pas prêter attention à leur groupe. Assis à son bureau, M. Granger, lui, les observait. Lorsqu'elle croisa son regard, il sourit avant de baisser les yeux sur son bloc-notes jaune – celui qu'il avait toujours avec lui.

— Le père de Parker pourrait se faire tabasser dans la cour de la prison, suggéra Julie d'une petite voix. Ça arrive tout le temps, non ?

Caitlin, qui n'avait pas encore ouvert la bouche, rapprocha sa chaise.

— Vous savez de qui je rêverais de me débarrasser ? lança-t-elle soudain.

Avant de poursuivre, elle balaya la salle des yeux, s'attardant sur les élèves du premier groupe, puis sur M. Granger, avant de se poser sur un type du troisième groupe. Le gars le plus sexy de la classe. Tandis qu'il fronçait les sourcils, un sourire cruel flotta sur sa sublime bouche.

Nolan Hotchkiss.

— Lui, souffla Caitlin, la mine sombre.

Les filles retinrent aussitôt leur souffle, tétanisées. La raison pour laquelle Caitlin le haïssait était connue de tous : à force d'être tyrannisé par Nolan, son frère Taylor avait craqué et s'était suicidé.

En quelques secondes, une colère sourde étreignit le cœur des filles. Elles avaient toutes des raisons de lui en vouloir. Il avait lancé des sales rumeurs sur Ava quand elle l'avait quitté, l'année précédente. Quant à Mackenzie, elle se rappela avec honte comment, après l'avoir séduite, il avait montré à ses copains des photos d'elle très compromettantes. Julie et Parker, elles, le détestaient pour la même raison : s'il n'avait pas drogué Parker, cette nuit-là, peut-être que son père ne l'aurait pas frappée avec une telle violence. Et elle serait encore la jeune fille d'avant : gaie, heureuse et pleine de vie.

Toutes partageaient sans l'ombre d'un doute le même avis : sans Nolan, la vie serait plus douce. Mais cette pensée était dangereuse. Il était si nuisible qu'il pouvait démolir n'importe qui d'un simple claquement de doigts. Et il ne s'en était jamais privé.

— Comment vous feriez ? Je veux dire, pour le tuer… demanda Ava, les yeux baissés.

C'est ainsi qu'elles commencèrent à en parler. Elles imaginèrent utiliser du cyanure, comme dans les vieux films. Pas question de passer à l'acte, bien sûr, elles se contentaient de rêver. Mais, à force de discuter, elles eurent l'idée de lui jouer un tour : elles verseraient de l'Oxy – sa drogue préférée – dans sa bière, et, une fois qu'il serait stone, elles écriraient au marqueur les horreurs dont il était coupable sur son visage et mettraient les photos en ligne. À son tour d'être humilié !

Tandis qu'elles détaillaient leur plan, Nolan regarda dans leur direction. Il les dévisagea rapidement avant de lever les yeux au ciel et de retourner à son groupe. Sans se douter de quoi que ce soit.

Une semaine plus tard, il était mort. Empoisonné au cyanure. Comme elles l'avaient imaginé.

Après son décès, elles s'appelèrent longuement. Leurs chuchotements trahissaient leur panique. Que s'était-il passé ? C'était juste une blague : un malheureux comprimé d'Oxy et quelques bêtises écrites au marqueur. Comment avait-il pu se retrouver avec du *cyanure* dans le sang ? Elles n'étaient pour rien dans tout ça, se répétèrent-elles à tour de rôle. Elles étaient des gentilles filles. Pas des meurtrières.

Pourtant, une question les taraudait : quelqu'un avait-il pu entendre leur plan et le mettre à exécution ? Pour le coup, c'était vraiment le crime parfait : Nolan était mort, et elles étaient les coupables idéales.

Au début, elles avaient soupçonné M. Granger. Ne les avait-il pas, pendant le cours, observées avec attention ? Mais quand il fut, lui aussi, retrouvé mort, ce fut retour à la case départ. Qui était l'assassin ? Jusqu'où irait-il ? Quels étaient les autres noms sur sa liste ?

Et si la prochaine était l'une d'elles ?

Chapitre un

Devant le commissariat de Beacon, Mackenzie contemplait le trottoir d'un air absent. Le ciel était sombre, un orage menaçait. Six fourgonnettes étaient stationnées sur le parking. Les autres filles du cours de cinéma étaient déjà parties, seules ou avec leurs parents. Les siens allaient arriver d'une minute à l'autre.

Au même instant, leur voiture apparut au bout de la rue, comme s'ils avaient lu dans ses pensées. Mac sentit son ventre se nouer. Elle n'osait même pas imaginer leur réaction lorsqu'ils avaient appris, par un coup de fil de la police, qu'elle était entrée par effraction dans la maison de son professeur. Et que, la même nuit, celui-ci avait été poignardé à mort. Ce qui faisait d'elle, Mackenzie Wright, premier violoncelle dans l'orchestre du lycée, la suspecte d'un meurtre.

La voiture s'arrêta et sa mère se rua hors du véhicule pour prendre sa fille dans ses bras.

— Ma chérie, comment ça va ? lui demanda-t-elle d'une voix étranglée.

— Ça va…

Son père les rejoignit.

— Mais c'est quoi, cette histoire, Mac ? La police nous a dit que tu t'étais *introduite* dans une maison ? Et qu'il y avait eu un *meurtre* ? Bon sang, mais qu'est-ce qui se passe dans cette ville ?

Après une profonde inspiration, Mac prononça les mots qu'elle se répétait en boucle depuis un quart d'heure :

— C'est un énorme malentendu. Mes amies et moi, on pensait avoir des renseignements sur la mort de Nolan Hotchkiss et on voulait les donner à la police. C'est pour ça qu'on est venues au commissariat. Et puis… les choses se sont compliquées.

Son père fronça les sourcils.

— Mais tu es vraiment entrée par effraction chez ton professeur, ou pas ?

Mac avala sa salive avec difficulté : c'était exactement la question qu'elle redoutait.

— On croyait qu'il était là. La porte était ouverte. Et on voulait lui poser des questions à propos du meurtre.

Elle baissa les yeux. Comme tout le monde à Beacon, ses parents connaissaient le nom de Nolan depuis longtemps, car les Hotchkiss étaient riches et influents. Ce qu'ils ignoraient, en revanche, c'est qu'elle était sortie avec Nolan. Ses attentions avaient mis du sel dans sa vie et, grâce à lui, elle s'était épanouie. Et quand il lui avait demandé de se prendre en photo, elle avait aussitôt accepté. Elle avait posé derrière son violoncelle et lui avait envoyé les images.

Elle n'avait compris qu'après qu'il s'agissait d'un pari. Lorsqu'il était passé la voir avec ses amis, qui hurlaient de rire dans la voiture en lui jetant de l'argent. Le cauchemar. L'humiliation absolue. Mais le pire était que, à la mort de Nolan, la police avait trouvé ces photos sur son portable et considéré que cela pouvait être un mobile.

Même si pour l'instant ils n'avaient pas de preuve, la situation était inconfortable.

C'était la raison pour laquelle elle s'était rendue avec ses amies dans la maison de Granger : pour essayer d'effacer leurs noms. Elles savaient que Nolan avait des infos très compromettantes sur Granger et qu'il le faisait chanter, et pensaient que le professeur l'avait peut-être tué pour l'empêcher de parler.

— Tu croyais sincèrement que M. Granger pouvait être mêlé à la mort de Nolan ? demanda sa mère. C'était quel genre d'individu ?

— Pas un type bien, c'est sûr.

Elle frémit en se rappelant son comportement avec certaines de ses élèves. C'était ça, les fameuses infos de Nolan. Elles l'avaient compris en trouvant le message menaçant qu'il avait laissé sur le portable de Granger.

Après avoir fouillé sa maison et trouvé les preuves, elles s'étaient rendues au commissariat. Mais elles n'avaient pas reçu l'accueil qu'elles imaginaient. Granger était mort peu après leur départ. Le petit ami d'Ava – ou, plutôt, son ex – les avait vues quitter la maison du professeur et avait prévenu la police.

La discussion troublante que Mac venait d'avoir avec ses amies lui revint en tête. « Granger a-t-il vraiment tué Nolan ? Ou bien celui qui a tué Nolan a-t-il aussi assassiné Granger, en faisant croire que c'est nous ? » avait demandé Caitlin. Personne ne connaissait la réponse.

Son père passa son bras autour de ses épaules et l'attira contre lui, la ramenant à la réalité.

— Nous avons confiance en toi et nous te croyons, affirma-t-il tendrement. Je te promets qu'on va arranger tout ça. J'ai déjà appelé un ami avocat. Je regrette juste que tu sois mêlée à cette histoire, ça gâche la bonne nouvelle.

Mac eut besoin de quelques instants pour se rappeler ce à quoi son père faisait allusion : elle avait réussi le concours d'entrée à la Juilliard School de New York. Pour l'instant, c'était encore officieux. Elle avait eu l'info par une amie de sa mère qui travaillait au bureau des admissions et l'avait appelée, deux jours plus tôt, pour la lui annoncer. Ils n'avaient même pas encore eu la possibilité de fêter ça. Cela dit, Mac n'avait pas vraiment le cœur à se réjouir depuis qu'elle savait que Claire Coldwell avait aussi été admise.

Son père lui ouvrit la portière arrière.

— Ce qui compte, c'est que tu sois là, saine et sauve. Tu aurais très bien pu te retrouver nez à nez avec un psychopathe, son couteau à la main…

— Je sais…, marmonna-t-elle. Je suis désolée.

Au moment où elle prononça ces paroles, une pensée lui traversa la tête : si elles étaient restées un peu plus longtemps près de la maison de Granger, à une distance raisonnable, elles auraient pu voir l'assassin s'introduire dans la maison et le reconnaître.

Avec un soupir, elle s'installa sur la banquette arrière, à côté de sa petite sœur. Sierra la dévisagea d'un air craintif, comme si elle avait peur d'elle. Les yeux droit devant elle, Mac fit semblant de ne rien remarquer. Mais lorsqu'elle entendit le nom de Nolan à la radio, elle sursauta. « La police mène toujours l'enquête pour trouver la personne qui a tué Nolan Hotchkiss dans la nuit du… »

— Ça suffit avec cette histoire ! s'exclama sa mère en sélectionnant une station de musique classique qui diffusait une symphonie de Beethoven.

Plus un mot ne fut prononcé durant le reste du trajet.

Mac laissa sa tête aller contre la banquette et ferma les paupières, épuisée. Une fois arrivée, Mme Wright brisa le silence en s'éclaircissant la gorge avant de lâcher :

— On dirait que tu as de la visite, Mackenzie.

Elle ouvrit aussitôt les yeux. La première image qui lui vint à l'esprit fut celle de Claire, son ex-meilleure amie. Aussitôt, un sentiment d'effroi la gagna : Claire avait essayé de saboter son audition et, après ça, Mac n'avait plus voulu entendre parler d'elle. À présent, la perspective de se retrouver avec elle durant les quatre prochaines années, dans cette fameuse école dont elles rêvaient l'une et l'autre, lui faisait l'effet d'une mauvaise blague.

Mais ça n'était pas Claire dans la véranda. C'était le petit ami de son ancienne amie, Blake. Le garçon que Mac aimait en secret depuis des années.

En entendant la portière claquer, il releva la tête. Son visage était triste et ses yeux semblaient guetter quelque chose. Il ouvrit la bouche, puis la referma, sans émettre un son, la mine encore plus sombre. Mac sentit son cœur se serrer. Les yeux bleus de Blake et ses cheveux en pagaille continuaient de la chavirer. Et il paraissait si malheureux…

Tout à coup, elle remarqua qu'il avait quelque chose sur les genoux. Une boîte en carton qui venait de la pâtisserie de sa sœur, et une enveloppe. Un souvenir jaillit dans la tête de Mac : pas plus tard que la semaine précédente, elle avait rejoint Blake dans cette pâtisserie, pour l'aider à répéter les chansons de son album. Cela lui semblait être à des années-lumière. En réalité, elle avait pris ses distances avec Blake quand Claire était sortie avec lui – tout en connaissant parfaitement les sentiments de Mac pour lui. Pourtant, ce jour-là, dans la pâtisserie, ils s'étaient instantanément retrouvés. Comme au bon vieux temps.

Enfin, en plus… intime. Elle ferma les yeux, submergée par le souvenir de ses lèvres sur les siennes. Elle s'était sentie à la fois si mal et si bien.

La seconde d'après, son cœur se ferma et elle se raidit en se rappelant l'instant où elle l'avait revu, au même endroit, quelques jours plus tard, juste après l'audition : il tenait Claire par la main. *J'ai dit à Blake de traîner avec toi*, avait lancé Claire. *Je savais que tu laisserais tout tomber. Même ta préparation à l'audition*. Puis, après avoir dévisagé Mac, les yeux pleins de haine et de colère, elle avait ajouté : *Et on n'a pas du tout rompu. On est même plus proches que jamais.* Quand Mac avait demandé à Blake si c'était vrai, il n'avait pas été capable de la regarder en face. Ses paupières baissées et son air coupable étaient suffisamment éloquents.

Sortant de sa torpeur, elle fit demi-tour et suivit ses parents dans le garage pour aller dans la maison.

— Je n'ai rien à te dire, lança-t-elle à Blake.

Il se précipita derrière elle.

— Je suis désolé, Macks. Sincèrement.

Elle s'arrêta un instant. Sans s'en rendre compte, elle dut laisser échapper un soupir ou un gémissement, car sa mère lui saisit le bras d'un air inquiet :

— Ça va ma chérie ?

— Ouais, répondit-elle d'une voix faible.

Sa mère n'était pas au courant de ce qui s'était passé avec Claire et Blake. Pour la rassurer, elle s'efforça de sourire.

— Vas-y, je vous rejoins tout de suite.

— OK, mais ne tarde pas trop, observa sa mère en lançant un coup d'œil prudent à Blake avant d'entrer dans la maison.

Mac se tourna vers lui, sans un mot. Il avança sa main pour la toucher, mais elle recula vivement.

— Écoute-moi, je t'en supplie..., commença-t-il.
— Je ne veux pas t'écouter, coupa-t-elle d'un air las.
Il insista :
— C'est vrai que Claire m'a demandé de te déconcentrer...
Il s'interrompit un instant avant de poursuivre :
— Mais dès que j'ai compris ce que tu ressentais, et crois-moi c'était réciproque, j'ai voulu arrêter. C'est toi qui as toujours compté pour moi, toi que j'ai toujours voulue. Je n'avais pas l'intention de te blesser, et je m'en veux énormément. Pour tout.
— Ça ne t'a pas empêché de mettre le plan à exécution.
Blake avait prévenu Claire que Mac projetait d'interpréter Tchaïkovski, pour qu'elle puisse répéter le même morceau et le jouer en premier, lors de l'audition. Il avait aussi pour mission de détourner Mac de son travail, de la distraire avant l'examen le plus important de sa vie.
— Tu as failli tout gâcher.
— Je sais, je me suis conduit comme un salaud...
Il donna un coup de pied dans un caillou qui traînait avant d'ajouter :
— Je voulais quand même que tu le saches : j'ai rompu avec elle. Pour de bon, cette fois. J'aimerais être avec toi... si tu veux bien de moi.
Ces derniers jours, dans les moments les plus sombres, elle avait souvent rêvé d'une scène pareille, où Blake la supplierait à genoux de lui pardonner. Mais maintenant que c'était le cas, elle n'arrivait même pas à s'en réjouir. Elle se contentait de le regarder d'un air stupéfait. Après l'avoir trahie, il avait le culot de lui proposer de sortir avec lui !
— Tiens, dit-il d'un air crispé en lui tendant la boîte et l'enveloppe. C'est pour toi.

À la manière dont il restait immobile, elle comprit qu'il ne partirait pas avant qu'elle n'ait ouvert. Elle souleva le couvercle et vit un cupcake sur lequel était dessiné un violoncelle en perles argentées. Le glaçage était peu soigné ; à l'évidence, il l'avait fait lui-même. Elle se le représenta aux prises avec le robot ménager, puis en train de vérifier la cuisson, et enfin de disposer soigneusement les perles sur le glaçage.

— Félicitations pour Juilliard, dit-il doucement. Je suis vraiment fier de toi.

Elle redressa vivement la tête.

— Comment sais-tu que j'ai été acceptée ?

Il fronça les sourcils, honteux comme un gamin surpris en plein mensonge. Aussitôt, elle comprit : Claire le lui avait dit. Ce qui signifiait qu'ils continuaient à se parler.

— C'est la dernière chose que Claire m'a dite avant qu'on se sépare, expliqua-t-il précipitamment, comme s'il avait lu dans ses pensées. C'est génial, Mac ! Tu le mérites tellement.

Il s'approcha d'elle et murmura :

— Comment je peux me faire pardonner ? Est-ce qu'il y a une chance, même minuscule ?

Elle sentit les larmes lui monter aux yeux. Quelques jours plus tôt, elle aurait tout donné pour entendre ces mots. Qu'il voulait être avec elle. Qu'il l'avait choisie, elle. Pendant des années, il avait été son idéal. Celui dont elle rêvait chaque nuit.

À présent, il était tombé de son piédestal. Il n'était plus qu'un traître.

Elle rabattit le couvercle de la boîte.

— Aucune chance, répliqua-t-elle en se dirigeant vers la maison après avoir pris l'enveloppe cachetée.

En fermant la porte, elle abandonna tous ses souvenirs, ses espoirs et ses projets avec Blake.

Chapitre deux

— Julie ! lança la voix éraillée, de l'autre côté de la porte de la chambre.

Julie roula sur le dos et remonta la couette par-dessus sa tête pour tenter de se rendormir. Ce lundi matin, plus qu'un autre, elle n'avait aucune envie de se lever.

Il y eut quelques minutes de silence, puis de nouveau on l'appela.

Le ton s'était fait plus pressant, cette fois. Avec un soupir agacé, Julie rejeta sa couette et s'assit dans son lit. Les rayons du soleil passaient au travers des rideaux et illuminaient la chambre tandis que, par la fenêtre entrouverte, résonnait le chant des oiseaux. Une douce brise lui balaya le visage. Malgré ce jour qui s'annonçait beau et lumineux, elle se sentait sombre, déprimée. Elle entendait les miaulements incessants des chats qui griffaient sa porte – des dizaines de chats. Et derrière, la voix désespérée de sa mère.

— Julie !

À contrecœur, elle se leva et traversa la chambre, passant devant le lit jumeau où dormait généralement Parker, sa meilleure amie. Sauf qu'une fois de plus elle n'était pas venue la veille au soir. Julie tourna la poignée de la porte – la frontière entre son monde et celui de sa mère, le seul rempart contre la folie qui régnait dans cette maison. Dès qu'elle ouvrit, elle fut aussitôt assaillie par l'odeur répugnante des assiettes sales entassées çà et là, des piles de journaux moisis, des boîtes de nourriture pour chats vides et des vêtements humides éparpillés un peu partout. Elle eut un haut-le-cœur.

— Qu'est-ce qu'il y a ? grogna-t-elle en direction de sa mère qui se tenait dans le couloir.

Une forte culpabilité l'envahit en voyant son visage rouge se décomposer, mais elle la chassa rapidement. Avec tout ce qui s'était passé ces derniers jours, gérer sa mère était au-dessus de ses forces. Elle se frotta le visage avec ses paumes pour essayer de retrouver ses esprits et se mettre en mode zen. Sans succès. Tout juste parvint-elle à paraître calme. Du moins en apparence. Elle respira profondément à trois reprises.

— Oui, maman ? corrigea-t-elle d'une voix neutre et maîtrisée.

Mme Redding écarta une mèche de cheveux gras qui tombait devant ses yeux.

— Comme tu es déjà en retard pour l'école, va me chercher du Sprite light et un sac de litière pour les chats, aboya-t-elle.

Julie se raidit instantanément.

— Impossible. Je ne veux plus mettre les pieds dehors.

— Et pourquoi ?

Julie détourna le regard. *À cause de toi, justement. Et d'un foutu mail que quelqu'un a envoyé à tous les élèves à ton sujet.*

Elle n'avait aucun mal à se représenter la tête des élèves de sa classe lorsqu'ils avaient lu le message d'Ashley

Ferguson et elle imaginait les charmants surnoms inscrits sur son casier…

Impossible, dans ces conditions, de retourner au lycée. Même si cela lui coûtait, elle était bien obligée d'admettre qu'Ashley avait détrôné Nolan en matière de vengeance sadique. À propos de Nolan… Un frisson la traversa lorsqu'elle se rappela soudain qu'il y avait *aussi* cette fichue histoire du meurtre de Granger. Tout Beacon ne devait parler que de ça. Et si les élèves apprenaient que Julie et ses amies étaient soupçonnées ? Ici, même la vie privée devenait publique. Elle entendait déjà les messes basses. *Non seulement Julie Redding vit dans une maison-poubelle, mais en plus elle a tué Nolan Hotchkiss et aussi son prof ! Tu sais qu'elle a été arrêtée ?*

Le cas Granger la perturbait sérieusement. Pile au moment où elles croyaient avoir trouvé en lui le meurtrier de Nolan, il était mort. S'agissait-il du même tueur ? Chacune d'entre elles avait des ennemis, bien sûr. Mais qui donc pouvait les détester toutes à la fois ?

Elle se rendit soudain compte qu'elle n'avait même pas répondu à la question de sa mère.

— Parce que je ne suis plus du tout la bienvenue au lycée, lâcha-t-elle dans un soupir. C'est fichu pour moi…

Sa mère se contenta de hausser les épaules.

— Ah bon, dit-elle. Mais j'ai besoin de la litière et du Sprite, tu peux quand même sortir pour ça.

Julie ferma les yeux et compta lentement dans sa tête. *Un, deux, trois…* – sa technique pour retrouver son calme et ne pas exploser. Au même instant, quelque chose frôla sa jambe et elle faillit hurler. Une des satanées bestioles de sa mère était en train d'essayer d'entrer dans sa chambre.

— Va-t'en, siffla-t-elle en la repoussant du pied.

En miaulant, le chat fila se réfugier derrière une pile de boîtes, au sommet de laquelle se trouvait le dénommé Twinkles. Au bout du couloir, un troisième chat – qui ressemblait davantage à une boule de poils hirsute, munie d'un œil unique – était campé dans un carton vide et les observait.

Exaspérée, Julie se tourna vers sa mère. La coupe était pleine.

— Désolée, mais non, répliqua-t-elle. Pas de Sprite ni de litière. Tu n'as qu'à y aller toi-même.

Mme Redding la regarda, bouche bée.

— Quoi ?

Julie frémit. Elle ne s'était pas opposée à sa mère depuis très longtemps. Même quand celle-ci avait commencé à tout entasser de manière compulsive, elle n'avait pas protesté et s'était soumise à sa folie. Pour que personne ne découvre dans quel taudis elle vivait, elle avait passé son temps à se cacher, à brouiller les pistes. Elle s'était efforcée d'être parfaite, irréprochable, afin que nul ne découvre la vérité. Mais à présent, le ressentiment accumulé au fil des ans remontait à la surface, telle la lave d'un volcan.

— J'ai dit : tu n'as qu'à y aller toi-même, répéta-t-elle d'un ton ferme. Au cas où ça t'intéresserait, figure-toi que si je ne peux même plus me montrer, c'est parce que tout le monde est au courant.

Avec un grand geste de la main, elle ajouta :

— Tout le monde sait ce qui se passe ici.

La colère qu'elle réprimait depuis si longtemps bouillait en elle, lui donnant une force et un courage inédits. Elle se sentait enfin prête à lâcher ce qu'elle avait sur le cœur. De toute manière, à quoi bon se retenir, alors qu'elle allait peut-être se retrouver en prison ?

— Les gens savent, maintenant. Et ils vont me détester, comme quand nous étions en Californie.

Quel soulagement de vider son sac ! Elle se sentait soudain plus légère.

— Ah oui, et aussi : je n'ai pas vraiment envie de sortir, car je suis soupçonnée d'un meurtre que je n'ai pas commis. Ça te suffit, comme explication ?

Sa mère la contempla d'un air sidéré. Après un long silence, elle fronça les sourcils.

— Comment tu oses refuser de m'aider ? hurla-t-elle en avançant vers sa fille, les yeux exorbités, le visage écarlate.

Julie recula d'un pas. Soudain, elle se rendit compte avec terreur que sa mère avait franchi le seuil… et était entrée dans sa chambre. Jusqu'alors elle n'y avait jamais mis les pieds. Malgré sa folie, elle semblait comprendre qu'il s'agissait d'un espace sacré. Le cœur de Julie fit un bond dans sa poitrine et sa gorge se serra. Avec ses cheveux en bataille et sa robe de chambre trouée, sa mère paraissait encore plus sale et négligée, au milieu de cette pièce soigneusement rangée.

— Je me demande vraiment à quoi tu sers ? éructa Mme Redding en agitant ses bras dans tous les sens comme une hystérique. Enfant, tu étais déjà bonne à rien et tu ne fais que devenir de plus en plus inutile. Tu ne sais que prendre et encore prendre, sans jamais donner ni faire quoi que ce soit pour moi. Ton père avait bien vu que tu étais mauvaise.

— Stop ! lança aussitôt Julie.

Pas question de se laisser entraîner sur ce terrain-là. Mais sa mère savait qu'elle touchait une corde sensible. Elle continua :

— C'est pour ça qu'il nous a quittées. La première fois

qu'il t'a prise dans les bras, il m'a dit : « J'espère qu'on fera mieux le prochain coup. » Il avait tout de suite su à qui il avait affaire. Tu n'étais jamais assez bien pour lui.

— S'il te plaît, murmura Julie d'une voix faible en baissant la tête.

La belle assurance qui lui donnait des ailes l'instant d'avant s'était volatilisée.

— Et donc tu sèches les cours ? enchaîna Mme Redding. Ça ne m'étonne pas. Ton père disait toujours que tu étais stupide. Tu n'es qu'une moins que rien. Tu as bien mérité que la police te cherche des ennuis !

Elle continua à lui envoyer un chapelet d'atrocités à la tête. Rapidement, Julie n'entendit plus des mots, mais un simple bruit confus. Depuis qu'elle était petite, elle avait adopté cette technique pour se protéger. Sa mère avait toujours été cruelle. Elle se rappelait avoir pleuré à grosses larmes, un jour où elle lui avait demandé : « Qu'est-ce que je peux faire pour que tu m'aimes ? » et qu'elle lui avait répondu : « Devenir quelqu'un d'autre. »

À partir de ce jour-là, elle s'était transformée en Super-Julie. Dès l'âge de six ans, elle s'était démenée pour faire plaisir à sa mère, anticipant ses besoins et ses envies. Elle lui apportait ses pantoufles, sa bouteille de Sprite, ses magazines préférés… Elle s'était aussi mise à travailler à l'école, bien plus que les autres élèves, s'habillait avec soin, s'occupait avec application de ses cheveux pour qu'ils soient plus beaux que ceux de toutes les filles de sa classe.

Mais ça n'était jamais assez. Quels que soient ses efforts pour lui plaire, pour être conforme à ses attentes, elle la rejetait. La méprisait. L'agressait. Souvent, Julie se disait que les tas d'immondices éparpillés dans la maison étaient moins odieux que le déluge de paroles assassines qui déferlait sur elle.

Lorsqu'elles avaient emménagé à Beacon, elle avait pensé qu'en repartant de zéro tout irait mieux. Et en effet, au début, elle s'en était bien sortie. Peut-être que sa mère avait raison, finalement, et que c'était *elle*, le problème. Si elle avait davantage essayé de protéger son secret vis-à-vis d'Ashley, personne ne serait au courant, à l'heure qu'il était. D'ailleurs, si elle avait fait plus d'efforts pour aider sa mère à guérir, il n'y aurait même pas de secret... Et aussi : si elle avait convaincu les autres de ne pas droguer Nolan et si elle n'était pas entrée par effraction dans la maison de M. Granger, peut-être qu'elle et ses amies ne seraient pas maintenant considérées comme suspectes. Si elle était plus intelligente et plus courageuse, elle pourrait découvrir toute la vérité. Peut-être que tout était réellement sa faute ?

Soudain, elle crut entendre un bruit, au loin. Sa mère s'interrompit au milieu d'un mot et Julie distingua la sonnette de la porte d'entrée.

— Tu attends quoi pour y aller ? aboya sa mère.

Pendant que sa mère s'était déchaînée sur elle, Julie s'était roulée en boule sur son lit. Elle se redressa lentement.

— J'y vais, répondit-elle d'une petite voix.

— Parfait, conclut sa mère en sortant de la chambre.

Derrière elle, un tourbillon de poils de chats vola.

— Et après, tu iras chercher mon Sprite et la litière, ajouta-t-elle.

— OK, lâcha Julie dans un murmure.

La sonnette retentit de nouveau. Elle essuya ses larmes. Et si c'était Ashley ? Dans son esprit jaillit l'image de cette fille, ses cheveux teints, ses vêtements identiques aux siens et son sourire mielleux et démoniaque. Depuis l'histoire du mail, ses nuits étaient peuplées de cauchemars, dans lesquels Ashley passait son temps à lui faire des blagues – elle sortait d'un gâteau d'anniversaire au beau milieu d'une fête, passait sa tête dans la salle de bains quand Julie prenait sa douche, ou déboulait en pleine séance d'épilation. Chaque fois, elle s'écriait, dans un éclat de rire : « Tu sais quoi ? C'est une grosse dégueulasse ! Elle vit dans une véritable benne à ordures. Ses vêtements sont faits en poils de chats. » Et la personne à qui elle s'adressait contemplait soudain Julie avec un air dégoûté.

Mais peut-être était-ce Parker qui sonnait ? Elle avait besoin de Julie, en ce moment. Et Julie se demandait où elle avait disparu lorsqu'elles étaient parties du commissariat. Après avoir discuté de qui pouvait ainsi s'acharner contre elles, Parker avait filé dans les bois en disant qu'elle préférait être seule. Elle aurait dû la suivre. Parker était trop fragile pour rester seule.

Au prix d'un gros effort, elle se leva et enfila un peignoir. Elle traversa le couloir à pas lents et se dirigea vers l'entrée. Alors qu'elle arrivait à quelques pas de la porte, la pièce s'assombrit et un visage apparut derrière la petite fenêtre. Julie s'arrêta, tétanisée. Carson Wells, ses grands yeux verts et sa peau mate. Le nouveau du lycée, avec qui elle était sortie, avant la catastrophe.

Un faible gémissement s'échappa de ses lèvres. N'avait-elle pas subi suffisamment d'humiliations comme ça ?

Lorsque la sonnette résonna à nouveau, elle sursauta et recula dans la pénombre. Si elle attendait sans bouger, peut-être finirait-il par croire que la maison était vide ? Le visage de Carson s'approcha de la vitre et elle le vit mettre ses mains autour de ses yeux pour mieux voir à l'intérieur.

— Julie ! cria-t-il avec son accent australien. Ouvre, je sais que tu es là.

Le ventre noué et le cœur battant, elle fit encore un pas en arrière et se plaqua contre une pile de boîtes en plastique.

— Tu ne peux pas te cacher toute ta vie. Je veux juste te parler.

Des larmes coulèrent. Lui parler, bien sûr... Se moquer d'elle, oui. Ou bien lui reprocher de ne pas lui avoir dit la vérité. Quoi que soit ce qu'il voulait lui dire, elle n'avait aucune envie de l'entendre.

Pendant un moment, il resta silencieux, se contentant de l'observer à travers la vitre.

— Parle-moi, s'il te plaît..., dit-il finalement.

Sa voix était si douce et sincère qu'elle eut un déclic. Après l'épisode du commissariat et les paroles cruelles de sa mère, elle se sentait bien seule. Une présence amicale et réconfortante serait la bienvenue. Elle fit un pas, puis un autre. Quand enfin ses doigts touchèrent la poignée, elle eut l'impression d'avoir parcouru des kilomètres. La porte s'ouvrit et un souffle de vent frais balaya ses joues comme une ondée printanière. Elle aperçut l'herbe couverte de rosée, les voitures encore mouillées par la dernière averse, les journaux sur le perron du voisin. Et Carson.

Après être sortie dans la véranda, elle ferma la porte derrière elle. Incapable de le regarder dans les yeux, elle laissa son regard dériver sur l'amoncellement de cartons, cannettes, boîtes de conserve vides et sacs de graines pour oiseaux qui traînaient là.

— Qu'est-ce que tu veux ?

— Simplement savoir comment tu vas, répondit-il avec douceur. J'ai essayé de t'appeler, mais ton téléphone était sur messagerie.

Elle haussa les épaules. Après le mail d'Ashley, elle avait coupé son portable, car elle ne se sentait pas la force d'affronter les conséquences de ces révélations.

— Et tu n'es pas venue au lycée, ajouta-t-il.

— Les raisons me semblent claires, non ? rétorqua-t-elle avec un rire ironique.

— J'ai juste envie d'être avec toi, Julie. Je me fiche de ce que les gens pensent.

Elle lui lança un regard soupçonneux.

— Mais... Et cette photo de toi et Ashley ?

— Quelle photo ? demanda-t-il, surpris.

— Devant le cochon, à Seattle. Celle où Ashley a écrit : *Voilà ce que Carson pense de toi maintenant*. Tu avais l'air...

La voix lui manqua, elle ne put achever sa phrase. En réalité, il avait l'air... dégoûté.

Carson fronça les sourcils.

Puis, soudain, son visage s'éclaira.

— Ah oui, en effet, j'étais sur une photo avec Ashley à cet endroit. Mais c'était il y a des semaines...

— Comment ça, « des semaines » ?

— Un pote voulait faire une photo et il nous avait demandé de faire une grimace. Ashley m'a pris la main, et c'est tout.

Il hocha la tête, sidéré.

— Attends... Elle t'a envoyé cette photo avec le mail ? Cette fille est vraiment immonde !

— Je sais, lâcha Julie et, au même instant, les larmes coulèrent le long de ses joues.

Carson passa son bras autour de ses épaules et l'attira à

lui. Elle se laissa aller un instant contre sa poitrine, puis s'écarta aussitôt.

— Comment peux-tu ignorer tout ça ? Parce que c'est la stricte vérité, Carson. Enfin... en tout cas ce qui concerne ma mère.

Elle ferma les yeux en songeant aux paroles horribles que celle-ci lui avait assénées.

— C'est répugnant. *Je* suis répugnante.

Il s'écarta pour la regarder droit dans les yeux.

— Julie, tu es belle, et intelligente, et drôle. Rien en toi n'est répugnant.

À peine eut-il fini sa phrase qu'il se pencha et posa ses lèvres sur celles de Julie. C'est seulement au bout de quelques secondes qu'elle comprit ce qui se passait, en sentant la chaleur de la bouche de Carson sur la sienne : ils étaient en train de s'embrasser.

Elle prit alors la mesure de ce qui lui arrivait : c'était le premier vrai baiser de sa vie. Certes, elle ne se l'était pas imaginé ainsi – en peignoir, sur le perron de sa maison, au milieu de boîtes de conserve et face à une pelouse jonchée de meubles cassés et de vieilles décorations de Noël. Mais c'était un baiser intense, doux et sensuel en même temps.

Lorsqu'il se redressa, il lui sourit avec tendresse.

— Merci, souffla-t-il.

— Pour quoi ? murmura-t-elle. Tu es vraiment sûr que c'est ce que tu veux ? Tu ne sais peut-être pas à quel point les gens peuvent être cruels, ici. Ça risque d'être dur, et je comprendrais que tu ne veuilles pas être associé à moi.

D'un geste de la main, il balaya cette éventualité.

— Ça m'est égal.

Elle fronça les sourcils, sceptique.

— Sérieux ?

— Bah… ça dépend, dit-il d'un air moqueur. Tu me jures que ce n'est pas toi, la folle aux chats ?

Julie ne put s'empêcher d'éclater de rire.

— Juré.

— Alors, c'est bon. Tu es déchargée de toute responsabilité vis-à-vis de cette… situation, conclut-il en indiquant la maison derrière elle. Et tu es officiellement ma petite amie, si tu es d'accord, évidemment. Et si ça pose un problème à quelqu'un, il le règlera avec moi.

Un immense sourire illumina le visage de Julie. Elle n'y croyait pas. Comme par enchantement, les phrases odieuses de sa mère disparurent de son esprit. Après tout, peut-être n'était-elle pas si nulle ? Peut-être était-elle… tolérable ? Suffisamment pour que quelqu'un s'intéresse à elle ; et, même, puisse l'aimer.

Elle n'avait qu'un rêve : que Carson ait raison.

Chapitre trois

Le lundi après-midi, Caitlin se gara sur un parking presque désert. Seule une Cadillac verte était stationnée à l'ombre des grands arbres. Lorsqu'elle sortit de sa voiture, elle fut saisie par le silence qui régnait, ainsi que par l'odeur de l'herbe fraîchement coupée. Elle lança un coup d'œil au-delà du portail en fer forgé, sur les pierres tombales qui parsemaient les collines verdoyantes. Soudain, elle entendit un bruit sous un arbre. Une angoisse étreignit sa poitrine. Elle avait le curieux sentiment d'être suivie. Par des policiers, peut-être ? Était-ce possible qu'ils les surveillent, elle et ses amies, dans l'espoir de trouver un indice sur la mort de Granger ?

Elle scruta les fourrés et aperçut un écureuil. Fausse alerte ! Soulagée, elle verrouilla les portières avant de se diriger vers la tombe de son frère. Le chemin lui était si familier qu'elle aurait pu s'y rendre les yeux fermés. Après la stèle où était sculpté un ange, elle devait continuer jusqu'à la tombe d'un type enterré avec ses deux lévriers, puis prendre à droite et monter la petite colline pour arriver sous l'arbre. Comme chaque fois qu'elle rendait visite à Taylor, depuis sa mort, un monologue démarra dans sa tête : *Salut frangin, c'est de nouveau moi. Ta folle de sœur, qui rate l'entraînement de foot pour venir te raconter à quel point sa vie est devenue dingue.*

Elle avait tant de choses à lui raconter. Si seulement il avait pu lui répondre… Lui confier ces choses qu'elle ne saurait jamais : à quel point il avait souffert à cause de Nolan, et pourquoi il avait décidé qu'il lui serait plus facile de mourir que de continuer à aller à l'école, ne serait-ce qu'un jour de plus. Quelle avait été la goutte d'eau qui avait fait déborder le vase ? Elle ne se pardonnerait jamais de ne pas avoir remarqué sa souffrance.

Après avoir contourné l'arbre, elle découvrit, sur sa pierre tombale, une nouvelle figurine de Dragon Ball Z. Elle s'arrêta, perplexe. En dehors d'elle, qui pouvait bien déposer là ces petits personnages ? Un craquement interrompit ses pensées. Elle tourna la tête et aperçut une silhouette derrière un arbre. Elle reconnut aussitôt Jeremy Friday, le meilleur ami de son frère. Il devait terriblement lui manquer.

En la voyant, le visage de Jeremy s'éclaira. Toutes sortes d'émotions la traversèrent – de l'amour, du soulagement, de la joie, mais aussi de l'angoisse. Elle jeta un rapide coup d'œil à sa silhouette efflanquée, flottant dans son tee-shirt de *Star Wars* et son jean noir. Si on lui avait dit, quelques semaines plus tôt, qu'elle sortirait avec un type comme lui, elle aurait éclaté de rire. Pourtant, il était parfait. Un diamant à l'état brut. Dire qu'elle avait mis tout ce temps à s'en rendre compte…

Contrairement à ce qu'elle redoutait, Jeremy lui sourit. La dernière fois qu'elle l'avait vu, c'était chez les Friday, au moment où éclatait l'affaire Granger. Josh, son ex-petit ami, le frère de Jeremy, les avait surpris tous les deux et, au lieu d'assumer, Caitlin avait fui. Elle était persuadée que Jeremy lui en voulait à mort d'avoir réagi ainsi.

Mais lorsqu'elle s'approcha de lui, il la prit dans ses bras et l'attira contre sa poitrine.

— Je suis désolée, murmura-t-elle. Pour tout. Désolée d'être partie comme ça. C'était juste... je ne sais pas...

— T'en fais pas, coupa-t-il. Je comprends, tu étais sous le choc.

— C'est le moins qu'on puisse dire, soupira-t-elle.

— Tu veux encore être avec moi ? C'est vraiment compliqué, je comprends bien, et...

Elle se dressa sur la pointe des pieds et l'interrompit d'un baiser.

— C'est une réponse satisfaisante ? souffla-t-elle en s'écartant.

Il appuya son front contre le sien.

— Plus que satisfaisante. J'en avais bien besoin.

Tous deux regardèrent la tombe de Taylor. Elle se demanda ce qu'il aurait pensé de la tournure qu'avaient pris les événements. C'était arrivé de manière imprévisible : elle était tombée sur Jeremy dans le cimetière, en allant voir son frère, quelques semaines plus tôt ; à un moment où sa vie était particulièrement mouvementée – elle n'était pas sûre de vouloir continuer le foot, elle doutait de sa relation avec Josh, elle était perdue et en colère contre Taylor, et elle venait juste de tendre ce piège à Nolan, avec les filles. Jeremy et elle avaient commencé à discuter et elle s'était soudain rendu compte qu'elle était sur la même longueur d'onde que lui. Et, surtout, qu'il comprenait ce qu'elle traversait.

Jeremy la prit par la taille.

— Tu as parlé à Josh ? demanda-t-il comme s'il avait lu dans ses pensées.

— Ouais, répondit-elle d'un air vague, tandis que son visage se rembrunissait.

Du bout du pied, elle poussa une motte de terre qui traînait là. Le matin-même, elle l'avait croisé au lycée. L'atmosphère était pour le moins bizarre, à cause de la mort de Granger. Beaucoup de filles pleuraient, déposaient des bouquets de fleurs devant la porte de son bureau et discutaient à voix basse avec des mines désespérées. Caitlin avait remarqué avec étonnement que même les filles dont elle avait vu les photos sur le portable du professeur avaient l'air éperdu de douleur. Comme si, aveuglées par la tristesse, elles avaient oublié à quel point il s'était mal conduit avec elles.

L'avocat que Caitlin avait contacté avait beau lui avoir assuré que les inspecteurs n'avaient pas le droit de révéler son éventuelle implication dans la mort de Granger, elle était convaincue que les élèves avaient eu vent de la rumeur. Toute la journée, elle avait senti sur elle des regards soupçonneux, comme s'ils la considéraient comme coupable. Même les joueuses de son équipe l'avaient regardée bizarrement. Mais personne ne lui avait parlé de quoi que ce soit. Peut-être devenait-elle parano ?

Au milieu de la matinée, elle était tombée sur Josh, devant son casier, avec ses potes de l'équipe de foot. Leurs regards s'étaient croisés et elle s'était figée, ne sachant pas trop quoi faire. Si elle tournait les talons et partait, elle passerait vraiment pour une lâche. À la manière dont ses copains la dévisageaient, c'était clair qu'ils savaient pour elle et Jeremy. Durant un quart de seconde, elle se demanda ce que Josh leur avait dit exactement. Difficile de fanfaronner quand on se fait piquer sa copine par son petit frère…

— Au début, il ne m'a même pas calculée, raconta Caitlin à Jeremy en enfonçant ses mains dans ses poches. Puis je l'ai pris à part pour essayer de lui expliquer.

Jeremy fit une grimace.

— Tu as dû être bien reçue…

— Je lui ai dit que cela faisait un moment que nous n'étions plus proches l'un de l'autre, que c'était une question de temps, et voilà…

Sa gorge se serra au souvenir de la réaction de Josh : il était devenu furieux en entendant ça.

— Il était fermé. Et blessé. Et puis il s'est calmé.

— Ah bon ? réagit Jeremy, étonné. Qu'est-ce qu'il a dit ?

Elle hésita un instant.

— Il m'a juste dit que si c'était ce que je voulais, alors il me souhaitait d'être heureuse, expliqua-t-elle.

En réalité, elle avait été surprise de sa réaction. Elle avait trouvé ça élégant et d'une grande maturité. *Je ne vais pas me comporter comme ces types pathétiques qui ne savent pas tourner la page. Ça ne me réjouit pas que tu sois avec Jeremy, mais j'imagine que je n'ai aucune chance de te faire changer d'avis. Si ?*

— Je m'attendais à ce qu'il soit fou de rage, conclut-elle en dévisageant Jeremy. J'étais soulagée que ça ne soit pas le cas.

Soudain, une évidence la frappa : chaque fois qu'il lui arrivait quelque chose de bien, un malheur venait tout assombrir. Pour la première fois depuis longtemps, elle était heureuse, mais, au même moment, elle était accusée de meurtre.

Elle leva les yeux sur Jeremy.

— Je suppose que tu as entendu parler de mon implication dans ce qui s'est passé avec M. Granger. Mais ça n'est pas la vérité.

Il fit un geste de la main.

— Bien sûr, je suis au courant. Mais pourquoi tu étais chez lui ?

Elle haussa les épaules, mal à l'aise. Impossible de lui révéler toute l'histoire.

— À cause de Nolan. Pour faire court : avec mes amies, nous pensions que c'était Granger qui l'avait tué.

Jeremy écarquilla les yeux.

— Sérieux ?

— Oui, mais plus maintenant, avoua-t-elle.

Lorsqu'elles avaient découvert que Nolan le faisait chanter, elles pensaient détenir la preuve de la culpabilité de Granger : pour protéger sa réputation, il avait toutes les raisons de souhaiter la mort de Nolan. Mais maintenant qu'il était mort à son tour, leur hypothèse tombait à l'eau.

Et s'il avait été assassiné parce qu'il savait *autre chose* ? Un élément concernant le meurtre de Nolan ?

Un homme et une femme d'un certain âge apparurent au sommet de la colline et descendirent le chemin à petits pas, le dos voûté. Caitlin eut soudain l'impression qu'elle et Jeremy n'étaient pas à leur place. Elle se tourna vers lui.

— Pizza ?

— Avec plaisir ! répondit-il en souriant.

Ils se rendirent *Chez Gino*, un bistrot qui se trouvait non loin de là. À cette heure de la journée, l'endroit était presque désert. Tout en savourant leur plat, ils parlèrent de choses et d'autres – du prochain Salon de la science, auquel Jeremy allait participer, des séries qu'ils aimaient, de l'élection de la capitaine de l'équipe de foot qui avait lieu cette semaine. Même si, ces derniers temps, Caitlin se posait des questions sur la place du foot dans sa vie, elle appréhendait ce moment. Étrange coïncidence : toute sa vie, elle avait rêvé d'être capitaine, et, au moment où elle avait enfin sa chance d'être élue, elle se détachait de sa passion.

Pas une fois les noms de Josh, Granger et Nolan ne furent prononcés. Et ça faisait du bien. Une heure plus tard, après un dernier baiser devant la voiture de Caitlin, Jeremy monta sur sa Vespa et partit en lui promettant de l'appeler plus tard. Le cœur léger, elle reprit la route de sa maison. Elle espérait avoir quelques heures de tranquillité, mais lorsqu'elle arriva dans l'allée, elle vit que les voitures de ses mères étaient déjà là. Pas de chance.

Elle se gara, attrapa son sac et se prépara pour affronter la suite des événements. Dans la cuisine, la télévision était allumée. Elle entendit le *chop chop chop* du couteau sur la planche à découper et l'eau qui coulait dans l'évier. Ses deux mères, Sibyl et Mary Ann, étaient visiblement en train de préparer le repas. Elle se dirigea vers l'escalier le plus discrètement possible. Raté : Mary Ann leva les yeux et l'aperçut.

— Ma chérie ? appela-t-elle.

C'est donc si compliqué d'avoir quelques minutes rien que pour soi ? se dit Caitlin avec un soupir.

— Ah, salut…, répondit-elle sans bouger.

Le regard de Mary Ann s'emplit un instant de tristesse.

— Tu veux nous donner un coup de main ?

Pas vraiment, songea Caitlin. Mais elle savait que si elle refusait, une de ses mères risquait de la suivre jusqu'à sa chambre pour lui poser toutes sortes de questions embarrassantes. Mieux valait rester avec elles dans la cuisine.

À contrecœur, elle les rejoignit et se saisit de la planche à découper et du poivron que Sibyl lui tendit.

— Comment s'est passée ta journée ? demanda-t-elle en lançant un coup d'œil prudent à Caitlin.

— Bien, lâcha celle-ci.

Elle sentit ses mères échanger un regard. Bien sûr, elles voulaient en savoir plus. Mary Ann s'éclaircit la voix.

— Est-ce qu'ils ont… parlé de ce professeur ?

Concentrée sur son poivron, Caitlin répondit :

— Ouais. Beaucoup.

Nouvel échange de regards. Lorsqu'elles avaient reçu le coup de fil, le dimanche, les informant que leur fille était soupçonnée de meurtre, elles avaient gardé le silence, visiblement paniquées. Elle leur avait dit et répété qu'il s'agissait d'une coïncidence malheureuse, mais elle n'était pas certaine de les avoir convaincues. De même qu'elles ne semblaient pas tout à fait la croire à propos de Nolan. Mary Ann avait plusieurs fois mentionné le fait que Caitlin possédait elle aussi de l'Oxy, en la suppliant de s'en débarrasser. Et même s'il s'avéra qu'il était mort empoisonné par du cyanure, il avait quand même de l'Oxy dans le sang. Comme les inspecteurs ne les avaient pas convoquées de nouveau, le sujet était momentanément mis de côté. Mais elle savait qu'il menaçait de remonter à la surface n'importe quand.

— Et tu as parlé avec Josh ? questionna Mary Ann.

Elle leva les yeux. Ses mères la dévisageaient, suspendues à ses lèvres. Sibyl et Mary Ann étaient très amies avec les parents Friday et le fait qu'elle ait quitté Josh pour Jeremy entravait leur relation. Le traditionnel rendez-vous du samedi des deux familles avait été annulé cette semaine-là. Tout comme le brunch du dimanche, ainsi que le dîner du mercredi. Caitlin avaient entendu ses mères discuter à voix basse dans leur chambre le soir où elle avait été surprise avec Jeremy. C'était avant qu'elle ne soit interrogée par les policiers parce qu'ils avaient relevé ses empreintes dans la maison de Granger. Elles n'avaient alors pas d'autres préoccupations. *Pourquoi tu crois qu'elle a fait ça ?* murmuraient-elles. *Est-ce que c'est contre nous ? Peut-être que ça a à voir avec Taylor ?* Et : *Pauvre Josh. Il doit être au fond du trou.*

Elle avait détesté le « pauvre Josh ». Pourquoi pas « pauvre Caitlin » ?

Sans s'en rendre compte, elle avait dû faire une grimace, car Sibyl posa son couteau.

— Si tu penses qu'on est fâchées contre toi à cause de cette histoire avec Josh et Jeremy, tu te trompes, ma chérie, dit-elle.

— On veut simplement comprendre, renchérit Mary Ann. Tu as le droit d'aimer qui tu veux. C'est juste qu'ils sont tellement… différents. On se demande ce que tu as en commun avec Jeremy, c'est tout.

— Toujours plus qu'avec Josh, répliqua-t-elle du tac au tac.

La surprise se peignit sur leurs visages.

— Mais vous avez les mêmes goûts. Et le foot. Et une histoire importante.

La colère l'envahit :

— Et alors ? C'est ça qui compte le plus ? En fait, si vous me connaissiez bien, vous sauriez pourquoi Josh et moi n'avons plus rien à nous dire. Mais tout ce que vous voulez, c'est que je reste la même, toujours prévisible.

Sur ces mots, elle quitta la pièce.

— Ma chérie ! s'écria Mary Ann. Ne sois pas comme ça !

— On est de ton côté, insista Sibyl.

— Oh que non ! lança-t-elle par-dessus son épaule.

Pourtant, elle aurait bien aimé que ça soit le cas. En tant que couple de femmes, mères d'une fille adoptive sud-coréenne, la tolérance, ça devrait être leur truc, non ? En réalité, elles avaient plutôt l'air de faire semblant de l'être.

— Reviens ! appela Mary Ann d'un ton plaintif. On n'a même pas parlé de M. Granger.

— Je ne suis pas coupable, rétorqua-t-elle en montant l'escalier. C'est tout ce que vous avez besoin de savoir.

Elle jeta un rapide coup d'œil derrière elle. Ses deux mères se tenaient en bas des marches, l'air triste et perdu. Caitlin était consciente qu'elle était en train de construire un mur autour d'elle. Comme l'avait fait Taylor. Mais pour l'instant, elle ne se sentait pas capable de leur expliquer quoi que ce soit. En tout cas, pas à propos de Jeremy, elles ne comprendraient pas.

Ni à propos de Granger. Car elles ne devaient en aucun cas apprendre la vérité.

Chapitre quatre

Quelque chose de pointu griffa la joue de Parker. D'un geste de la main, elle l'écarta. Sans succès. Elle ouvrit les yeux et aperçut le ciel. Elle était allongée dans un champ, et ne savait pas pourquoi. La tête lui tourna. Alors qu'elle fermait les yeux pour chasser cette impression désagréable, une violente nausée la saisit. *OK. J'ai trop bu.* Voilà qui permettrait déjà de reconstituer en partie le puzzle de la soirée.

Avec précaution, elle ouvrit de nouveau les yeux. Elle parvint cette fois à observer ce qui l'entourait sans avoir le tournis. Le soleil se levait et le jour commençait à poindre. De l'herbe sèche s'étalait à perte de vue. Au loin, elle aperçut un imposant bâtiment. Où était-elle ?

Après quelques instants, elle se redressa lentement. Son sweat à capuche empestait la cigarette. *OK, j'ai donc bu ET fumé.* Elle avait dû passer une sacrée nuit. Cela faisait une éternité qu'elle n'avait pas eu la gueule de bois. À l'époque où elle était la star de Beacon et où son arrivée dans les fêtes était l'événement de la soirée, elle était une pro, capable de descendre des quantités d'alcool. Elle défiait les garçons, verre après verre, et se réveillait le lendemain la tête à l'envers, mais elle s'en fichait car elle s'était bien éclatée.

C'était facile de se souvenir de ces jours heureux : elle était belle et blonde, avait plein d'amis et des dizaines de fans. Elle cartonnait en classe sans le moindre effort et était une amie intime de Nolan, avec lequel elle partageait une amitié platonique bien plus complice et agréable que beaucoup de relations de couples. Et, bien sûr, elle avait sa géniale meilleure amie, Julie – son roc de stabilité dans cet océan de superficialité.

En un mot, sa vie était parfaite. Ou presque… Car il y avait quand même sa famille : sa mère qui la haïssait et son père qui la tabassait. Mais elle s'en fichait. C'était peut-être ce qui la poussait à profiter à fond des fêtes, où elle se sentait vivante. Tandis que chez elle, elle était quasi morte. Elle aurait continué à mener cette vie-là, s'il n'y avait pas eu Nolan, et la fureur de son père. Du jour au lendemain, son existence avait basculé. Son père croupissait désormais en prison, où il resterait jusqu'à la fin de ses jours, et elle n'avait plus de chez-elle. Surtout, elle était devenue une autre Parker – plus dure, plus mûre, et en colère. Une Parker bizarre, que plus personne n'invitait aux soirées. Qu'ils aillent tous se faire foutre.

Elle frissonna, soudain consciente qu'elle mourait de froid. L'air matinal était frais et la pluie menaçait de tomber d'un instant à l'autre. Petit à petit, elle réussit à distinguer le bâtiment au loin. C'était un immeuble bas, en béton gris sale, où s'alignaient des portes à intervalles réguliers. Un adolescent qui portait un uniforme orange fluo, un tablier et un chapeau en papier sortit par une des portes, un énorme sac-poubelle à la main. Il le vida dans un container avant de retourner dans le bâtiment.

Peut-être était-ce une galerie marchande ? Un de ces lieux rempli de fast-foods et autres chaînes de restos sinistres. Mais comment avait-elle atterri là ?

Elle ferma les yeux et s'efforça de retrouver ses esprits. La dernière chose qu'elle se rappelait, c'était d'avoir quitté le commissariat avec Julie. *Bienvenue dans la galaxie Parker*, songea-t-elle. *Les cicatrices, les sautes d'humeurs et les trous de mémoire : la totale !*

D'un rapide coup d'œil, elle examina sa tenue. Au moins, elle portait les mêmes vêtements que la veille, même s'ils étaient couverts de saleté. Elle palpa ses poches et sentit un objet dur : son portable. Elle le sortit et regarda l'écran : mardi 25 octobre, 10 h 04. Elle n'avait donc raté qu'une nuit – elle se souvenait en partie du lundi. Aussitôt, elle appela Julie, mais tomba directement sur sa messagerie. Une angoisse l'étreignit, c'était rare que son amie ne réponde pas. Peut-être était-il arrivé quelque chose à propos de l'enquête sur Granger ? Au même instant, elle se rappela l'épaisse enveloppe qu'elle avait trouvée chez lui lorsqu'elles cherchaient des preuves. Dessus était écrit *Julie Redding*, et les documents qui s'y trouvaient n'avaient rien à voir avec des copies à corriger. Ces papiers concernaient-ils l'état psychiatrique de sa mère et leur départ précipité de Californie ? Parker connaissait ce secret depuis longtemps et veillait à ce que personne ne le découvre. Sans même réfléchir, elle avait pris l'enveloppe dans le tiroir et l'avait fourrée dans son sac.

Mais peut-être s'agissait-il d'autre chose ? Elle se rappelait avoir regardé ce qu'il y avait dedans lorsqu'elles étaient dans la maison de Granger, mais n'avait aucun souvenir du contenu. Depuis la dernière raclée flanquée par son père, son cerveau avait régulièrement des ratés et elle ne se rappelait en général que les détails peu importants.

Une fois debout, elle se dirigea vers la galerie marchande d'un pas lourd et incertain. Lorsqu'elle enfonça ses mains dans les poches de son sweat-shirt, elle trouva un papier cartonné plié en quatre. C'était la carte de visite d'Elliot Fielder, au dos de laquelle il avait inscrit son numéro de portable. *Appelle-moi quand tu veux*, lui avait-il dit. C'était la première fois qu'elle voyait un psy.

Après, ça s'était gâté. Un beau jour, elle avait compris qu'il la surveillait ; et, lorsqu'elle l'avait démasqué, il l'avait saisie violemment par le bras en lui disant qu'elle devait absolument l'écouter. « Écouter *quoi* ? » avait glissé Julie à l'oreille de Parker en l'emmenant loin de lui. Elle s'était sentie hyper mal : elle lui avait fait confiance et lui avait raconté ses secrets les plus intimes. Il l'avait trahie.

Elle fit tourner la carte de visite entre ses doigts. *Appelle-moi quand tu veux*. Les mots résonnaient encore en elle, ainsi que sa voix chaleureuse et son ton bienveillant. Mais elle ne devait surtout pas l'appeler. Hors de question.

Un bruit lui fit lever la tête. Un garçon boutonneux d'une vingtaine d'années se tenait devant la porte d'un magasin, en train de fumer une cigarette. Il dévisagea Parker un instant avant de détourner les yeux. Elle serra les dents et partit dans la direction opposée. Au moment où elle changeait de cap, elle aperçut son reflet dans la vitrine – son jean noir miteux, son sweat sale, ses boucles blondes qui s'échappaient de la capuche rabattue sur sa tête. Puis son regard tomba sur les traits boursouflés d'une cicatrice sur sa pommette. Aussi répugnante que toutes celles qui striaient son visage.

La honte lui noua la gorge et elle réprima un sanglot.

Pas étonnant que cet ado plein d'acné ait été effrayé. La plupart des gens la voyaient ainsi, comme une créature monstrueuse qui n'avait pas sa place sur terre et ferait mieux de vivre dans une grotte. Seules deux personnes osaient la regarder en face : Julie… et Fielder.

Après avoir passé le coin de la rue, elle sortit son portable. Prenant son courage à deux mains, elle composa le numéro du psy. Si Julie l'apprenait, elle serait hors d'elle. Mais elle avait sérieusement besoin de parler à quelqu'un.

Première sonnerie. Elle retint son souffle tandis que, dans sa poitrine, son cœur battait de plus en plus vite. À la troisième, elle entendit un déclic, puis une voix familière.

— C'est toi… Parker ? demanda Elliot, visiblement surpris.

Sous l'effet du choc, elle ferma les paupières. Elle ne s'attendait pas à ce qu'il reconnaisse son numéro.

— Euh… oui, répondit-elle. Bonjour.

— Bonjour… Tout va bien ?

Elle se mordit la lèvre, embarrassée. Quelle mouche l'avait piquée d'avoir appelé un type qu'elle connaissait à peine. Et qui, par-dessus le marché, lui avait joué un très sale tour. Mieux valait trouver Julie et chercher du réconfort auprès d'elle.

— En fait oui, tout va bien, lâcha-t-elle.

— Écoute, Parker… Je sais pourquoi tu m'appelles.

Le téléphone faillit lui échapper des mains et elle lança un regard inquiet alentour. L'avait-il suivie ici, dans cet endroit pourri ? Elle scruta le paysage mais ne l'aperçut nulle part.

— Je suis au courant, pour ton père.

Un frisson glacial courut le long de sa nuque.

— Quoi, mon père ? répliqua-t-elle sèchement.

— Attends… Tu ne sais pas ?

— Je ne sais pas quoi ?

Silence à l'autre bout du fil. Une éternité.

— Je ne sais pas quoi ? répéta-t-elle plus fort.

D'une voix mal assurée, il répondit enfin :

— Je ne pensais pas que tu apprendrais ça par moi. Il y a eu…

Il hésita un instant avant de poursuivre :

— Il y a eu un accident dans la cour de la prison. Et… et ton père est mort.

Chapitre cinq

Ce mardi soir, Ava était assise à la table de la cuisine aux prises avec son devoir de physique. En plus du lycée, elle s'était inscrite à une prépa pour les concours d'entrée aux grandes universités. Les problèmes devenaient de plus en plus complexes. Pour couronner le tout, elle était obligée de travailler dans une des pièces communes, de manière à ce que son père et sa belle-mère puissent la surveiller. C'était leur idée, évidemment. Ces derniers temps, ils la tenaient à l'œil vingt-quatre heures sur vingt-quatre comme si elle était une terroriste recherchée par Interpol.

Pourtant, ce soir-là, son père et sa belle-mère ne faisaient pas particulièrement attention à elle. Installé sur une chaise haute devant le comptoir, son père lisait des papiers pour son travail en buvant du thé. Leslie, elle, ne cessait d'entrer et sortir de la pièce. Après avoir ouvert un placard et pris des chandeliers, elle fronça les sourcils puis sortit des napperons d'un tiroir. Tout ça sans renverser une goutte du verre de chardonnay qu'elle tenait à la main. D'après le calcul d'Ava, c'était déjà son troisième verre, et il n'était pas encore 17 heures. *Normal.*

— Merde ! jura Leslie, quand le mixeur qu'elle tenait

d'une main en s'aidant de son menton faillit lui échapper car, bien sûr, hors de question de poser son verre.

Elle rangea le mixeur dans un placard et claqua la porte si violemment qu'Ava sursauta. Son crayon traça un grand trait en travers de son devoir de physique. Elle chercha le regard de son père, mais celui-ci fit mine de ne rien avoir remarqué. Pourquoi sa belle-mère était-elle si énervée ? Le vin n'était-il pas censé la calmer ?

Leslie se rendit dans la salle à manger, tout en maugréant, puis revint, une boîte de couverts en argent dans une main, son verre bien calé dans l'autre.

— L'argenterie a besoin d'être nettoyée, lança-t-elle à son mari d'un ton sec.

Il bougea sur sa chaise, mal à l'aise. Il se rendait bien compte qu'elle était complètement hystérique, non ? Pourtant, tout ce qu'il trouva à dire fut :

— Je le dirai à la femme de ménage.

— Peut-être que ta fille peut s'en charger, plutôt ?

Ava sentit le regard de Leslie posé sur elle.

— C'est utile de savoir nettoyer l'argenterie, ajouta-t-elle.

Le père d'Ava posa une main sur l'épaule de sa femme.

— Ma chérie, on a presque une semaine pour tout préparer, c'est largement assez.

Ava ne put s'empêcher de lever les yeux de son cahier.

— Pour préparer quoi ? demanda-t-elle.

Son père lui adressa un sourire.

— La mère de Leslie vient de New York pour nous voir. Elle va rester quelques jours et Leslie a décidé d'organiser une fête à la maison, en son honneur.

— Et je veux que tout soit parfait, insista Leslie en

attrapant une miette qui traînait sur le comptoir avec ses ongles rouge vif.

Puis elle lança un regard à Ava, qui signifiait clairement : *Tu as intérêt à te tenir à carreau.* Ava haussa les épaules d'un air détaché, mais, au fond d'elle-même, elle frémit. Si sa belle-mère n'avait jamais été tendre avec elle, elle s'était transformée en véritable sorcière depuis l'histoire du meurtre de Granger. Ava lança un coup d'œil à son père, mais celui-ci s'était replongé dans ses papiers, comme s'il n'avait pas senti la tension qui montait. Il avait bien changé, depuis que cette femme était entrée dans sa vie. Auparavant, quand tout allait bien, lui et sa mère était aux petits soins pour leur fille. La maison était pleine de rires et d'insouciance. Pas de ces obsessions frénétiques, de bouteilles de vin vidées, ou de regards sombres et haineux.

Le téléphone sonna. M. Jalali se leva pour aller répondre dans l'entrée. Leslie commença à compter les verres à vin et en sortit quelques-uns pour les poser bruyamment dans l'évier. D'un air énervé, elle marmonna quelque chose à propos du fait qu'ils étaient couverts de taches. Elle semblait prête à exploser.

Ava referma son cahier et regarda sa belle-mère.

— Je suis sûre que tout va être parfait pour ta mère.

Mauvaise initiative. Leslie fit volte-face et la dévisagea, les narines palpitantes, le souffle court.

— Qui t'a donné la permission de parler ?

Les doigts d'Ava se crispèrent sur son crayon.

— J'essaie juste d'aider. Trop de stress, ça peut rendre malade.

Leslie s'approcha d'elle. Ava pouvait sentir son haleine chargée d'alcool.

— Je m'agite dans tous les sens pour que ça soit parfait car *rien* ne va. Et je pense surtout à toi, en disant ça.

Elle fit un geste dédaigneux de la main.

— Tu es habillée comme une pute, dit-elle en montrant son jean moulant et son haut *un peu* échancré. Pas étonnant que personne ne te respecte. Qu'est-ce que tu foutais chez ce prof avant de le tuer ? Tu lui roulais des pelles ?

Ava se leva d'un bond. Leslie était-elle au courant de la rumeur lancée par Nolan, qui prétendait qu'elle avait couché avec ses profs pour avoir de bonnes notes ? Cette idée la fit frémir. D'autant plus que sa belle-mère avait entendu les flics expliquer à son père pourquoi elle était suspectée du meurtre de Granger.

— Je ne lui ai rien fait ! protesta-t-elle.

Leslie eut un sourire mauvais.

— Ouais, bien sûr.

Incapable d'en supporter davantage, Ava attrapa son cahier, son livre et son crayon et se précipita dans l'escalier. Une fois dans sa chambre, elle se jeta sur son matelas et rabattit par-dessus sa tête le dessus de lit persan. Un cadeau que ses parents lui avaient rapporté de leur dernier voyage en Iran, peu avant la mort de sa mère. Elle lui manquait tellement. Et elle ne supportait plus de vivre sous le même toit que cette femme détestable. Pourquoi haïssait-elle Ava à ce point ? Était-elle jalouse ?

Des bruits de voix lui parvinrent d'en bas. Son père devait probablement demander à Leslie où elle était passée. Et Leslie devait être en train de lui raconter qu'elle lui avait fait une remarque désagréable avant de partir bouder dans sa chambre, comme une vraie enfant gâtée. Au bout d'un moment, elle entendit la porte d'entrée s'ouvrir et se fermer, puis la voix énervée de Leslie, dans l'allée. Un bruit de portière retentit ensuite, suivi du ronronnement d'un moteur. Ava se leva et écarta discrètement le rideau. La Mercedes de son père franchissait le portail. Ils étaient partis.

Avec un soupir, elle se laissa tomber sur le lit et fixa le plafond. Elle se sentit soudain horriblement seule. À qui pouvait-elle se confier ? Plus à son père, ni à Alex, son petit ami, qu'elle aimait, mais à qui elle n'avait pas reparlé depuis la nuit où il l'avait vue sortir de chez Granger et avait ensuite prévenu la police.

Alex. Elle ne parvenait toujours pas à croire qu'il avait fait une chose pareille. Elle savait bien de quoi elle avait l'air, ce soir-là, en sortant de chez Granger – rouge, échevelée, la robe à moitié déboutonnée. Mais comment avait-il pu croire un seul instant qu'elle était venue voir Granger pour coucher avec lui ? Alex savait que le prof avait flashé sur elle, et qu'il flirtait avec des élèves, mais pourquoi ne lui avait-il pas demandé ce qui s'était passé ? Elle ne lui aurait pas tout dit, mais suffisamment pour le convaincre de son innocence. Elle aurait même été prête à lui avouer ce qu'elles avaient fait à Nolan.

Le problème, c'était qu'Alex s'était contenté d'appeler la police pour raconter qu'il l'avait vue sortir de chez Granger. Il l'avait dénoncée. Elle n'arrivait pas à savoir si elle était blessée ou en colère. Les deux, sans doute. La croyait-il vraiment capable de tuer quelqu'un ? La connaissait-il si mal ? Elle aurait aimé pouvoir lui demander pourquoi il avait fait ça. Lui parler, tout simplement. Elle avait beau lui en vouloir, il lui manquait terriblement. Ne pas le voir, ne pas discuter avec lui, ne pas le toucher… C'était étrange. Comme si elle avait perdu une partie d'elle-même.

Son portable vibra et elle bondit aussitôt. Alex, peut-être ? Elle lui avait envoyé deux textos en le suppliant de répondre, mais rien. Aucune nouvelle.

Raté. Message de Mackenzie : *Bizarre, le lycée, hein ?* Elle poussa un soupir. Bizarre, c'était le moins qu'on puisse dire… Des élèves en larmes partout, des dizaines de bouquets de fleurs devant la porte du bureau de Granger, où deux filles habillées comme des hippies jouaient de la guitare et du tambourin en chantant des chansons qui parlaient d'amour, de paix, de paradis. Et la direction du lycée, généralement peu tolérante, les avait laissées faire. La date des funérailles avait été annoncée : elles se dérouleraient le jeudi, et la présence des lycéens était obligatoire. Mais le pire, dans tout ça, c'était que les élèves avaient l'air d'être au courant de certains détails. Peut-être du fait qu'Ava se trouvait chez Granger juste avant sa mort ? Mais peut-être en savaient-ils davantage – qu'elle était soupçonnée du meurtre du professeur ? Une pétasse avait saccagé son casier de sport en vidant le contenu des produits de beauté, déodorant et soin pour les cheveux qu'elle gardait là. Du coup, après avoir bien transpiré pendant le cours, elle avait dû passer le reste de la journée dans un état pitoyable.

Plus que bizarre, même, écrivit-elle.

Des nouvelles des flics ? demanda Mac.

Nan. Et toi ?

Mac lui répondit qu'elle non plus n'avait pas reçu le moindre appel de leur part. Cela surprenait Ava : elle s'était attendue à être encore convoquée. Surtout qu'ils avaient dû découvrir qu'elle s'était rendue chez Granger quelques jours plus tôt afin qu'il l'aide pour un devoir. Il avait évidemment profité de la situation pour la draguer.

Toute la journée, elle avait attendu avec anxiété qu'un inspecteur se pointe dans la classe, mais personne n'était venu.

Avec un soupir, elle repensa à Alex. Si seulement il lui répondait, et lui disait pourquoi il avait agi ainsi, elle pourrait à son tour lui expliquer ce qui s'était passé. Elle joua avec les touches de son portable tandis que ses pensées vagabondaient. Le besoin de lui parler était puissant... Mais cela ne servait à rien de l'appeler encore une fois : il n'avait répondu à aucun de ses textos ou coups de fil, jusqu'à présent. Il y avait une autre solution : aller chez lui. Après avoir pesé le pour et le contre, elle décida que c'était ce qu'elle avait de mieux à faire.

Au moment de se lever, elle aperçut son reflet dans le miroir. Une horreur. Ses cheveux partaient dans tous les sens, son joli teint caramel s'était transformé en mine de papier mâché et de gros cernes noirs ombraient ses yeux. Et, à en croire la manière dont elle flottait dans son jean, elle avait certainement perdu quelques kilos. Mais elle n'avait pas la force de faire les efforts nécessaires pour redevenir la parfaite Ava. Tant pis, Alex la verrait dans cet état. Après tout, cela lui permettrait peut-être de comprendre à quel point elle souffrait, en partie à cause de lui.

Plutôt que de prendre la voiture, elle préféra sortir son vélo du garage. Tout en pédalant, elle songea à ce qu'elle lui dirait, si elle le voyait. *Je sais de quoi j'avais l'air et ce que tu as pu t'imaginer, mais ça n'est pas vrai,* serait sa première phrase. Et s'il l'avait aperçue par la fenêtre en train de faire son striptease, que répondrait-elle ? *C'était pour sauver mes amies, car nous étions entrées dans sa maison par effraction en croyant qu'il était un meurtrier* ?

Une bouffée d'angoisse l'envahit. Ça aussi, c'était

nouveau : jusqu'à présent, elle ne s'était jamais sentie stressée devant Alex.

Il n'habitait pas loin de là, mais elle dût affronter le vent et une bruine tenace. Elle arriva dans sa rue, essoufflée et trempée. C'était aussi la rue où demeurait Granger. Un ruban orange entourait sa maison tandis que de nombreuses personnes portant des gilets fluo avec l'inscription « SCÈNE DU CRIME » entraient et sortaient de chez lui. Un camion de télévision était garé devant, son antenne posée sur le toit. En découvrant ce spectacle, elle sentit son ventre se nouer. Qu'allaient-ils trouver à l'intérieur ? Granger détenait-il réellement des informations sur la mort de Nolan qui auraient pu lui coûter la vie ? Ou bien les enquêteurs se contentaient-ils de chercher d'autres preuves contre elle ?

Elle freina brutalement. Réflexion faite, c'était une très mauvaise idée de traîner dans le coin. S'ils la voyaient, les inspecteurs pourraient prendre ça pour une provocation de sa part. Elle jeta un coup d'œil vers la maison d'Alex et fut surprise d'y voir de nombreux policiers. Deux fourgons bloquaient l'allée et, sur le perron, se tenaient quatre officiers, qui semblaient extrêmement tendus. On aurait dit qu'ils criaient contre quelqu'un.

Ava se cacha derrière un arbre de la maison voisine pour essayer de comprendre ce qui se passait. Quand un des hommes s'écarta, elle s'aperçut avec stupeur que l'individu sur lequel les quatre policiers s'énervaient n'était autre qu'Alex. Il agitait ses mains comme un forcené. Puis tout alla très vite. Sous le regard médusé d'Ava, deux des policiers l'encerclèrent et lui bloquèrent les bras. Il se débattit pour s'échapper, mais les officiers le plaquèrent contre le mur de la maison.

Elle laissa échapper un gémissement. Voir le garçon qu'elle aimait être traité aussi brutalement était insoutenable. Mais pourquoi lui faisaient-il ça ? L'un des hommes lui passa les menottes. Sans hésiter, Ava laissa tomber son vélo et traversa la pelouse en courant. Elle s'en fichait bien d'être vue ici, à présent. Elle se fraya un passage à travers les personnes attroupées devant la maison – journalistes, policiers et badauds.

— Non ! hurla-t-elle. Arrêtez !

Alex se démenait comme un fou.

— Lâchez-moi ! criait-il. Je vous ai dit que je n'avais rien fait.

— Vous avez le droit de garder le silence, lui annonça un des officiers d'une voix forte. Tout ce que vous direz pourra être retenu contre vous devant un tribunal.

Ava resta bouche bée, hallucinée. Ils étaient en train de lui lire ses droits ? Elle écarta vivement les quelques personnes qui se trouvaient devant elle et se précipita vers le perron.

— Alex ! appela-t-elle sans même prendre le temps de réfléchir. Alex, c'est moi !

Il tourna la tête et croisa son regard. La surprise s'afficha sur son visage. Soudain, un policier tapa sur l'épaule d'Ava.

— Vous devez reculer, mademoiselle. Cet homme pourrait se montrer dangereux.

Dangereux, Alex ? Il était du genre à prendre une araignée pour la mettre dehors plutôt que de l'écraser.

— Pourquoi l'arrête-t-on ? s'exclama-t-elle.

Puis, dévisageant Alex, elle ajouta :

— Qu'est-ce qui se passe ?

Il posa les yeux sur elle, l'air absent. Les policiers lui

firent traverser la pelouse, en le tenant chacun par un bras. Au moment où ils le poussèrent dans le fourgon, une pensée étrange germa dans l'esprit d'Ava. *Cet homme pourrait se montrer dangereux.* Elle songea à son regard vide tandis que les policiers l'emmenaient. Désormais, il ne pouvait plus lui expliquer quoi que ce soit.

L'officier de police referma la porte arrière de la camionnette puis se dirigea vers l'avant du véhicule. Le gyrophare tournait déjà. Lorsqu'il ouvrit la portière, les journalistes se précipitèrent vers lui.

— Pourquoi arrêtez-vous ce jeune homme, inspecteur ? Pour quel motif ?

Ava se pencha en avant, le cœur battant.

Le policier effleura le talkie-walkie accroché à sa ceinture et regarda la caméra.

— Je ne peux vous dire que ce que je sais, lâcha-t-il d'un ton bourru, la main posée sur le montant de la portière. En l'état actuel des choses, Alex Cohen est arrêté pour le meurtre de Lucas Granger.

Chapitre six

Mardi soir. Julie se gara sur le parking du restaurant *Chez Judy*. Il pleuvait à verse, mais des lumières chaleureuses baignaient la salle et les clients semblaient heureux et détendus. Une abondante chevelure auburn attira soudain son regard et elle sentit son cœur bondir dans sa poitrine. Était-ce Ashley ? Julie n'avait pas revu son ennemie depuis l'histoire du mail et elle redoutait ce moment inévitable.

Cependant, en observant plus attentivement, elle se rendit compte qu'il s'agissait d'une inconnue. Julie poussa un soupir de soulagement. Clairement, elle n'était pas du tout prête à affronter Ashley.

Quelqu'un frappa à sa vitre. Elle tourna la tête et aperçut Parker, trempée de la tête aux pieds. Julie était venue à sa demande. Elle déverrouilla la portière et Parker s'engouffra dans la voiture.

— Tu ne m'as pas vue te faire des signes ? lança-t-elle d'une voix agacée. Tu aurais pu te garer plus près du trottoir.

— Désolée… Je croyais avoir aperçu quelqu'un à l'intérieur.

— Ashley ?

Parker tout craché : elle connaissait Julie par cœur.

— Je déteste cette fille, siffla Parker. Je la déteste *vraiment*.

— Je sais. Moi aussi.

— Ouais, faut pas se laisser faire. Encore une fois…

Elle s'interrompit et examina l'allure de Julie – son chemisier rose, son joli jean noir, ses cheveux bien coiffés.

— Bah, dis donc, t'as pas l'air si mal en point…

Julie brûlait d'envie de lui dire que c'était grâce à Carson : il l'avait appelée dans la journée pour prendre de ses nouvelles et ils avaient parlé pendant deux heures. Mais c'était parfois délicat de raconter des événements joyeux à Parker, qui avait une vie si dure. Elle se contenta donc de hausser les épaules.

— J'essaie de faire face. Je ne veux pas me laisser abattre.

— Faut qu'on trouve une idée pour la punir, grogna Parker.

— Comme quoi ? interrogea Julie en sortant du parking. Crever ses pneus ? Poster un truc salaud sur Facebook ? On aura juste l'air de deux filles débiles qui veulent se venger.

Parker s'enfonça dans le siège et marmonna quelque chose que Julie ne comprit pas. Elle observa un moment son amie. Parker était pâle et paraissait épuisée. Elle avait l'air tracassée par quelque chose de plus sérieux qu'Ashley.

Les essuie-glaces couinaient sur le pare-brise.

— Alors ? questionna Julie. Tu étais passée où ?

Elle n'avait pas la moindre idée de l'endroit où Parker avait dormi. Quand elle l'avait appelée en lui demandant de venir la chercher, Julie était sur le point de signaler sa disparition. Cela lui était déjà arrivé, bien sûr ; mais jamais aussi longtemps ni sans dire à Julie où elle allait.

Parker haussa les épaules.

— Dans le coin.

Julie s'arrêta à un stop.

— Comment ça, dans le coin ? s'inquiéta-t-elle.

Cela signifiait-il qu'elle ne se souvenait pas ? Julie sentit son ventre se nouer.

— Tu veux m'en parler ? insista-t-elle.

— Pas trop.

Julie ferma les yeux, découragée. Elle aurait tellement aimé que Parker lui raconte. Se confie. Au lieu de ça, plus le temps passait, plus elle se renfermait. Surtout depuis la mort de Nolan. Si seulement le psy qu'elle lui avait trouvée avait pu l'aider. En repensant à Elliot Fielder et à ce qu'il lui avait fait, Julie frissonna. Elle se sentait terriblement coupable. Elle avait commis beaucoup d'erreurs avec Parker. Des erreurs terribles, qu'elle ne pouvait réparer. Dorénavant, elle devait se montrer plus prudente.

— On va où, là ? demanda mollement Parker, le regard perdu au loin.

— Chez Ava. Elle m'a appelée. Son copain a été arrêté pour le meurtre de Granger.

— Comment ça ? lâcha Parker. Tu veux dire Alex ?

— Yep. C'est bizarre, hein ?

— Carrément, dit lentement Parker tandis qu'elles tournaient dans la rue d'Ava.

Puis, après s'être éclairci la gorge, elle ajouta :

— Tu veux savoir un autre truc bizarre ? J'ai appris ce matin que quelqu'un avait tué mon père.

Julie freina brutalement sans le vouloir, en plein milieu de la rue.

— Quoi ?

— Eh ouais… Un « incident » dans la cour de la prison. L'incinération a déjà eu lieu. Bon débarras, non ?

Sa voix était atone, son ton machinal. À tel point que, l'espace d'un instant, Julie crut qu'elle plaisantait. Mais elle vit la souffrance dans les yeux de son amie. Et elle savait que Parker ne s'amuserait pas à faire une blague de ce genre. Elle pressa tendrement sa main.

— Oh mon Dieu, murmura-t-elle. Je suis désolée. Mais on devrait plutôt se réjouir, en fait.

Parker resserra sa capuche autour de son visage.

— Je sais…

Elle planta ses yeux dans ceux de Julie. Depuis qu'elle avait toutes ces cicatrices, cela ne lui arrivait pas souvent.

— Je disais tout le temps que je rêvais qu'il meure, et maintenant, il est vraiment mort. Comme si mon vœu avait été exaucé.

— Moi aussi, je le souhaitais, dit doucement Julie.

Pourtant, la mort de Markus Duvall ne la satisfaisait pas réellement. Le mal qu'il avait fait à sa fille était irréparable et sa disparition n'effaçait rien.

Une fois garée devant chez Ava, Julie coupa le contact et lança un coup d'œil inquiet à son amie.

— On peut très bien ne pas y aller.

— C'est bon, ne t'en fais pas, répondit Parker en hochant la tête.

— OK, lâcha Julie. Mais si tu ne te sens pas bien, tu me le dis et on s'en va, d'accord ? On pourra se regarder un film dans ma chambre. Tu pourras même choisir un truc avec Ben Affleck, si tu veux.

Après être sorties de la voiture, elles remontèrent l'allée. Au moment où elles s'apprêtaient à appuyer sur la sonnette, la porte s'ouvrit d'un coup. La belle-mère d'Ava, Leslie, se tenait devant elles. Le regard flottant, elle vacillait d'avant en arrière. Julie sentit son haleine alcoolisée.

— Encore…, siffla-t-elle d'un ton glacial en détaillant Parker et Julie d'un air dédaigneux. Les autres sont dans sa chambre. Merci de ne pas mettre le bazar, OK ?

Julie se contenta de hocher la tête, mais Parker se redressa fièrement et lança :

— Ça tombe bien, je pensais justement mettre le feu à la maison. Et aussi, m'enfiler un peu d'héro dans votre salle de bains.

— Parker ! s'exclama Julie en lui donnant un coup de coude.

Elle savait combien son amie avait du mal avec l'autorité. Son père passait son temps à la harceler.

La belle-mère d'Ava observa les filles, visiblement exaspérée.

— Vous êtes qui, déjà ? questionna-t-elle d'une voix pâteuse.

— Viens, ordonna Julie en entraînant Parker vers l'escalier.

Pas étonnant qu'Ava ne puisse pas supporter cette bonne femme. On aurait dit un serpent prêt à attaquer. Une fois en haut, par la porte entrouverte, elles aperçurent Ava assise sur son lit, et Caitlin et Mac en tailleur de chaque côté d'elle. Elles avaient toutes les trois l'air choquées. Le beau visage d'Ava ruisselait de larmes.

— Tu tiens le coup ? lui demanda doucement Julie en la serrant contre elle.

Ava haussa les épaules, un kleenex à la main.

— Pas trop… Mais et toi, comment ça va ? Je ne t'ai pas vue au lycée depuis cet horrible mail.

Elle examina Julie et, avec un pâle sourire, effleura ses boucles d'oreilles.

— Elles sont super jolies, commenta-t-elle.

— Merci, répondit Julie. Ça va mieux. Je pense que je vais bientôt retourner au lycée.

Grâce à Carson, évidemment. Il l'avait tellement soutenue et réconfortée qu'elle se sentait prête à affronter les sarcasmes.

— Tu dois absolument revenir, observa Caitlin avec gentillesse. Faut pas que tu les laisses t'impressionner. On est avec toi.

— C'est vrai, insista Mac. On te soutient à fond.

Ces paroles réchauffèrent le cœur de Julie. En pleine tourmente, alors que tout le monde avait découvert son secret le plus intime, le fait de savoir qu'elle avait ces nouvelles amies était un don du ciel. Ces filles qu'elle connaissait à peine ne la jugeaient pas. Et, quoi qu'il arrive, elles seraient là pour l'aider. Elles faisaient front ensemble, envers et contre tout.

Ava se leva et ferma la porte de sa chambre d'un coup sec. Durant un court instant, le silence régna. Puis, après une profonde inspiration, Caitlin se jeta à l'eau.

— Donc, Alex…

— J'y crois pas ! s'exclama Julie en regardant Ava. Tu étais là quand il a été arrêté ?

La mine sombre, Ava hocha la tête.

— Ils l'ont sorti de la maison et l'ont poussé dans le fourgon. C'était brutal.

— Et tu crois que… qu'il l'a fait ? demanda Julie d'une voix hésitante.

Ava se mordit la lèvre.

— Impossible. Il ne ferait pas de mal à une mouche. Alors, poignarder quelqu'un…

Après s'être éclairci la gorge, Mac intervint :

— Et ça, c'est quoi ?

Elle sortir son smartphone et se connecta à un site. Sur l'écran, elles virent le présentateur du journal télévisé régional. « Alex Cohen, récemment arrêté dans l'affaire du meurtre de Granger, a un passé violent, annonçait le journaliste d'une voix grave. Nous avons parlé avec Lewis Petrovsky, un élève du précédent lycée du suspect, en Californie. » Un type aux cheveux bouclés et avec des taches de rousseur apparut. "Ici, tout le monde connaît Alex, disait-il. Il avait un problème avec son ex-petite copine, qu'il n'arrivait pas à lâcher. Limite, il l'espionnait. Un soir, il a blessé Brett, le nouveau petit copain de Cleo. Il l'a bien abîmé : il est resté à l'hôpital pendant un mois." Sa bouche trembla. "Brett est mon meilleur ami. J'ai eu vraiment peur pour lui." » Puis, retour au présentateur : « Nous avons essayé de contacter les parents de Cleo Hawkins et de Brett Greene pour leur poser des questions mais, pour l'instant, nous n'avons pas réussi à les joindre. »

L'air choqué, Ava regardait l'écran, bouche bée.

— C'est quoi cette histoire ? Comment c'est possible ?

Julie sentit son cœur se serrer. À l'évidence, Ava tombait des nues et n'avait jamais entendu parler de ça auparavant – ni par son avocat, et encore moins par Alex lui-même. Elle semblait sous le choc.

Mac fit la grimace.

— Désolée que tu l'aies appris comme ça…

Sans un mot, Ava appuya sur le bouton « Play ».

— C'est pas du tout le genre d'Alex, annonça-t-elle après avoir revu la séquence.

— N'empêche, ça colle, répliqua Parker. Il t'a vue te déshabiller devant Granger, il a pété un câble et l'a tué.

Les yeux plein de larmes, Ava se tourna vers elle :

— Alex n'est pas un type sanguin.

Caitlin posa ses mains à plat sur ses genoux.

— À vrai dire, mon avocat m'a raconté la même histoire que celle du mec de son ancien lycée. Et, visiblement, les flics ont trouvé un message d'Alex à Granger, où il dit : « Si tu t'approches de ma copine, je te tue. »

Ava pâlissait à vue d'œil.

— Comment ça ?

— Ton avocat ne t'en a pas parlé ?

— Je n'ai même pas encore entendu le son de sa voix, lâcha Ava avec dépit.

Elle baissa les yeux avant d'ajouter :

— Mais même s'il y a une menace verbale, un mobile, et un passé *supposé* violent, ça ne me semble pas suffisant pour arrêter Alex.

Caitlin toussa, mal à l'aise.

— Eh ben, en fait… il y avait aussi ses empreintes sur la poignée de la porte de Granger.

— Là, ça craint…, laissa échapper Mac.

— Et pourquoi personne ne m'a tenue au courant de tout ça ? s'exclama Ava d'une voix tremblante.

— Peut-être que ton avocat ou tes parents voulaient te protéger ? suggéra Julie.

Ava secoua la tête, choquée.

— Je ne comprends vraiment pas.

Julie lança un regard aux autres.

— Ça signifie que nous ne sommes plus soupçonnées, alors ?

— C'est ce que m'a dit mon avocat, confirma Caitlin.

Julie dut reconnaître qu'elle était soulagée de l'apprendre. Avec un peu de chance, elle ne serait pas obligée de remettre les pieds dans ce satané commissariat de police. Mais le visage décomposé d'Ava donnait un goût amer à cette bonne nouvelle.

— Donc, si Alex a tué Granger et qu'il l'ait fait par jalousie, est-ce que ça veut dire que Granger a assassiné Nolan ? avança Julie, l'air songeur. Dans ce cas, les deux meurtres n'auraient rien à voir l'un avec l'autre ?

— Peut-être..., dit Mac en ramenant ses genoux contre sa poitrine. On est peut-être enfin tirées d'affaire.

Personne ne parla durant un moment. Julie évitait de regarder Ava. Puis Parker brisa le silence :

— Quelqu'un d'autre a été tué.

Les filles se tournèrent vers elle. Mais Parker ne parvint pas à en dire plus. Julie inspira profondément. Elle savait à quoi Parker faisait allusion.

— Le père de Parker a été assassiné, annonça-t-elle.

Les yeux s'arrondirent de surprise.

— Oh non ! dit Ava. Comment ?

Parker toussa légèrement et retrouva sa voix.

— Il a été tabassé dans la cour de la prison. Pour l'instant, ils ne savent pas qui a fait ça, mais c'est sans doute un autre détenu.

— Oh là là, soupira Mac en laissant courir ses doigts sur l'accoudoir du fauteuil. Ça fait beaucoup de morts d'un coup.

Caitlin fronça les sourcils.

— Vous ne trouvez pas que c'est une drôle de coïncidence ?

— Comment ça ? intervint Mac.

Caitlin lança un coup d'œil à Julie.

— Tu te rappelles, Julie… Le jour de cette fameuse conversation, en cours de cinéma, tu avais dit que tu souhaitais la mort du père de Parker. Et c'est arrivé.

Julie se souvint de ce moment. Et d'ailleurs, en y repensant, n'avait-elle pas dit : *il pourrait se faire tabasser dans la cour de la prison* ?

— Je ne veux pas être parano, mais c'est quand même super étrange, affirma Caitlin d'un ton calme. D'abord Nolan, qui meurt exactement comme on l'avait prévu, et ensuite le père de Parker ?

— Ouais, enfin des types qui se font buter en prison, il y en a tous les jours, remarqua Mac.

— C'est vrai, renchérit Ava. Ça n'a sûrement rien à voir avec la mort de Nolan et de Granger.

— Je vais me faire l'avocat du diable, dit Caitlin. Imaginons que ça n'est pas une coïncidence. Et que quelqu'un, genre, a *entendu* notre discussion.

Elle regarda de nouveau Julie

— Si seulement on avait encore le carnet de Granger… Vous vous souvenez de ce qu'il avait marqué ?

Julie tressaillit. Dans les affaires de Granger, elle avait trouvé son bloc-notes. Sur une page, il avait écrit des phrases en rapport avec la discussion qu'elles avaient eue ce jour-là. Elle lança un coup d'œil à Parker, qui hocha la tête.

— Ça disait : « Nolan – Cyanure ». Si Granger a tué Nolan, c'est comme ça qu'il a eu l'idée et qu'il savait que nous serions désignées comme coupables.

— Est-ce qu'il y avait les noms de toutes les personnes dont on a parlé ? demanda Ava.

— Je crois que oui, répondit Julie. Il était question de Leslie, et aussi de Claire…

Mac regarda fixement devant elle.

— C'est moi qui ai dit Claire, avoua-t-elle en rougissant.

— Et puis le père de Parker, ajouta Julie. Granger avait écrit tous les noms.

— Pas celui d'Ashley, pourtant, remarqua Parker.

Julie hocha la tête. C'était vrai. Mais peut-être ne savait-il pas encore qui était Ashley ? Elle ne suivait pas son cours.

— Vous pensez que quelqu'un d'autre a pu nous entendre ? poursuivit Caitlin. En dehors de Granger, je veux dire.

— Dans la salle de classe ? questionna Julie.

— Je sais pas…, répondit Caitlin en haussant les épaules. Probablement.

— Et même si c'était le cas ? Cette personne aurait réussi à s'introduire dans une prison hyper surveillée et à tabasser un type à mort ?

— Pourquoi pas ? Poussons l'idée jusqu'au bout. Qui d'autre était en classe avec nous ce jour-là ?

Ava ferma les yeux pour réfléchir :

— Ursula Winters. Fiona Ridge. Alex, mais il a passé tout le cours à l'autre bout de la salle, à discuter avec Nolan.

— Oliver Hodges, Ben Riddle, Quentin Aaron, énuméra Mac à son tour. James Wrong…

— Dont le père est sénateur et qui est bien parti pour entrer à Harvard, interrompit Ava. Il ne ferait jamais un truc aussi stupide. Tu peux le rayer de la liste.

— Ah, parce que nous ne ferions jamais un truc aussi bête que tendre un piège à quelqu'un, juste parce que nous sommes bien placées pour avoir Juilliard, ou la meilleure bourse pour Yale ou je ne sais quoi d'autre ? interrompit Mac.

Ava pâlit.

— OK, admit-elle. James Wrong aussi a pu nous entendre.

— Claire était là, ajouta Mac. Peut-être que c'est elle ? Si elle m'a entendue souhaiter sa mort, c'est tout à fait le genre à vouloir se venger.

Caitlin se passa les mains sur le visage.

— Et Ursula ? Elle rêve de prendre ma place dans l'équipe de foot. À n'importe quel prix.

— En tuant des gens ? intervint Parker d'un air sceptique.

Julie dut reconnaître que c'était peut-être excessif. Plus personne ne prononça un mot durant un moment. Julie ferma les paupières et réfléchit. Puis elle lança :

— C'est n'importe quoi, les filles. En dehors de Granger, personne ne nous a entendues. Et j'ai vu de mes propres yeux cette foutue page avec ses notes. Même si les flics la trouvent, nos noms ne sont pas dessus. Ça ne prouvera rien.

— Qu'est-ce qui s'est passé avec ce bloc-notes, d'ailleurs ? interrogea Caitlin. Vous avez une idée ?

Julie essaya de se rappeler le déroulé des événements, mais le retour inopiné de Granger avait semé une telle panique qu'elles étaient parties dans la précipitation.

— Je sais pas trop…, avoua-t-elle.

Parker semblait tout aussi perdue :

— Je pensais l'avoir pris, mais je ne remets pas la main dessus. Je ne comprends pas où il est passé.

— Ce qui veut dire qu'il est quelque part dans la nature, conclut Ava, inquiète. La police l'a peut-être trouvé chez

Granger ? Mais il peut également être entre les mains de quelqu'un d'autre. De l'assassin, même…

Allongée sur le lit, Mac interrompit la discussion :

— Attendez, c'est n'importe quoi, là ! On est en train de monter en épingle un truc qui ne repose sur rien. La mort du père de Parker n'a aucun rapport avec tout ça, ni avec nous. Étant donné ce qu'il a fait à sa fille, c'est évident qu'il était menacé. C'est bien connu que ceux qui sont en prison parce qu'ils ont maltraité des enfants sont attaqués par les autres détenus. Donc, ça ne nous concerne pas et c'est vraiment le cadet de nos soucis.

— Elle a raison, observa Julie.

— Ouais, lâcha Caitlin en posant sa tête sur ses genoux. Désolée pour le délire.

— Pas grave, glissa Mac en la prenant par les épaules. C'est bien d'envisager toutes les possibilités. Mais pour l'instant, on devrait regarder le bon côté des choses. Ça craint qu'Alex ait été arrêté, mais c'est bon pour *nous*. On est tirées d'affaire et on peut tourner la page.

— Tu as raison, remarqua Julie en laissant flotter son regard au loin.

Plutôt que d'échafauder des théories abracadabrantes, mieux valait se réjouir. Elles ne risquaient pas d'aller en prison, Parker était là à côté d'elle, et Julie avait de vraies amies. De quoi avaient-elles besoin d'autre ?

Tandis qu'elle s'adossait contre le mur, elle ne put s'empêcher d'ajouter :

— Coïncidence ou pas, en tout cas, je suis vraiment contente que Markus Duvall soit mort.

Chapitre sept

Le mercredi soir, debout devant le miroir de sa chambre, Mac contemplait sa nouvelle robe bustier à fleurs qu'elle tenait plaquée contre elle. Sa mère l'avait achetée dans l'après-midi et l'avait déposée sur son lit avec un post-it sur lequel était écrit : *À mettre ce soir !*

Elle fit la grimace. Avec ses joues rebondies, ses lunettes à monture noire et ses cheveux blonds, elle avait l'impression de ressembler à une bibliothécaire ou à l'héroïne de *La Petite Maison dans la prairie*. Autrement dit : une catastrophe. Pourquoi ne pouvait-elle pas rester tout bêtement en jean ? Les soirées de la Juilliard School étaient donc chic à ce point ? Elle poussa un soupir résigné. Cette réception serait habillée, bien sûr : il s'agissait quand même de la soirée officielle pour accueillir les nouveaux étudiants de l'État de Washington. Elle était quand même très excitée à l'idée de rencontrer certains de ses futurs condisciples.

En revanche, la perspective de se retrouver face à Claire ne la réjouissait pas du tout. Elle ne l'avait pas vue de la semaine, car elle s'était débrouillée pour l'éviter au lycée. Elle avait même hésité à sécher le cours d'orchestre mais, bizarrement, Claire n'était pas venue. La prof n'avait pas fait de remarque sur son absence, mais Mac s'était demandée si elle s'était fait porter pâle pour ne pas la voir.

Mac avait également fui Blake. Chaque fois qu'elle apercevait sa silhouette dans un couloir, elle se précipitait dans la première salle qu'elle trouvait pour ne pas le croiser. Elle avait laissé Sierra manger le cupcake qu'il lui avait offert. Évidemment, elle n'avait pas dit à sa sœur d'où venait ce gâteau. Elle l'avait regardée se régaler sans même y goûter. Quant à la carte qu'il lui avait donnée, elle l'avait rangée dans la boîte à gants de sa voiture, au milieu d'un tas de vieux papiers. Peut-être oublierait-elle son existence et tomberait-elle dessus dans quelques années, quand elle serait riche et célèbre et que Blake ne serait plus qu'un lointain souvenir.

Elle reposa la robe sur le lit, dépitée. De toute façon, elle ne lui irait sûrement pas. Mieux valait ne pas aller à cette soirée et rester à la maison. Elle ne se sentait vraiment pas en état de se montrer. Soudain, elle se rappela la conversation qu'elle avait eue la veille avec les autres, chez Ava. Elles étaient désormais lavées de tout soupçon pour le meurtre de Granger. Et sans doute aussi pour celui de Nolan. Une nouvelle vie s'ouvrait à elle, non ? Elle devait en tirer le meilleur parti. Quant à la possibilité que quelqu'un d'autre les ait entendues énumérer la liste des gens dont elles souhaitaient la mort et se charge d'exécuter leurs vœux, c'était une idée complètement dingue. Quelle mouche les avait piquées d'imaginer un truc pareil ?

OK, elle irait à cette soirée, c'était décidé. Mais certainement pas dans cette robe à fleurs ! Elle ouvrit son placard et, après avoir examiné un certain nombre de vêtements, sortit une robe en soie noire qu'elle avait achetée à New York lorsqu'elle était allée avec sa famille visiter Juilliard, l'année précédente. Sa mère l'avait trouvée un peu courte, ce qui, selon Mac, était plutôt un bon point.

Une fois habillée et maquillée, après une dernière touche de rouge à lèvres, elle prit un bonbon à la menthe et sortit de sa chambre.

— Bonne soirée, lança-t-elle à ses parents qui étaient assis sur le canapé du salon en train d'écouter, les yeux fermés, un opéra de Wagner.

Une demi-heure plus tard, Mac donnait ses clés au voiturier du restaurant brésilien *Michaela*, en plein centre de Seattle. S'armant de courage, elle prit une profonde inspiration avant de franchir la porte. Les enceintes diffusaient un air de bossa-nova. Suspendues au plafond, de grosses ampoules à filament lumineux offraient un éclairage tamisé et chaleureux. Derrière le bar, les serveurs agitaient les shakers, tandis que circulaient des plateaux avec des amuse-gueules alléchants. Le long d'un mur se trouvait une table sur laquelle étaient disposées des étiquettes avec les noms des participants. Lorsque Mac vit le sien, elle sentit son cœur bondir dans sa poitrine. C'était bien réel : elle entrait à Juilliard. Son rêve de toujours était réalisé. Un frisson d'excitation et de fierté la parcourut.

— Ah ah… Tu es quand même venue ?

La voix la fit sursauter. Elle cligna des yeux et, dans la pénombre, discerna le visage ricanant de Claire, tout près du sien. Elle arborait déjà son étiquette : HELLO, JE M'APPELLE CLAIRE COLDWELL.

D'un geste fébrile, Mac remonta ses lunettes sur son nez.

— Je… euh… je dois…, bafouilla-t-elle.

Elle ne voulait qu'une chose : fuir. Mais Claire lui bloquait le passage. Malgré ses quinze centimètres de moins et son corps menu – que Mac lui avait toujours envié – elle semblait soudain plus grande qu'elle.

— Blake m'a plaquée, t'es au courant ? lança-t-elle. À cause de toi.

Les yeux baissés, Mac repensa à ce qu'il lui avait dit l'autre jour. C'était donc vrai… Mais peu importait. Elle s'en fichait que Blake ait quitté Claire. Cela ne signifiait plus rien pour elle.

— Désolée pour toi, lâcha-t-elle.

Que pouvait-elle dire d'autre ? Elles n'étaient plus amies, à présent.

Elle la poussa pour passer et se dirigea vers un groupe d'élèves, au hasard. Juste pour bouger de là. Il y avait quelques types en costume-cravate, l'air crispé, et une fille qui portait des talons aiguilles et une sublime jupe bleu marine.

— Salut, je m'appelle Mackenzie, annonça-t-elle en tendant la main à un garçon longiligne et efféminé qui avait des mains délicates et des cils interminables.

— Salut, mon nom est Lucien, répondit-il d'un air ironique en montrant son étiquette. Je suis flûtiste.

— Ravie de te faire ta connaissance, sourit-elle.

À leur tour, les autres membres du groupe se présentèrent en indiquant leur nom et l'instrument qu'ils pratiquaient. Puis ils se mirent à parler de New York.

— Est-ce que l'un de vous y a déjà été ? demanda d'une voix émerveillée une fille appelée Rhiannon.

Lucien hocha la tête.

— Mes parents m'y ont emmené l'an dernier pour mon anniversaire. C'est ouf ! J'ai trop hâte d'y être.

— C'est hyper cher, non ? interrogea un dénommé Dexter, joueur de piano. J'ai entendu dire qu'un paquet de chewing-gums coûtait genre 5 balles…

— Ouais, mais c'est une ville qui a une énergie unique, intervint Mac.

Elle était allée à New York en tournée avec l'orchestre. Avec Claire, d'ailleurs. Les images lui revinrent en mémoire : elle et Claire arpentant Times Square à la recherche de tee-shirts I LOVE NY, s'empiffrant de gâteaux à la pâtisserie *Chez Dylan*, grimpant sur la scène de Carnegie Hall pour voir l'effet que ça faisait, avant d'en être chassées par l'agent de sécurité. Elle refoula les souvenirs au fin fond de sa mémoire.

— Il ne faut pas non plus croire tout ce qu'on raconte. Les gens, là-bas, ne sont pas tous des voleurs ou des escrocs. Et il n'y a pas de crocodiles dans les égouts !

Dexter eut un petit rire et ajouta, avec un air féroce :

— Ouais, mais il y a quand même d'énormes rats dans le métro !

— Exact, confirma Mac. Et ils sont vraiment immondes.

Tout le monde poussa des cris horrifiés. Mac sentait les yeux de Claire qui l'observaient, mais elle réussit à ne pas regarder dans sa direction. Ce soir, elle s'amuserait, c'était décidé ! Et, pour cela, elle devait vivre l'instant présent, sans se retourner sur le passé.

Un grand blond aux épaules carrées et avec une fossette se joignit à eux. Mac baissa les yeux sur sa veste, mais il ne portait pas son étiquette.

— Ça a l'air de bien rigoler, par ici, lança-t-il sur un ton joyeux.

Lucien but une gorgée de son cocktail.

— On était en train de parler des rats dans le métro, expliqua-t-il. Un moyen comme un autre de faire connaissance.

Le nouveau venu fixa immédiatement Mac du regard.

— Des rats dans le métro ? Beurk !

Mac éclata de rire et se retint de remonter ses lunettes sur son nez. Un tic nerveux qui lui était familier, surtout lorsqu'elle était mal à l'aise.

— Tu as peur ? demanda-t-elle.

Le garçon sourit.

— Des rats ? Nan. J'ai grandi dans une ferme. Mais j'ai entendu dire que ceux de New York étaient particulièrement intelligents. Il paraît qu'ils savent faire des tours – genre des galipettes ou des roues – et qu'ils parlent plusieurs langues.

— Ils discutent même avec les chauffeurs de taxi, enchaîna Mac.

Il eut un sourire amusé.

— Et ils marchandent avec les vendeurs de faux sacs Gucci de Canal Street.

— Et aussi, ils passent sous les portes pour entrer gratos dans les boîtes, poursuivit Mac du tac au tac.

Le type lui tendit la main :

— Je m'appelle Oliver et je fais du piano.

Un frisson la parcourut lorsqu'elle sentit la peau veloutée de sa paume et les légères callosités au bout de ses doigts.

— Mackenzie. Violoncelle. Ravie de faire ta connaissance.

— Moi aussi, Mackenzie Violoncelle, répondit-il en soutenant son regard. J'ai toujours été impressionné par la manière dont les violoncellistes promènent leur instrument comme si c'était juste un sac de rien du tout. À vous voir, ça a l'air hyper simple.

— On nous fait lire *Transporter son violoncelle pour les nuls* avant même de nous demander de sortir un son.

Les mots jaillissaient de sa bouche avec une aisance qui la stupéfiait. Avec Blake, elle n'avait jamais su flirter ainsi. Peut-être parce qu'elle se mettait trop la pression quand elle était avec lui.

— Ah ah ah ! Je le saurai, maintenant.

Il avait un joli rire, remarqua Mac. Franc et musical. Mais, au même instant, elle eut un pincement au cœur. *Ça n'est pas Blake*, lui dit une petite voix intérieure. Elle tressaillit. *Et alors ?* protesta-t-elle. Blake l'avait blessée. *Non*, corrigea-t-elle : il l'avait *entubée*.

Au prix d'un effort, elle se concentra à nouveau sur Oliver. Il était en train de raconter une histoire à propos d'une violoncelliste de son lycée, une Japonaise minuscule, dont l'instrument était presque aussi grand qu'elle, mais qu'elle maîtrisait de manière impressionnante.

— Et vous, les pianistes ? interrogea-t-elle quand il eut fini de parler. Ça doit demander des mois de pratique pour savoir bouger un piano !

— Franchement, j'ai la tête d'un type qui bouge lui-même son piano ? Il y a des gens qui le font pour moi.

Ses yeux verts brillèrent, et il ajouta :

— C'est bien pour ça que j'ai choisi le piano – pour le plaisir de voir des esclaves porter mon instrument.

Mac s'efforça de garder son sérieux.

— Je vois. Et ils sont au courant, chez Juilliard, qu'ils ont recruté une vraie diva ?

Oliver se pencha vers elle.

— Non. Ça reste entre nous, si tu veux bien ?

Les mains sur les hanches, elle le défia d'un air narquois :

— Et je gagne quoi, en échange ?

— Ça reste à déterminer, Mackenzie Violoncelle.

Il sentait merveilleusement bon – une odeur à la fois acidulée et salée qui lui rappelait la mer. Rien à voir avec celle de Blake, douce et sucrée. *Et tant mieux.*

Quelqu'un lui tapa sur l'épaule. Mac fit demi-tour et se retrouva nez à nez avec une femme d'une quarantaine d'années vêtue d'un tailleur en tweed marron.

— Bonjour, je suis Olga Frank, responsable des admissions, annonça-t-elle avec un large sourire. Mackenzie Wright ? Je vous cherchais, justement !

Mac serra la main que lui tendait la femme.

— Ravie de vous rencontrer ! s'exclama-t-elle. Et merci pour tout.

Olga balaya la remarque d'un geste.

— Ne me remerciez pas, vous avez mérité votre place ! Si vous voulez bien venir avec moi, je voudrais vous présenter d'autres élèves.

Elle prit Mac par le bras et l'emmena vers un groupe, au fond du restaurant. Mac lança un regard à Oliver pardessus son épaule, avec un sourire d'excuse. Il lui répondit par un clin d'œil et elle sentit sa poitrine se gonfler d'allégresse. C'était trop cool de flirter !

Après un quart d'heure de conversation qui n'en finissait plus avec deux violonistes et une harpiste, Mac parvint enfin à se débarrasser de ses interlocuteurs. Elle se fraya un chemin au milieu de la foule, à la recherche d'Oliver. Au bout d'un moment, elle finit par l'apercevoir, à l'autre bout du bar, en pleine discussion avec quelqu'un qu'elle ne voyait pas.

Elle fit signe au barman en montrant le punch.

— Je peux en avoir deux, s'il vous plaît ?

Le serveur s'exécuta et lui tendit les verres avec un sourire. Elle se dirigea ensuite vers Oliver. Mais, au moment où elle contourna le bar, elle comprit qui était la personne avec laquelle il parlait.

Claire.

Son ancienne amie était en train de rire aux éclats à quelque chose qu'il venait de lui dire. Elle se pencha vers lui et posa sa main sur son bras. Il la laissa faire. Mac sentit son sang bouillir dans ses veines. Claire flirtait ouvertement avec lui. Et ça n'était pas une coïncidence : elle était prête à parier qu'elle les avait vus parler ensemble.

Elle s'immobilisa non loin d'eux, sans savoir quoi faire. Alors qu'elle cherchait quelque chose d'intelligent à dire pour interrompre ce tête-à-tête, Claire leva les yeux et croisa son regard. D'un geste possessif, elle saisit Oliver par le coude et forma avec ses lèvres le mot « Pris » à l'intention de Mac.

Une colère froide traversa Mac et elle comprit alors ce qui lui restait à faire. Pas question de s'écraser comme quand Claire lui avait volé Blake. Elle comptait bien se battre. Relevant la tête fièrement, elle se passa la main dans les cheveux et se dirigea droit sur Oliver. *Il est à moi*, se dit-elle.

Cette fois-ci, elle gagnerait la partie. Peu importait le prix à payer.

Chapitre huit

Pendant ce temps-là, Caitlin et Jeremy passaient une soirée tranquille en ville. Après être allés au cinéma, ils s'étaient acheté des glaces. À présent, ils les dégustaient tranquillement en déambulant dans les rues animées. La nuit était tombée, toutes les lumières scintillaient derrière les vitrines et une atmosphère festive régnait dans le quartier. La musique résonnait dans les bars, un guitariste, debout sur le trottoir, offrait aux passants sa version de *Come Together*, tandis qu'à chaque coin de rue des bandes de gamins parlaient et riaient. Son esquimau dans une main, la main de Jeremy dans l'autre, Caitlin avait bien conscience qu'ils s'affichaient en public. Mais pourquoi s'en priverait-elle ? C'était si bon ! Elle n'était plus avec Josh Friday mais avec Jeremy Friday, et elle en était fière.

De la glace à la vanille coula le long du menton de Jeremy et Caitlin, avec son pouce, essuya la goutte. Il attrapa sa main et mit son pouce dans sa bouche en la regardant droit dans les yeux. Un délicieux frisson parcourut le corps de Caitlin lorsqu'elle sentit la langue de Josh sur son doigt. Elle se pencha et l'attira à lui pour l'embrasser.

— Mmmh, menthe-chocolat, murmura-t-il contre ses lèvres.

— Le parfum que je préfère…

Jeremy la dévisagea d'un air tendre.

— Je sais, ça a toujours été ton préféré. Sauf pendant une courte période où tu étais plus portée sur le caramel.

Caitlin éclata de rire. Mais, au fond d'elle-même, elle fut sensible à sa remarque. Elle le connaissait depuis sa naissance, ou presque – ils se retrouvaient lors des dîners hebdomadaires avec leurs parents, passaient les vacances ensemble, puis, plus tard, quand elle sortait avec Josh, elle était toujours fourrée chez lui. Mais elle ne s'était pas rendu compte que, durant toutes ces années, Jeremy avait prêté attention à elle, plus que Josh ne l'avait jamais fait. Il se rappelait qu'elle détestait son professeur de maths de seconde, qu'elle avait mangé tout un paquet de carambars le jour où on lui avait enlevé ses bagues et qu'elle adorait énerver Taylor en faisant semblant de sortir une pièce de 25 cents de derrière son oreille – le tour de magie favori de leur oncle Sidney qui les horripilait le plus l'un et l'autre. Josh ne se souvenait certainement de rien de tout ça. Et lorsque Jeremy rappelait ces détails, elle se sentait bien aimée, et importante.

Ils s'assirent sur un banc et elle se blottit contre lui, savourant la chaleur de son corps tandis qu'une brise fraîche balayait ses joues.

— Qu'est-ce que tu as pensé du film ? demanda-t-elle en levant le visage vers lui.

Il lui caressa doucement le bout du nez avant de répondre :

— J'ai adoré. Mais je n'ai pas vraiment compris…

— … comment il avait pu lui passer les formules et

puis lui tendre un piège alors que ses tentacules dépassaient de dessous du banc ? coupa-t-elle.

— Exactement, sourit-il. Tu lis dans mes pensées ?

Elle enfouit son visage contre la laine rêche du manteau de Jeremy. Jamais Josh ne l'aurait accompagnée voir un film d'animation japonais. Il aurait d'emblée écarté la proposition avec un rire de dédain, genre « c'est trop ringard ». Jeremy passa son bras autour de ses épaules pour l'attirer plus près de lui.

— J'aurais préféré qu'on puisse aller chez toi ou chez moi plutôt que de rester sur ce banc dur et froid.

— Moi aussi, soupira-t-elle. Mais on pourra bientôt le faire, j'espère. Mes mères vont finir par se calmer.

Il haussa les sourcils.

— Ça se passe mieux ?

— Un peu. Depuis que nous ne sommes plus soupçonnées du meurtre de Granger, elles sont moins sur mon dos.

Elle leva les yeux au ciel.

— Ah oui ? s'exclama Jeremy. C'est super ! Et à propos de moi ?

— Elles s'y feront aussi, répondit-telle d'une voix douce.

Du moins, c'était ce qu'elle espérait... En attendant, lorsqu'elle leur avait annoncé qu'elle sortait avec Jeremy ce soir-là, leurs sourires mielleux s'étaient légèrement figés.

Son portable vibra soudain dans sa poche. Elle l'attrapa et répondit sans même regarder qui l'appelait.

— Félicitations, cocapitaine ! lança une voix familière.

Il lui fallut quelques secondes pour comprendre que c'était celle de son entraîneur de foot, Leah.

— Comment ça ? demanda-t-elle.

Elle vit le regard interrogateur de Jeremy et sourit en répondant silencieusement « Coach Leah ».

— Ursula et toi avez été élues cocapitaines de l'équipe ! s'exclama Leah de sa voix haut perchée. J'ai ramassé les votes après l'entraînement d'aujourd'hui et vous avez toutes les deux largement gagné.

Caitlin écarquilla les yeux.

— Sérieux ?

Elle affichait un sourire béat. Après tout ce qui s'était passé, elle croyait n'avoir plus aucune chance. Même si Alex avait été arrêté, elle pensait que l'affaire Granger lui avait nui à jamais, comme une marque d'infamie.

Et pourtant, elle était désormais capitaine. Son sourire s'élargit encore, illuminant son visage. Le fait qu'Ursula soit élue cocapitaine ne ternissait même pas sa joie. Toutes deux se connaissaient depuis des années : elles avaient participé ensemble à des championnats à travers le pays et avaient partagé la même tente pendant des stages de foot. Mais elles étaient rivales et non amies. Ursula semblait avoir pour but de passer son temps à prendre le contrepied de Caitlin – si elle disait un truc drôle, Ursula ne riait pas ; si elle proposait de porter toutes le même brassard, Ursula prétendait que c'était une idée stupide et qu'il valait mieux mettre des bracelets en caoutchouc assortis. Caitlin ne comprenait pas pourquoi cette fille la détestait à ce point.

La conversation qu'elles avaient eue dans la chambre d'Ava lui revint en mémoire – lorsqu'elles s'étaient rappelé avoir énuméré la liste de leurs ennemis, en cours de cinéma, et observé qu'Ursula se trouvait avec elles dans la salle à ce moment-là. Elle chassa aussitôt ce souvenir de son esprit.

— Tout ce qu'il y a de plus sérieux ! affirma Leah. Bravo, capitaine ! Je sais que tu vas assumer ce rôle à merveille.

Avant de raccrocher, Leah lui donna quelques conseils

pour bien remplir sa future mission. Caitlin écouta vaguement, puis appuya sur « Raccrocher » et serra le portable entre ses mains. Enfin, elle respira profondément et regarda Jeremy.

— Je suis capitaine ! s'exclama-t-elle en passant ses bras autour de son cou.

Il demeura un instant silencieux.

— Capitaine..., répéta-t-il lentement. De l'équipe de foot ?

— Yep ! s'écria-t-elle en sautant sur ses pieds pour danser joyeusement.

Il la contempla, un peu étonné.

— Donc, c'est une bonne nouvelle ?

— Et comment !

Puis elle s'immobilisa, comprenant soudain que quelque chose ne tournait pas rond.

— Qu'est-ce qu'il y a ? Tu as l'air... agacé.

— Bien sûr que non ! protesta-t-il aussitôt. C'est juste que je croyais que tu avais des doutes sur tes envies de continuer le foot...

Caitlin se rassit à côté de lui.

— Ça ne veut pas dire que je n'ai plus envie de jouer.

Elle lui prit la main et ajouta :

— Dans quelques semaines, il y a un match où les capitaines entrent sur le terrain en dansant avec leur partenaire. Tu voudras bien m'accompagner ? S'il te plaît !

— Oh là là, lâcha Jeremy, mal à l'aise. Danser, c'est pas du tout mon truc...

— Allez ! Ça va être marrant !

Elle prit son portable, se rappelant tout à coup qu'elle devait annoncer la nouvelle à plein de gens. Ses mères, Vanessa, Josh...

Josh. Pas question de l'appeler devant Jeremy. Ni même de l'appeler tout court, en fait. Dur… Josh, lui, comprendrait bien ce que signifiait une telle nouvelle. Il ne lui demanderait pas si elle avait toujours des doutes sur le foot. Il ne dirait pas qu'il déteste danser.

Jeremy l'attrapa par la taille et l'attira à lui.

— Si tu es heureuse, je le suis aussi.

Puis il se leva.

— On devrait peut-être y aller. Viens, je te ramène chez toi.

Il se dirigea vers le parking. Caitlin le suivit. Son euphorie était retombée. Non pas que Josh lui manquait – elle ne voulait absolument pas retourner avec lui. Mais elle aurait préféré que Jeremy réagisse autrement. Avec plus d'enthousiasme. Avec cette compréhension dont il savait si bien faire preuve.

— Bon…, dit-il en pressant la main de Caitlin. On se voit samedi soir ?

— Ah oui ? s'étonna-t-elle, les yeux brillants.

— Je m'occupe de tout, répondit-il. Tu n'auras rien à faire. OK ?

— OK, acquiesça-t-elle en montant derrière lui sur la Vespa avec un léger sourire.

Il projetait sûrement de l'emmener quelque part pour fêter ça. Peut-être au nouveau bistrot qu'ils voulaient essayer ? Ou dans ce restaurant thaïlandais à la cuisine épicée que Josh détestait.

Une vague de bonheur l'envahit. Jeremy réagissait comme elle l'avait espéré. Comment avait-elle pu en douter un seul instant ?

Chapitre neuf

Le jeudi matin, Ava choisit une robe portefeuille noire Diane von Furstenberg. Après avoir enfilé des collants opaques, elle mit des bottes hautes en cuir mat, également noires, et une veste gris foncé Vanessa Bruno. Elle prit ses lunettes de soleil et descendit l'escalier pour rejoindre son père. Assister aux funérailles de Lucas Granger était la dernière chose dont elle avait envie. Mais elle n'avait pas le choix.

— *Jigar*, lança son père en l'appelant par son surnom persan, comme il l'avait toujours fait.

Sa mère avait aussi essayé d'adopter ce surnom, mais son père se moquait chaque fois de son accent et elle avait fini par renoncer. À la place, elle avait opté pour « Muffin ».

Ava boucla sa ceinture et sourit à son père.

— Tu es prêt ?

— Absolument, répondit-il en posant sa main sur la poignée de la porte.

Il lança un regard à sa fille, hésita à lui poser une question, puis se ravisa avec un bref hochement de tête et sortit.

— Qu'est-ce qu'il y a ? demanda Ava en s'installant sur le siège avant de la Mercedes.

Il fit démarrer la voiture avant de se tourner vers elle, l'air triste.

— Le fait d'aller à un enterrement… C'est toujours aussi dur, même après tout ce temps.

Elle baissa la tête, la gorge nouée. Ce n'était pas sa première cérémonie, il y avait eu Nolan, mais aussi sa mère. Bien sûr, ç'avait été le plus éprouvant. Elle se rappela ce jour atroce où elle et son père étaient assis dans l'église – sa mère avait toujours dit, en plaisantant, que pour ses funérailles elle voudrait une cérémonie multiconfessionnelle, mêlant les traditions chrétienne et musulmane. Ils avaient écouté le sermon du prêtre, les yeux rivés sur la grande photo posée sur le cercueil qu'ils avaient choisie ensemble. Durant toute la messe, Ava avait tenu la main de son père, bien serrée, tandis que, de son autre main, elle caressait le chien en peluche que sa mère lui avait offert quelques jours avant son accident de voiture. Son dernier cadeau.

Elle leva les yeux pour regarder son père, cherchant ses mots. Il lui manquait tellement. Une distance s'était creusée entre eux, comme un gouffre, et elle rêvait de retrouver leur lien, leur complicité. Elle se rendit soudain compte à quel point c'était gentil de sa part de l'accompagner. Rien ne l'y obligeait. Décidée à lui parler, elle prit une profonde inspiration, lorsque, tout à coup, un claquement résonna à travers la fenêtre ouverte. Le portable à l'oreille, Leslie surgit dans la véranda.

— Non, non et non, hurla-t-elle. Je vous ai dit que je ne voulais pas de tulipes. Ça fait ringard. Vous ne comprenez donc pas que je veux un décor luxueux ? C'est une fête en l'honneur de ma mère. Je crois que je vais m'adresser à quelqu'un d'autre. Je suis sûre que…

Elle s'interrompit un centième de seconde avant d'ajouter :
— Bien. C'est ce que je pensais.

Ava faillit éclater de rire lorsque Leslie recula sans faire attention et manqua de passer par-dessus la rambarde, agitant sa main libre dans tous les sens pour retrouver son équilibre. Elle avait dû sentir le regard d'Ava, car elle se retourna et balaya le jardin des yeux. Lorsqu'elle aperçut son mari, elle s'écria :

— Firouz ? Combien de temps ça va durer, ton truc, déjà ?

Il haussa les épaules.

— Une heure ou deux, j'imagine.

Leslie se rembrunit.

— J'ai vraiment besoin que tu m'aides pour la décoration florale, lança-t-elle avec un soupir exaspéré. Bon, tant pis.

Sur ces paroles, elle retourna dans la maison et claqua la porte. Le père d'Ava serra les dents et se laissa aller contre son siège. Ava regarda fixement le sac qu'elle tenait entre ses mains. Le moment de complicité avec son père était désormais brisé. Au bout de quelques minutes, il rompit le silence.

— Leslie fait beaucoup d'efforts, tu sais.

Ava lui lança un regard stupéfait.

— C'est-à-dire ?

— Elle aimerait bien être plus proche de toi.

Elle ne put s'empêcher de ricaner : c'était bien la dernière chose que souhaitait Leslie.

— Elle a beaucoup de respect pour toi, ajouta-t-il. Elle est très impressionnée par tes résultats scolaires et tes notes incroyables aux concours d'entrée des universités.

Ava se crispa : plus exactement, Leslie était persuadée qu'elle avait couché avec un des examinateurs pour qu'il lui donne des réponses. Pourquoi refusait-elle d'imaginer qu'Ava ne devait qu'à elle-même ses excellentes notes ? Pire encore : comment son père pouvait-il croire que Leslie la soutenait ? Était-il à ce point aveugle ?

Les horreurs que Leslie lui avait envoyées à la figure l'autre soir tournaient dans sa tête et l'envie de tout lui répéter la titilla fortement. Son père n'avait pas l'air de savoir qui était réellement la femme qu'il avait épousée. Elle se retint, malgré tout. C'était mesquin, presque de la délation. Elle préférait que son père comprenne par lui-même.

La discussion qu'elle avait eue avec ses amies l'autre jour continuait de la préoccuper et lui permit de penser à autre chose. Elle avait osé avouer à des filles qu'elle connaissait à peine qu'elle souhaitait la mort de Leslie. Bien sûr, elle ne le désirait pas vraiment. Qu'elle parte, oui, mais qu'elle meurt… Autre chose la tracassait : le fait que la liste avait disparu. Quelqu'un aurait-il mis la main dessus ? Et ce quelqu'un aurait-il l'intention de réaliser leur vœu en éliminant leurs ennemis l'un après l'autre, dans l'idée de piéger Ava et ses amies ? Mais qui pouvait faire cela ? Et pourquoi ?

Non, c'était totalement dingue ! Elle devait surtout éviter de partir dans des délires pareils.

Avec un soupir, elle s'enfonça dans son siège et laissa son regard errer par la fenêtre. Elle contempla le ciel gris et bas, semblable à son humeur.

Un peu plus tard, ils arrivèrent à l'église où de nombreuses personnes se pressaient pour entrer. Ils les suivirent dans la vieille chapelle en pierre, le père d'Ava posant sa main dans le dos de sa fille pour l'accompagner. Lorsqu'elle franchit les portes, Ava eut un léger vertige. Les bancs étaient pleins à craquer, tous les professeurs, élèves et amis étaient présents. Elle repéra Caitlin devant, puis Mac, quelques rangs derrière. Elle chercha Julie des yeux – elle était certainement arrivée – mais ne la trouva pas. Soudain, un mouvement dans la foule sur sa droite attira son regard et elle aperçut un homme en costume noir disparaître derrière une colonne et réapparaître de l'autre côté. Un inspecteur de police. Il parlait au téléphone et balaya des yeux la rangée où se tenait Ava avant de poser son regard sur elle. Elle tressaillit. S'était-il déplacé pour mieux l'observer ? Mais pourquoi ? Maintenant qu'Alex était en prison pour le meurtre de Granger, elles n'étaient plus censées être suspectes. Non ?

Alex. Elle sentit sa gorge se serrer. Surtout, ne pas y penser.

Une fille vêtue d'une chemise noire, assise non loin d'elle, attira son attention. Les épaules voûtées, le visage enfoui dans un kleenex, elle sanglotait bruyamment. Derrière elle, une autre adolescente pleurait si fort qu'elle semblait s'étouffer. Ava jeta un regard autour d'elle et remarqua bon nombre de ses camarades de classe qui paraissaient également inconsolables. *Mais enfin, réveillez-vous !* se dit-elle. *C'était juste un prof. Et un pervers, en plus.*

Puis elle se rendit compte que, parmi ces pleureuses, se trouvait Jenny Thiel, dont la photo d'elle seins nus figurait dans une série de textos échangés avec Granger. Elle regardait d'un air désespéré le montage d'images qui montrait la vie du professeur, les larmes ruisselant sur ses joues rebondies. Elle aperçut également Polly Kramer, dont les mains tatouées au henné et le visage éclairé par une lumière blafarde apparaissaient en gros plan dans d'autres clichés sinistres. Justine Williams, Mimi Colt… – elles étaient toutes là, celles dont la photo était dans l'iPhone de Granger. Effondrées, comme si c'était la fin du monde.

Elles l'aimaient vraiment, comprit Ava avec effroi.

Jusqu'à présent, elle pensait qu'il n'y avait rien de plus répugnant qu'un prof qui fricotait avec ses élèves, jusqu'à les amener à lui envoyer des photos d'elles nues. Mais elle comprenait maintenant qu'il y avait bien pire. Lucas Granger avait réussi à convaincre ces filles qu'il était amoureux d'elles. Il les avait manipulées, leur avait menti, dans le seul but de satisfaire ses désirs pervers. Elle n'avait aucun mal à l'imaginer chuchotant des « Je t'aime » à ces filles, et elle voyait, comme si elle y était, leurs yeux émerveillés et remplis d'allégresse en entendant ces mots magiques. Pourquoi les policiers n'avaient-ils pas réagi lorsqu'elle leur avait raconté les histoires de Granger avec ses élèves ? Cette révélation les avait laissés totalement indifférents. Avaient-ils seulement enquêté sur le sujet ? Quand elle leur avait dit que Granger l'avait draguée, ils avaient semblé dubitatifs. Comme s'ils ne la croyaient pas.

Écœurée, elle se dirigea vers un des bancs situés à l'arrière de l'église, suivie par son père. Tandis qu'elle prenait place, Sean Dillon, assis à sa gauche, lui fit un petit signe de tête. Elle regarda en direction de l'autel, où un vieux prêtre se leva de sa chaise et défroissa son aube du plat de la main avant de s'approcher de l'estrade. Du coin de l'œil, elle vit Sean se tourner vers la personne assise à sa gauche – probablement sa petite amie, Marisol Sweeney – et lui murmurer à l'oreille quelque chose qui les fit pouffer de rire. Elle s'efforça de les ignorer, devinant la raison de leur hilarité.

Le prêtre régla le microphone. Puis, après avoir posé ses mains de chaque côté du pupitre, il contempla l'assemblée.

Durant ce bref moment de silence, avant qu'il ne prenne la parole, Ava entendit chuchoter derrière elle. Elle ne reconnut pas la voix, mais distingua les mots, qui lui étaient clairement destinés :

— Alex Cohen ne m'a jamais paru être un type très clair.

La réponse fusa aussitôt :

— Je suis bien d'accord. Il avait l'air borderline.

— Ça ne m'a pas vraiment étonné d'apprendre qu'il avait défoncé un mec dans son ancien lycée. Il donnait l'impression d'être toujours à deux doigts de péter un câble.

Son interlocuteur ricana.

Le père d'Ava tourna légèrement la tête. Visiblement, il avait lui aussi tout entendu. Il pressa la main de sa fille pour la réconforter. Elle refoula ses larmes, soudain consciente du fait que des dizaines de regards étaient posés sur elle. Bien sûr : elle était l'ex-petite amie du meurtrier présumé de Granger. Elle sentit son estomac se serrer en songeant à tout ce qu'elle avait appris sur lui ces derniers jours. Depuis la première déclaration de son ancien camarade, de nombreux élèves de son précédent lycée avaient parlé à leur tour. Tous confirmaient qu'Alex avait frappé le nouveau petit copain de son ex, jusqu'à le démolir. En réalité, les seuls à ne pas l'avoir chargé, c'étaient Cleo, l'ex en question, et Brett, le gars qu'Alex avait cogné.

Alex ne lui avait jamais rien raconté de cette histoire. Elle n'était pas au courant qu'il avait eu une petite amie dans son ancien lycée, et encore moins qu'il avait balancé son poing au visage du nouveau petit copain de la fille, tellement il était jaloux. Pourtant, même en sachant tout ça, elle s'imaginait difficilement Alex tuant Granger. Était-ce délirant d'avoir envie de croire qu'il était innocent ? Même si elle lui en voulait encore d'avoir appelé la police ce soir-là, elle l'aimait toujours. Elle n'avait pas renoncé à lui. Pas encore.

Le prêtre s'éclaircit la gorge et ramena Ava à la réalité.

— Le plus triste événement de la vie nous réunit aujourd'hui, commença-t-il d'une voix grave.

Au premier rang, une femme laissa échapper un sanglot.

— Nous sommes ici pour pleurer ensemble la perte d'un enfant de Dieu – un jeune homme qui a répondu à l'appel du Seigneur. Lucas Granger. Un professeur. Un guide. Un être qui touchait tous ceux qui le côtoyaient. Comme un autre homme précieux, lui aussi parti trop jeune.

Il marqua une pause pour ménager son effet et laisser ses mots imprégner l'auditoire.

— Je parle de Jésus, bien sûr. Lui aussi était un maître.

Un chœur de gémissements, sanglots et autres reniflements résonna dans l'église. Ava dut lutter pour ne pas rire. Lucas Granger était tout, sauf comparable au Christ !

Chapitre dix

Le jeudi après-midi, Parker s'installa avec précaution sur la chaise de la salle d'attente d'Elliot Fielder. Son pied droit battait nerveusement la mesure. Elle n'en revenait pas d'être là. Était-elle à ce point désespérée que la seule personne vers qui elle pouvait se tourner était le psy qui l'avait espionnée ?

Le mardi, après que Fielder lui eut annoncé la mort de son père, il avait insisté pour venir la chercher. Mais Parker avait refusé : elle avait changé d'avis et ne tenait plus à lui parler. Elle était rentrée en bus à Beacon puis avait traîné quelques heures avant de retrouver Julie, décidée à ne plus jamais s'adresser à Fielder.

Durant les heures suivantes, elle avait eu du mal à se convaincre que son père était bel et bien mort. Disparu pour de bon. Et pour toujours. Elle avait toujours pensé que le jour où il mourrait elle serait soulagée, voire euphorique. Au lieu de ça, elle s'était sentie comme anesthésiée puis avait subi une des plus violentes migraines de sa vie. Pour couronner le tout, des souvenirs atroces lui étaient revenus. Un festival d'images horribles où son père apparaissait dans toute sa perversité. Insoutenable. Il fallait à tout prix qu'elle trouve un moyen de le sortir de sa tête une bonne fois pour toutes. Elle s'était finalement résignée à aller chez Fielder.

Son téléphone vibra dans la poche de son sweat-shirt et elle sursauta. Une sueur froide coulait le long de sa nuque. D'une main tremblante, elle prit son portable.

— Allô ?

— Où es-tu ? demanda Julie d'une voix inquiète.

— Tout va bien, la rassura Parker en s'efforçant de prendre un ton détaché.

— Pourquoi tu n'es pas venue à la messe ?

— Quelle messe ?

— Celle pour Granger, évidemment !

— Tu y es allée ? T'es sérieuse ?

Pour Parker, pas question d'assister à un enterrement, elle ne se sentait vraiment pas d'humeur à ça. Et elle avait du mal à comprendre pourquoi Julie s'y était rendue. Après l'histoire du mail, elle avait plutôt mis en sourdine sa vie sociale.

— Ouais, répondit Julie. Ça m'a coûté, mais j'y suis allée. Tu aurais dû venir aussi.

— Qu'est-ce que ça peut faire ? Tout le monde s'en fout.

Quelle importance, maintenant qu'elles n'étaient plus soupçonnées de meurtre ?

— Moi, j'aurais aimé que tu sois là, répliqua Julie. On doit rester soudées, après tout ce qui s'est passé...

La secrétaire de Fielder apparut dans l'embrasure de la porte et la regarda d'un air gentil.

— Parker Duvall ? Il vous attend.

Elle couvrit son portable avec sa main et adressa un signe de tête à la femme. Elle ne voulait pas que Julie sache qu'elle était dans le cabinet de Fielder. Elle risquait de très mal réagir.

— Désolée, je dois y aller, chuchota Parker.

— Mais..., commença Julie. Tu es où ?

— Je t'appelle plus tard, OK ?

Elle éteignit son téléphone et le rangea dans sa poche. Puis elle se leva et suivit la secrétaire dans le grand bureau de Fielder. Le rythme de son cœur s'accéléra lorsqu'elle le vit, assis à sa table, en train de prendre des notes dans un cahier. Absorbé par son travail, il semblait détendu et inoffensif.

Elle rêvait d'avoir de nouveau confiance en lui. Mais comment oublier ce qu'il avait fait ? Et sa violente colère lorsque il l'avait surprise en train de fouiller son ordinateur ?

Il releva la tête et un sourire illumina son visage.

— Parker ! Je suis vraiment content de te voir.

Il passa sa main dans ses cheveux bouclés avant d'ajouter :

— Je suis soulagé et heureux que tu sois venue.

D'un geste, il montra le fauteuil en face du sien.

— Assieds-toi, je t'en prie.

Elle hésita une seconde. Peut-être était-ce une mauvaise idée, en fait ? Elle lutta contre l'envie de fuir, de quitter ce bureau, cet immeuble, pour retrouver la rue et ses bruits familiers. Fielder la dévisagea en silence, comme s'il lisait dans ses pensées.

— Tout va bien, Parker, dit-il d'une voix douce. Tu es en sécurité ici, je ne vais pas te faire de mal. Je suis là pour t'écouter, c'est tout.

Elle s'assit sur le bord de la chaise, prête à bondir si

besoin. Sans un mot, elle glissa ses mains dans les poches de son sweat-shirt et attendit que Fielder parle.

— Je te dois des excuses, commença-t-il. Je suis navré de voir que je te fais peur. Et désolé de t'avoir espionnée.

Parker hocha la tête.

— Vous avez de quoi l'être, en effet.

— Mais je ne veux pas que tu te méprennes. Contrairement à ce que tu crois, je ne te traquais pas. Tu m'avais dit que tu avais des trous de mémoire et j'essayais de… Comment t'expliquer… Ça peut paraître fou, je sais, mais en fait j'essayais de remplir les blancs à ta place. Avec des photos.

Elle fronça les sourcils.

— Pour moi, c'est la même chose qu'espionner.

Il se frotta les yeux avec un soupir.

— Je sais. Mais je ne voulais pas avoir un comportement… déplacé.

Il se tut un instant, comme s'il hésitait avant de poursuivre. Puis, après avoir respiré profondément, il se lança :

— Écoute, Parker, j'ai un aveu à te faire. Théoriquement, en tant que psy, je ne devrais pas t'en parler, mais voilà : quand j'étais enfant, ma mère a eu beaucoup de problèmes.

Il s'interrompit de nouveau et toussa légèrement avant de reprendre.

— C'était une femme extrêmement intelligente, brillante même. Mais elle avait des trous de mémoire. Comme toi. Et je ne pouvais pas l'aider. Ensuite… c'était trop tard.

Il ferma les yeux un moment. Quand il les rouvrit, les larmes brillaient. Parker le contempla, médusée.

— Tu me fais penser à elle, lâcha-t-il. À ce qu'il y avait de fort et de singulier en elle. Et j'imagine que j'ai voulu faire pour toi ce que je n'avais pas été capable de faire à l'époque. Mais j'ai franchi la ligne jaune, j'en suis bien conscient. Je suis désolé. Sincèrement.

Parker sentit sa poitrine se gonfler et elle se rendit compte que, tout le temps où il avait parlé, elle l'avait écouté en retenant son souffle. Elle libéra l'air de ses poumons, lentement. En dehors de Julie, plus personne ne lui parlait ainsi. Elle se sentait invisible aux yeux des autres. Mais pas avec Fielder, apparemment. Et ça faisait du bien.

— Elle était comment ? demanda-t-elle. Votre mère, je veux dire ?

Il parut surpris et eut soudain un regard absent, comme si les souvenirs s'emparaient brusquement de ses pensées.

— Elle était gentille et aimante. Très drôle, aussi. Elle avait ses problèmes, bien sûr. Mais c'était une super maman. Elle était capable de transformer en jeu des choses aussi assommantes que les devoirs ou les courses. Et elle était incroyablement intelligente. La personne la plus intelligente que j'ai connue.

Il sourit d'un air tendre.

— Et qu'est-ce qui s'est passé ? C'était quoi, ses trous de mémoire ?

Son visage s'assombrit.

— Elle sortait faire une course, et puis elle disparaissait pour quelques heures, une journée. Parfois plus.

Il baissa les yeux.

— J'étais mort d'angoisse. Chaque fois, je me demandais si elle allait revenir. Puis, soudain, elle apparaissait sur le pas de la porte. Elle était incapable de nous dire où elle avait été, car elle ne se le rappelait pas. Nos questions semblaient la gêner, alors mon père et moi, on a arrêté de l'interroger. Du moment qu'elle rentrait, c'était tout ce qui comptait.

Parker prit un coussin sur le canapé. Cette histoire ressemblait beaucoup à la sienne.

— Elle ne s'est jamais fait aider ?

— Non, les choses étaient différentes, à cette époque. Et puis elle était tellement forte. Elle ne se plaignait jamais et ne nous a pas dit à quel point elle avait peur. Quand j'ai été plus grand, j'ai essayé d'en parler à mon père et à notre médecin, mais nous ne savions pas quoi faire. Et puis, un jour, elle n'est pas revenue.

Il y eut un long silence, pendant lequel Parker laissa infuser ces mots dans son esprit.

— Vous avez fini par la trouver ?

Il hocha la tête.

— Où ? insista-t-elle, soudain angoissée.

Fielder tressaillit.

— Peu importe. Ce qui compte, c'est que...

Sa voix se brisa et il baissa la tête.

— Je suis désolé, Parker. Je me suis égaré... Nous sommes là pour discuter de tes problèmes.

— Non, je suis contente que vous m'en ayez parlé, dit-elle en se penchant en avant, les yeux dans ceux de Fielder.

— Tu sais quoi ? Je suis heureux, moi aussi, de te l'avoir dit.

Il toussa, mal à l'aise, et ajouta d'un ton enjoué :

— Est-ce que tu as l'intention de reprendre un travail régulier avec moi ?

Il la dévisagea d'un air intense et elle détourna aussitôt le regard. La lueur qu'elle avait vue briller dans ses yeux lui était familière, mais elle ne parvenait pas à se rappeler pourquoi, ni ce qu'elle signifiait. Tout à coup, elle se souvint : c'était comme ça que les garçons la regardaient quand elle arrivait dans une fête, avant. Le visage de Fielder avait cette expression joyeuse et pleine d'espoir que même les types les plus populaires affichaient quand elle daignait leur accorder un rendez-vous. Le pouvoir d'attraction. Elle était tellement habituée à l'exercer qu'elle n'avait jamais imaginé un seul instant qu'il puisse disparaître.

Puis elle se rappela son visage désormais ravagé, et son être brisé, abîmé à jamais. Rien, chez cette nouvelle Parker, ne pouvait attirer Fielder. Elle était répugnante.

Était-il possible qu'il ait su déceler en elle l'ancienne Parker ? Car elle savait que cette Parker-là existait encore, cachée au plus profond d'elle-même. Et peut-être qu'avec un peu d'aide, elle pourrait sortir de son sommeil ?

Elle prit une profonde inspiration et plongea ses yeux dans ceux de Fielder.

— Oui, affirma-t-elle. Je reviendrai.

Chapitre onze

Quelques heures plus tard, Julie et Carson traversaient un parking, en ville. Elle n'arrivait pas à y croire : ils se tenaient par la main, en pleine rue, devant tout le monde. Et cela ne semblait pas lui poser le moindre problème de s'afficher ainsi avec elle.

Des gens se promenaient, passaient à côté d'eux. Pour l'instant, Julie n'avait pas encore reconnu d'élèves du lycée, mais cela ne saurait tarder. Le jeudi, à cette heure-là, tout le monde traînait dans le quartier. Soudain, elle aperçut une silhouette familière qui tournait au coin de la rue. Une fille vêtue d'une marinière à rayures bleues Marc Jacobs – Julie la reconnut car elle avait la même.

Ashley ? Son cœur fit un bond dans sa poitrine et elle sentit ses paumes devenir moites. Elle retira sa main de celle de Carson.

— Qu'est-ce qu'il y a ? réagit-il en se tournant vers elle.

— Rien, désolée. Je croyais avoir vu quelqu'un.

Il la dévisagea un instant puis, avec un haussement d'épaules, désigna un magasin de vêtements.

— Tu veux qu'on entre ?

— Non ! s'exclama-t-elle vivement.

Tous les élèves du lycée de Beacon achetaient leurs vêtements ici. Il y avait de fortes chances de tomber sur quelqu'un qu'elle connaissait.

Carson la regarda avec étonnement. Le ventre noué, elle fit un effort pour se ressaisir.

— C'est vraiment trop banal, lâcha-t-elle. Il y a un endroit moins connu que j'adore, pas loin. C'est tellement hipster que les vendeurs te détaillent des pieds à la tête. Si t'as pas l'air cool, genre avec une barbe ou des tatouages, ils te calculent pas.

Carson haussa les sourcils.

— Et tu es sûre que je suis assez cool pour eux ?

Malgré sa fébrilité, elle réussit à sourire.

— Tu es le type le plus cool du monde !

— Même si je n'ai pas la barbe d'un hipster ?

— Par pitié, ne fais jamais ça ! s'écria-t-elle dans un grand éclat de rire.

Carson se pencha et posa ses lèvres sur celles de Julie. Elle jeta un rapide coup d'œil alentour pour s'assurer que personne ne les voyait et fut rassurée de constater que les passants marchaient sans se soucier d'eux. Bien sûr, qu'est-ce que ça pouvait leur faire ? Elle devait absolument se détendre.

Une fois passé le coin de la rue, ils suivirent une ruelle adjacente et marchèrent jusqu'au magasin préféré de Julie, *Le Dépôt de Tara*. C'était là qu'elle avait acheté la plupart de ses habits – des vêtements de marque, mais d'occasion et qui coûtaient moitié prix. Avec son salaire de maître nageuse, elle ne pouvait pas s'offrir davantage. Tout en jetant un œil à l'affiche d'*Autant en emporte le vent* dans la vitrine, elle se rappela la dernière fois où elle était venue là. Elle avait acheté à Parker un bracelet en cuir décoré de clous. Que Parker n'avait jamais mis.

Parker. Il y avait comme une distance entre elles, en ce moment. Elles n'avaient pas vraiment parlé de ce qui était arrivé à son père – ni du fait qu'il soit mort peu de temps après que Julie avait parlé de lui en cours. Même si elle n'était pas certaine que quelqu'un les ait entendues, elle était bien obligée de reconnaître que c'était un curieux hasard. Elle aurait bien aimé savoir où étaient passées les notes de Granger sur leur conversation. Elle était certaine d'avoir pris la page du bloc de papier jaune, mais elle avait cherché partout dans ses affaires, impossible de mettre la main dessus.

Pour couronner le tout, Parker disparaissait de plus en plus souvent, ces derniers jours, et elle ne semblait pas se rappeler où elle avait été. Et quand Julie le lui demandait, elle était bizarre, évasive. Comme si elle lui cachait quelque chose.

— Julie !

La voix de Carson la tira de ses pensées. Tandis qu'ils se tenaient devant la boutique, quelques ados avec des cheveux teints de toutes les couleurs entrèrent. Julie ne les connaissaient pas.

— Pardon, s'excusa-t-elle avec un sourire. Qu'est-ce que tu disais ?

Les mains sur les hanches, il la dévisagea en fronçant les sourcils.

— Tu es sûre que ça va ?

Elle poussa un soupir. Voilà pourquoi elle avait refusé d'avoir un petit ami jusqu'à présent : elle était incapable de cacher ses états d'âme. Avec Carson, elle avait décidé d'être transparente. Mais ça n'était pas facile.

— Je pensais à mon amie, avoua-t-elle. Parker… Je ne sais pas si tu l'as déjà rencontrée. C'est une solitaire. Je m'inquiète pour elle. Elle a eu un décès dans sa famille récemment et je pense que ça l'a perturbée.

Il passa son bras autour des épaules de Julie et l'attira à lui.

— Tu es vraiment quelqu'un de bien, Julie, dit-il en lui caressant les cheveux. Tu es si attentionnée, si généreuse. Et si belle. Tu le sais, n'est-ce pas ?

Elle sentit ses joues s'empourprer.

— Merci…

Il la serra contre lui et l'embrassa tendrement. Elle répondit à son baiser avec la même ardeur, happée par sa sensualité, sa douceur, la délicatesse de ses gestes. Au bout d'un moment, la tête lui tourna et elle s'écarta. Puis elle entra dans le magasin, sans lâcher sa main. Elle marchait d'un pas mal assuré, encore enivrée par l'intensité de leur baiser.

— C'est dingue, cet endroit ! s'exclama Carson d'une voix forte en contemplant les manteaux en tweed, les chapeaux de feutre et les vestes Fred Perry de la saison précédente. À la caisse, un type leur adressa un regard méprisant. Julie donna un coup de coude à Carson pour qu'il le voit. Le vendeur était couvert de tatouages, portait une moustache aux boucles arrondies ainsi qu'une petite barbe taillée en pointe, et lisait un manga.

— Il déchire, murmura Carson.

Tous deux éclatèrent de rire. Puis Carson se dirigea vers un meuble où se trouvaient toutes sortes de déguisements d'Halloween, particulièrement originaux – des robes à crinoline, des habits de vampire et de sorcière sophistiqués, une tenue de Sherlock Holmes, des uniformes de la guerre d'Indépendance, des casaques de jockey… Julie le suivit, et se rappela avec effroi qu'Halloween avait lieu dans peu de temps. L'année avait passé à une telle allure ! Carson s'approcha d'un portant de robes et en prit une d'un bordeaux somptueux pour la montrer à Julie. Elle caressa le bustier en soie sauvage, puis laissa glisser ses doigts le long du tissu de velours qui le prolongeait. Une pure merveille. La coupe simple mais structurée et les coutures impeccables indiquaient clairement que c'était l'œuvre d'un grand styliste.

— Essaie-la, proposa Carson. Je suis sûre qu'elle va être sublime sur toi.

— OK, glousa Julie en s'arrêtant devant un portant circulaire garni de costumes pour hommes. Mais seulement si tu essaies ça.

Elle lui tendit un trois-pièces en velours côtelé bleu marine.

— Et aussi ça, ajouta-t-elle en attrapant un chapeau melon posé sur une étagère.

Elle se mit sur la pointe des pieds pour le mettre sur la tête de Carson.

— Ça marche, accepta-t-il avec un large sourire avant de se diriger vers l'une des deux cabines d'essayage.

Julie entra dans l'autre et tira l'épais rideau derrière elle. Elle enleva son jean skinny et son cachemire à col bateau – tous deux achetés dans cette boutique, quelques mois plus tôt. Elle frissonna à l'idée que Carson se trouvait de l'autre côté de l'étroite paroi qui séparait les cabines, à quelques centimètres seulement d'elle. Elle entendit le bruit mat de son jean tombant sur le sol ainsi que le froissement du tissu lorsqu'il retira son sweat-shirt. Il était si près. Et presque nu. Elle se ressaisit et enfila la robe.

Puis elle tendit son bras dans le dos pour monter la fermeture Éclair mais n'y parvint pas.

Elle sortit de la cabine.

— Hum, dit-elle au bout de quelques secondes, pour montrer son impatience. C'est moi, la fille et je me suis habillée bien plus vite que toi, je te ferai remarquer.

Derrière le rideau, Carson poussa un grognement.

— Si je ne me trompe pas, tu n'as eu qu'un seul vêtement à enfiler.

Julie entendit le *fffffft* métallique d'une braguette qu'on ferme, puis le rideau s'écarta d'un coup. Elle éclata de rire en le voyant déployer son 1,87 m, habillé de velours bleu des pieds à la tête. La couleur et la matière du costume faisaient ressortir sa peau mate et ses yeux verts. Elle ne s'attendait pas à ça : au lieu de paraître déguisé dans son costume, Carson était encore plus beau.

— Ça te fait rire, riposta-t-il en prenant un air fâché. Personnellement, je me trouve trop bien.

Elle pouffa une nouvelle fois.

— Tu es parfait. Absolument parfait.

Mais Carson ne l'écoutait plus. Les yeux écarquillés, la bouche ouverte, il la contemplait dans sa robe.

— Waouh, réussit-il à articuler.

Elle baissa les yeux, rougissant légèrement.

— J'ai besoin d'aide, précisa-t-elle en montrant la fermeture Éclair dans le dos.

— Avec plaisir, s'empressa-t-il de répondre en s'approchant d'elle.

Il la fit tourner et remonta la fermeture. Julie se vit alors dans la glace. La robe lui allait parfaitement, épousant au plus près les courbes de son corps magnifique. Elle se retourna pour lui faire face. Il la dévorait des yeux et elle aimait sentir son regard sur elle. Soudain, elle aperçut du coin de l'œil une vendeuse qui regardait dans leur direction.

— Tu as oublié ton chapeau, murmura-t-elle à Carson.

— Oh, bien sûr, répondit-il sur le même ton.

Il tendit le bras dans la cabine, prit le chapeau et le mit sur sa tête. Le tableau était parfait.

— Pourquoi on parle tout bas ? demanda-t-il.

Elle jeta un coup d'œil vers la rue déserte.

— Paparazzi.

— Évidemment, approuva-t-il en hochant la tête. Ils veulent à tout prix une photo de toi dans cette robe.

— Et de toi dans ce costume. Parce que tu as l'air…

Sans lui laisser le temps de finir sa phrase, il la prit par la main et l'attira dans sa cabine. Leurs lèvres se rencontrèrent et elle sentit le corps de Carson se presser contre le sien. Elle passa ses mains dans son dos, savourant la douceur du velours sous ses doigts.

— Tout va bien là-dedans ?

La voix du vendeur. Très proche. Probablement de l'autre côté du rideau.

Carson s'écarta d'elle et ils échangèrent un regard coupable.

— Ouaip ! lança-t-il en aidant Julie à rajuster sa robe avant de rectifier lui aussi sa tenue.

Elle fit demi-tour et souleva ses cheveux pour qu'il puisse ouvrir sa fermeture Éclair, puis se glissa dans la cabine d'à côté. Elle se rhabilla rapidement et remit soigneusement la robe sur son cintre. Lorsqu'ils sortirent, le vendeur les détailla de la tête aux pieds, la main sur la hanche.

— Vous n'êtes pas censés partager la même cabine, lâcha-t-il.

— Désolée, s'excusa Julie.

— On essayait de protéger l'environnement, expliqua Carson, de manière totalement absurde.

En entendant ça, Julie se mordit les lèvres et gloussa. Ils se dirigèrent vers la porte et à peine eurent-ils franchi le seuil qu'ils explosèrent de rire. Elle se tenait les côtes et avait du mal à reprendre sa respiration, tellement elle riait. Au bout de quelques minutes, il la prit par la main et dit :

— Julie Redding, tu es une super star ! Et c'était top, dans la cabine…

Elle sentit ses joues s'enflammer.

— Pareil pour toi ! rétorqua-t-elle.

— On va boire un verre ?

— Il y a le *Café Mud*, juste au coin de la rue. C'est mon préféré.

— Je te suis.

Ils marchèrent main dans la main jusque là-bas et s'installèrent à une table en terrasse, sous un chauffage. Elle commanda un café noisette, comme toujours, tandis que Carson choisit un cappuccino avec beaucoup de lait. Toutes les tables furent bientôt occupées par d'autres couples ou par des groupes d'amis et les rires et les bavardages résonnèrent. Julie se sentit gagnée par une sensation inconnue. Elle finit par identifier cette émotion inhabituelle : du bonheur. Elle se rappela ce que ses amies avaient dit, l'autre soir, chez Ava : elles étaient libres. Elles pouvaient enfin vivre à fond. Maintenant, il fallait en profiter.

Carson lui prit la main sous la table. Soudain, un éclat de rire retentit de l'autre côté de la rue. Elle tourna la tête pour regarder d'où cela venait. Devant un distributeur de billets se trouvaient trois filles du lycée. Elles regardaient dans la direction de Julie en parlant à voix basse, pliées de rire.

Julie serra le poing et lança un coup d'œil autour d'elle, persuadée qu'Ashley traînait dans le coin. Mais nulle part elle ne vit sa silhouette. Elle se recroquevilla sur sa chaise en espérant que les filles finissent par se lasser et par partir.

— Hé, tout va bien, murmura Carson en se penchant vers elle.

Il tendit le bras pour prendre sa main, mais Julie la garda serrée sur ses genoux.

— Ah oui ? lâcha-t-elle avec un rire bref.

— Au lycée, personne n'en parle, tu sais.

Comment pouvait-il être si naïf ?

— Tu sais très bien que, dès que je vais revenir, ils ne vont pas me lâcher avec ça.

Les yeux dans le vague, elle contempla le motif de la table.

— Je suis déjà passée par là, je te rappelle.

— En Californie, je sais. Mais je n'étais pas à tes côtés, à ce moment-là.

Elle esquissa un sourire.

— C'est vrai.

— Ces filles, dit-il en les montrant du doigt. Elles aussi, elles ont leurs secrets, je te le garantis. Elles ne sont pas parfaites.

Elle poussa un soupir.

— C'est justement là que tu te trompes. Nous sommes à Beacon Heights et, ici, tout le monde est parfait.

Il secoua la tête.

— Leurs vies sont tout aussi pourries que la tienne ou la mienne. Que celle de n'importe qui, même. Crois-moi.

— En quoi ta vie est pourrie ? demanda Julie, pour changer de sujet.

Il lui prit la main et, cette fois, elle le laissa faire.

— Justement, elle ne l'est plus... Grâce à toi.

Elle détourna les yeux, la gorge serrée.

— Tu n'es pas obligé de te sacrifier pour moi, répliqua-t-elle. Tu es nouveau à Beacon, et tu es mignon et sympa. Tu pourrais avoir beaucoup d'amis, au lieu de sortir avec *la* fille qui est la risée du lycée...

— Ne dis plus jamais des trucs pareils ! s'énerva-t-il. J'ai fait mon choix et je me fiche de ce que les gens pensent. Maintenant, explique-moi ce qui te déciderait à retourner au lycée ?

— Je n'y retournerai pas, glissa-t-elle d'une voix mal assurée.

— Tu crois que la situation est aussi grave que ça ?

Elle laissa son regard flotter au loin.

— Comment tu peux demander une chose pareille ? Tout le monde se moque de moi.

— Est-ce que tes amies t'ont laissée tomber ? Est-ce que tu as reçu des messages désagréables ?

L'air pensif, elle se mordilla la lèvre. Elle avait eu des mails de Nyssa et Natalie, mais elle les avait supprimés sans même les ouvrir. Elles avaient beau être deux de ses plus proches amies, elle craignait le pire.

— Et si je t'accompagne et que je viens te chercher à chaque cours ? Et que je mets mon poing sur la gueule du premier qui te regarde de travers ? Qu'est-ce que tu en penses ?

Sa première réaction fut de rire. Puis elle réfléchit. Peut-être que la présence impressionnante de Carson à ses côtés dissuaderait les élèves ? L'idée d'avoir un garde du corps aussi sexy ne lui déplaisait pas, pour être sincère.

— Tu veux bien essayer ? supplia-t-il. Pour me faire plaisir.

Elle respira un bon coup avant de se jeter à l'eau.

— OK. Je vais essayer, une journée.

— Bravo ! s'exclama-t-il avec un large sourire.

— Mais s'il arrive le moindre truc, c'est fini. Compris ?

— Tout va bien se passer, Julie. Les gens ne sont pas si pourris que tu le crois. Tu vas être étonnée.

Il plissa les yeux avant d'ajouter :

— Et puis c'est dommage qu'une fille aussi jolie que toi passe son temps cachée. Et ça vient du type qui assure, même dans un costume en velours.

La remarque la fit sourire et elle se sentit plus légère. Il semblait convaincu.

Si seulement il avait raison.

Chapitre douze

Le vendredi soir, Mac se gara sur le parking de l'*Umami*, un restaurant thaï branché de Seattle. Après avoir serré le frein à main, elle resta un moment sur son siège à regarder les clients entrer et sortir du bâtiment décoré de guirlandes lumineuses. L'endroit était bondé et le parfum de leurs célèbres ailes de poulet marinées aux épices flottait dans l'air, chatouillant délicieusement les narines de Mac.

Elle était en retard. Avec un petit groupe d'élèves de Juilliard, dont Oliver, ils avaient décidé d'organiser ce dîner, plutôt que d'attendre la prochaine soirée de l'école pour se revoir. Elle sortit son miroir de poche et vérifia son maquillage une dernière fois. Avec son eye-liner, elle avait essayé de se faire un regard charbonneux et était plutôt satisfaite du résultat : on remarquait bien ses yeux derrière ses lunettes. Au moment où elle s'apprêtait à ouvrir la portière pour sortir, un flash d'informations à la radio attira son attention.

« La police continue d'interroger le suspect en garde à vue pour le meurtre du professeur du lycée de Beacon Heights, Lucas Granger, annonçait le journaliste. Certaines personnes pensent que la mort de Granger a un rapport avec celle de l'élève du même lycée, Nolan Hotchkiss. »

Mac haussa les sourcils. *Intéressant.* Supposaient-ils qu'Alex était responsable des deux meurtres ? Elle avait beau ne pas le connaître très bien, elle ne le croyait pas capable d'empoisonner quelqu'un au cyanure. Elle éprouva de nouveau cette impression troublante de ne pas connaître la vraie nature des gens, depuis quelques jours. Comme si elle était entourée de personnalités complexes, mystérieuses, à double fond, qui rendaient la réalité mouvante.

Entendre les noms de Granger et de Nolan lui donna des palpitations et elle dut fermer les yeux et se concentrer sur sa respiration pour se calmer. L'atmosphère était électrique, ces derniers temps, et la tension palpable. Vivement que quelqu'un avoue au moins le meurtre de Nolan. Alex, un inconnu… – peu importait. Même si la police ne pouvait pas les mettre derrière les barreaux, elle et ses amies, elle ne se sentait pas complètement en sécurité.

Avec un soupir résigné, elle coupa le contact, prit son sac à main et sortit de la voiture. Tandis qu'elle se dirigeait vers le restaurant, un air lui trotta dans la tête. Elle ne parvint pas tout de suite à l'identifier. Au bout de quelques notes, elle finit par le reconnaître : c'était une chanson que Blake avait écrite pour son groupe.

Elle s'arrêta net. Pourquoi ce morceau avait-il ainsi jailli dans son esprit ? Cela la contrariait terriblement. Elle devait le sortir de sa tête une bonne fois pour toutes. Surtout maintenant qu'elle avait fait la connaissance d'Oliver. À cette pensée, elle sentit de délicieux frémissements dans son ventre. L'autre jour, à la soirée Juilliard, elle avait agi d'une manière dont elle ne se serait jamais crue capable. Tandis que tout le monde commençait à partir, elle avait foncé sur Oliver et lui avait demandé son iPhone. Puis, après avoir pianoté son numéro sur le clavier, elle le lui avait rendu avec un grand sourire :

— Et voilà. Maintenant, tu peux m'appeler.

Il l'avait dévisagée en écarquillant les yeux avant de répondre, en souriant à son tour :

— Ça marche.

Quand Mac avait levé les yeux, elle avait aperçu Claire qui les observait. *Ha, bien fait.*

Le meilleur, dans l'histoire, c'était qu'Oliver lui avait envoyé un message la veille et qu'ils avaient passé l'après-midi à échanger des textos. Ils avaient discuté de musique, de ce qu'ils avaient envie de faire en arrivant à New York – le Lincoln Center pour elle, les clubs de jazz pour lui –, de leurs émissions de télévision préférées… Mac mourait d'envie de lui demander ce qu'il pensait de Claire, mais elle se retint, par peur d'avoir l'air jalouse.

Elle poussa la porte d'entrée et pénétra dans la salle animée où, sous de larges feuilles de palmier accrochées au plafond, des serveuses apportaient aux clients des verres de thé glacé et de cocktails à la noix de coco. Dans le fond, elle repéra une grande table, où discutaient et riaient un groupe de personnes qu'elle reconnut. Ils avaient tous un air de ressemblance, avec leurs pulls tricotés, leurs lunettes en écaille ou en métal, leurs barrettes de princesse (pour les filles) et leurs tee-shirts miteux avec un portrait de Mozart ou le logo d'un festival de jazz (pour les garçons). Et elle leur ressemblait aussi.

Elle aperçut Oliver, au bout de la table. Affalé sur sa chaise, les mains croisées derrière la tête, les bras musclés et bronzés. Il était encore plus beau que dans son souvenir. Au même instant, il tourna la tête et l'aperçut.

Il cessa aussitôt de parler pour lui sourire. Tandis qu'elle s'approchait de lui, il ne la quitta pas des yeux.

— Salut, lança-t-elle, debout devant lui.

— Coucou, toi, répondit-il d'un air joyeux. J'avais peur que tu ne viennes pas.

— J'aime bien me faire désirer, taquina-t-elle.

Elle détacha ses yeux de ceux d'Oliver et balaya du regard les autres convives en leur adressant un petit signe amical. Des « Salut » et des « Coucou » fusèrent en réponse. Tandis qu'elle enlevait son manteau et le posait sur la chaise à côté d'Oliver, elle sentit une main sur son épaule. Elle se retourna et laissa échapper un cri de surprise.

— C'est ma place, siffla Claire avec un sourire glacial.

D'un geste de la main, elle désigna vaguement l'autre extrémité de la table, près de la porte des toilettes.

— Essaie plutôt là-bas, je crois que j'ai vu une place libre.

Crispée, Mac jeta un regard vers Oliver. Mais il était sur son portable. Pas question de montrer que la situation l'embêtait. Après tout, c'était avec *elle* qu'Oliver avait échangé des messages toute la journée.

Elle se passa la main dans les cheveux d'un air dégagé et lâcha :

— Super, j'y vais !

Puis elle se dirigea à l'autre bout de la table où Lucien et sa tête d'oiseau et la ravissante Rachel s'écartèrent pour lui faire de la place. Lorsqu'il leva les yeux de son portable, Oliver fit une drôle de tête. Mac se contenta de lui sourire. Pas question de se disputer avec Claire devant lui. Néanmoins, elle se sentait humiliée : Claire avait incontestablement marqué un point.

— C'est cool que tu sois là ! s'exclama Rachel en lui mettant un objet carré et froid dans la main – une flasque.

Mac croisa son regard et Rachel lui adressa un sourire complice. Elle but une gorgée, pour voir, et sentit l'amertume du whisky descendre le long de sa gorge. À côté d'elle, Lucien hocha la tête d'un air approbateur. Intéressant. Ces futurs élèves de Juilliard se révélaient plus rebelles qu'elle ne l'avait imaginé.

Après avoir avalé une autre lampée d'alcool, elle tendit le bras pour proposer la bouteille à d'autres, mais Rachel interrompit son geste.

— Non, on la garde pour nous, murmura-t-elle. Toi, tu es cool, mais il y en a d'autres qui sont complètement psychorigides.

Elle accompagna ses paroles en levant les yeux au ciel.

— Compris, glissa Mac en lui rendant la flasque.

Rachel la passa ensuite à Lucien qui but discrètement. Il faisait partie des « cools », visiblement. C'était très agréable d'être intégrée à un cercle de privilégiés. D'autant plus que Claire en était exclue.

De grands éclats de rire résonnèrent à l'autre bout de la table, où Claire flirtait ouvertement avec Oliver. Elle lui sortait le grand jeu – battements de paupières, gloussements, main dans les cheveux toutes les dix secondes… Même s'il riait à ses blagues, Mac remarqua qu'il s'était écarté quand Claire avait posé sa main sur sa cuisse. Et toc ! Au moins, pour l'instant, il repoussait ses avances. Mais combien de temps résisterait-il ?

La flasque était à nouveau devant elle. Elle la prit et but une nouvelle gorgée. L'alcool commença à faire son effet : elle se sentait plus détendue. Quand Lucien raconta son expérience désastreuse dans une comédie musicale, elle rit aux éclats. Elle sentit qu'Oliver l'observait. Avec jalousie, peut-être ? Comme s'il regrettait de ne pas pouvoir partager son hilarité avec elle ? *Tu n'as qu'à venir de mon côté*, songea-t-elle. *Laisse tomber cette pauvre fille. Je suis bien plus drôle.*

Quand, quelques instants plus tard, Claire se leva, son sac à la main, et se dirigea vers les toilettes, Mac comprit qu'elle devait saisir sa chance.

— Je reviens tout de suite, dit-elle à Rachel et Lucien. Je dois juste dire bonjour à quelqu'un.

D'un pas décidé, elle marcha jusqu'à l'autre extrémité de la table, s'installa sur la chaise de Claire et repoussa son verre – un café thaï, quel ennui ! Puis, se tournant vers Oliver, elle lui adressa son sourire le plus sexy.

— Coucou, toi ! Ça fait un bail qu'on ne s'est pas vus.

Il sourit à son tour.

— Et moi qui croyais que tu m'ignorais.

— Oh, non ! répondit Mac en se penchant vers lui. J'essaie juste de passer un peu de temps avec tout le monde.

Oliver fit un signe du menton en direction de Rachel et Lucien.

— Et alors ? qu'est-ce qui se passe du côté des instruments à vent ? Vous aviez l'air de bien vous marrer.

Mac lança un coup d'œil à droite et à gauche et dit, en baissant la voix :

— Rachel a apporté du whisky. Dans une flasque.

Il haussa les sourcils.

— Veinarde. Tu peux essayer de m'en garder ?

— Seulement si tu es gentil, lâcha-t-elle, savourant son avantage.

Elle posa sa main sur l'avant-bras d'Oliver. Sa peau était chaude et douce.

— J'aimerais bien que tu me racontes ton enfance à la ferme. Ça devait être génial, non ?

Il la dévisagea avec étonnement.

— Tu dois être la seule à penser ça. Chaque fois que j'en parle, on me regarde comme si j'étais un plouc.

— Moi, quand j'étais petite, je rêvais de vivre dans une ferme ! Tu avais des chèvres ?

— Ouais, des chèvres naines, raconta-t-il avec un large sourire. On les laissait parfois entrer dans la maison.

Mac écarquilla les yeux.

— Oh, non ! Trop mignon !

— On avait aussi des lamas, poursuivit-il en hochant la tête. Pour leur laine.

— Vous les avez toujours ?

— Yep ! Maisie et Delores. Mes deux filles.

Elle sourit timidement.

— J'adorerais les voir. Je n'ai jamais eu l'occasion de caresser de lama…

— Ça doit pouvoir se faire, fit Oliver, les yeux brillants.

— Euh… Coucou ?

Mac leva les yeux. Claire se tenait devant elle, les mains sur les hanches, l'air tendu.

— Tu es à ma place, lança-t-elle. De nouveau.

— Oh, désolée, je croyais que tu étais partie, répondit gentiment Mac.

— Prends une autre chaise, Claire, suggéra Oliver en lui montrant celles inoccupées à la table d'à côté. Vous vous êtes déjà rencontrées, toutes les deux ? Claire, voilà Mackenzie. Mac, je te présente…

— On se connaît, coupa Claire.

Il sourit poliment.

— Ah, oui, c'est vrai, vous êtes toutes les deux de Beacon ! C'est cool.

Il n'y avait pas la moindre malice dans sa voix : il ne cherchait à duper personne. Néanmoins, Mac n'avait aucune envie que Claire s'assoie avec eux et vienne gâcher sa délicieuse promenade à la ferme avec Oliver. Elle eut soudain une idée de génie afin de se débarrasser d'elle pour de bon.

Sans y réfléchir plus que ça – sinon, elle n'aurait jamais le cran de le faire –, Mac se pencha, prit le visage d'Oliver entre ses mains et l'attira à elle. Puis elle l'embrassa. Un léger baiser, d'abord. Qui se fit rapidement plus intense. Passé la première surprise, il répondit avec la même ardeur et, posant sa main derrière la tête de Claire, la serra contre lui.

— Waouh…, souffla-t-il.

Leur baiser dura un moment. Mac sentait le regard des autres élèves, et entendit quelques murmures. *Elle est saoule*, dit quelqu'un. *C'est chaud*, chuchota une autre voix. Mais Mac s'en fichait. Quand elle ouvrit les yeux, elle aperçut Claire à l'autre bout de la salle. La seconde d'après, elle franchissait la porte d'entrée et disparaissait. *Pauvre chérie*, pensa-t-elle avec satisfaction. *Tu as voulu jouer avec le feu, et tu t'es brûlée.*

Tout à coup, elle eut un coup au cœur. Était-elle devenue folle ? Elle n'avait pas pour habitude d'embrasser les garçons en public ni de mal se conduire avec les gens. Même avec une amie qui n'en était plus une. Que lui arrivait-il ?

Oliver s'écarta et lui lança un regard éloquent.

— Je n'aurais jamais imaginé que te parler de lamas te mettrait dans un état pareil.

Elle rougit et s'efforça de revenir à la réalité. Il continua :

— Tu veux qu'on parte ?

Elle fut d'abord étonnée par sa question, avant de se rendre compte à quel point elle était stupide. Bien sûr qu'il voulait l'emmener ailleurs – elle venait de se jeter sur lui pour l'embrasser avec fougue au beau milieu d'un restaurant !

Elle toussa pour s'éclaircir la gorge. Pas question de le laisser croire qu'elle était une sainte-nitouche.

— OK, on y va.

Il la prit par la main, laissa un billet sur la table et fit un signe aux autres. Mac entendit d'autres messes basses et Lucien lança un « Ouuuh ! », mais elle ne se retourna pas.

Il l'emmena à l'autre bout du parking, où il ouvrit la portière d'un 4 × 4 bleu foncé, et l'aida à monter dans la voiture. Une délicieuse odeur mentholée flottait dans l'habitacle. La boîte d'un CD d'un concerto de Rachmaninov traînait par terre. Mac regarda la petite boule disco accrochée au rétroviseur dans laquelle se reflétaient les lumières de la rue.

Après avoir fait le tour de la voiture, Oliver s'installa au volant.

— On va où ? demanda Mac après qu'il eut claqué la portière.

Mais à peine eut-elle le temps d'achever sa phrase qu'il se pencha vers elle et l'embrassa. Son baiser était merveilleux, ses lèvres douces.

— On peut aussi bien rester là, non ? souffla-t-il dans le creux de son oreille.

En essayant de changer de position, elle heurta le levier des vitesses avec le genou. Oliver, lui, appuya involontairement sur le volant en se redressant, et un coup de klaxon déchira le silence de la nuit. Un fou rire les saisit et ils durent s'adosser chacun contre leur siège pour tenter de retrouver leur souffle.

Une fois calmé, il souleva la barre qui se trouvait sous son siège et le recula au maximum, puis il régla le dossier en position allongée. Avec un sourire malicieux, il prit ensuite le poignet de Mac et la fit asseoir sur ses genoux, face à lui.

— C'est mieux, comme ça ? glissa-t-il en l'embrassant dans le cou.

— Mmmh, ça va…, murmura-t-elle en retirant ses lunettes pour les poser sur le tableau de bord.

Les doux baisers d'Oliver suivirent la courbe de sa gorge puis remontèrent le long de sa mâchoire. Il caressa sa joue avec tendresse. Inutile de le nier : c'était délicieux. Jusqu'au moment où Mac, soudain, ne ressentit plus rien – ni émotions ni sensations. Pourquoi cette impression de distance, tout à coup ? Comme si elle ne vivait pas l'instant présent. Comme si toute capacité à éprouver un sentiment l'avait désertée. Qu'est-ce qui clochait ?

Pour contrer ce sentiment désagréable, elle l'embrassa de plus belle. Mais le contact des lèvres d'Oliver contre les siennes la rendait de plus en plus nerveuse. Elle finit par s'écarter et, posant ses mains à plat sur ses genoux, elle lâcha :

— Je suis désolée, Oliver, mais…

Sa voix trembla et elle s'interrompit. Elle tendit le bras pour prendre ses lunettes.

— Oh…, dit-il en s'écartant. Tout va bien ?

Elle fit mine d'être absorbée par le nettoyage de ses lunettes.

— Ouais. Mais je crois qu'il vaut mieux que j'y aille.

Il la dévisagea un moment d'un drôle d'air. Pas fâché, mais perturbé.

— Est-ce que j'ai mal interprété ?

— Non ! répliqua-t-elle. Rien à voir. Tu es un mec super. C'est juste que je…

Elle ne savait même pas comment expliquer son changement d'attitude.

— Je dois y aller.

D'un geste rapide, elle rajusta sa tenue et attrapa son sac.

— Je t'appelle, OK ? ajouta-t-elle.

La seconde d'après, elle était sortie de la voiture, et se dirigeait vers la sienne. Les larmes coulaient le long de ses joues. Quel était son problème ? Était-ce parce qu'elle avait fait partir Claire ? Ou parce qu'elle avait piégé un malheureux type avec son petit manège stupide ? Elle se sentait aussi machiavélique que son ancienne amie.

Une fois dans sa voiture, elle chercha un kleenex dans la boîte à gants. Mais, au lieu d'un mouchoir, elle tomba sur une enveloppe blanche. La lettre que Blake lui avait donnée. Elle verrouilla la portière et ouvrit l'enveloppe. Sur la carte, on voyait une girafe qui portait des lunettes de soleil. Cette image fit sourire Mac, malgré ses larmes. Elle adorait les photos d'animaux déguisés, et Blake le savait. Elle retourna la carte et vit l'écriture de Blake qui occupait tout l'espace.

Chère Macks,

Tu vas me détester jusqu'à la fin de tes jours, sans doute. Et je te comprends – je ferais pareil à ta place. Je me suis conduit comme un imbécile. Je n'aurais jamais dû écouter Claire. J'aurais dû me douter dès le début qu'elle agissait ainsi pour se venger. J'aurais dû être honnête avec toi et me montrer plus fort. Mais je n'ai pas su le faire, et, à cause de ça, je t'ai probablement perdue pour toujours. Tout ce qui me reste, ce sont des souvenirs géniaux. La dernière fois que tu es venue chez moi, tu as laissé un stick pour les lèvres et, au risque de passer pour un malade, je le trimballe avec moi dans mon étui de guitare, comme un porte-bonheur.

Tu me manques. Je t'aime. Je suis prêt à tout pour te retrouver. Tu n'as qu'un mot à dire, et j'accours.

Blake

Les larmes coulèrent de plus belle le long de ses joues. À la même seconde, elle comprit l'origine de son malaise. C'était un type chouette, qui serait certainement un merveilleux petit ami. Mais il n'était pas celui qu'elle désirait et qu'elle ne pouvait avoir.

Il n'était pas Blake.

Chapitre treize

Le samedi soir, à 18 heures, Caitlin enfila une robe gris foncé, mit ses ballerines rouges – ses préférées – et, devant le miroir, pivota sur elle-même. Elle n'était pas du genre à s'habiller, mais ce soir-là, un effort d'élégance s'imposait. Avec ses cheveux noirs coupés court et sa robe qui laissait voir ses mollets joliment galbés, elle semblait parfaite. Elle espérait que sa tenue conviendrait à la soirée, car Jeremy ne lui avait donné aucun détail. Cela dit, ce mystère ajoutait un certain piquant à l'affaire.

Visiblement, Jeremy savait qu'elle adorait les surprises. Elle n'avait pourtant pas le souvenir de le lui avoir dit. Elle ne se rappelait pas non plus Josh la surprenant de quelque manière que ce soit, en dehors de la fois où il lui avait offert un pendentif contenant de l'herbe du terrain de foot, juste avant qu'ils ne se séparent. Une surprise hyper bizarre et pas franchement agréable, d'ailleurs : il le lui avait offert lors d'un repas familial, dans une petite boîte en velours, comme s'il s'agissait d'une demande en mariage.

Après une ultime retouche de gloss, elle se dirigea vers la porte, mais, au même instant, son portable vibra dans son sac. Probablement Jeremy qui l'appelait pour la taquiner sur la soirée. Il avait fait ça toute la journée, en lui disant des trucs comme : « Tu vas grave crier quand je te le dirai », ce qui signifiait tout et rien à la fois. Qu'entendait-il par « crier » ? De joie ou de peur ? Peut-être avait-il organisé une sortie en bateau de nuit pour observer les baleines du Pacifique ? Elle avait une relation d'amour-haine avec les baleines… Ou peut-être s'était-il décidé pour une soirée spéciale films d'horreur à la belle étoile afin qu'elle reste tout le temps blottie contre lui ?

— Salut, gloussa-t-elle en répondant sans même regarder le nom sur l'écran.

— Tu es où ?

— Ursula ?

Pourquoi Ursula l'appelait-elle ?

— Ben alors, on t'attend ! répliqua aussitôt Ursula.

Puis, comprenant soudain la situation, elle ajouta :

— Oh non… Tu as oublié…

Caitlin l'entendit répéter ces derniers mots, et derrière elle, des grognements lui répondre en écho.

— Oublié quoi ? demanda-t-elle.

Ursula soupira, comme si elle s'attendait à cette question.

— C'est aujourd'hui qu'a lieu la soirée d'intégration des nouveaux, Caitlin. C'est toujours le samedi qui suit les épreuves de sélection. Mme Leah ne te l'a pas dit ?

Caitlin sentit son sang se glacer. Mme Leah lui en avait-elle parlé ? Caitlin était tellement excitée quand elle l'avait appelée l'autre jour pour lui annoncer la nouvelle qu'elle n'avait pas vraiment écouté son baratin. Mais elle faisait partie de l'équipe depuis presque quatre ans, maintenant, et connaissait la procédure.

Elle contempla son reflet dans le miroir, prête à dire à Ursula qu'elle avait des projets pour ce soir. Mais les mots ne franchirent pas ses lèvres. C'était un événement important pour l'équipe et, en tant que capitaine, si elle ne s'y trouvait pas, c'était vraiment la honte. Elle n'avait pas le choix : elle devait y aller. Tant pis pour la soirée avec Jeremy, ils la programmeraient à une autre date. Il comprendrait.

Après avoir confirmé à Ursula qu'elle serait là dans vingt minutes, elle appela aussitôt Jeremy. Il décrocha dès la première sonnerie.

— J'arrive, mademoiselle l'impatiente ! lança-t-il d'une voix joyeuse. Tu as à ce point hâte de savoir ce qui t'attend ?

— En fait, j'ai une mauvaise nouvelle, lâcha-t-elle.

Elle avait déjà ôté sa robe, enfilé un jean et un tee-shirt, et se dirigeait à présent vers la porte d'entrée.

— La soirée d'intégration de foot a lieu ce soir. J'avais totalement zappé… Mais je vais me rattraper, promis. Tu sais quoi ? Demain, je te préparerai un bon dîner. Tu me diras ce dont tu as envie. Même du poulet tikka masala, si tu veux !

Grâce à ses mères, elle le cuisinait à merveille, et Jeremy se plaignait de ne l'avoir encore jamais goûté. Mais elle n'eut aucune réponse à l'autre bout du fil. Tout en montant dans sa voiture, elle regarda l'écran de son portable, craignant que l'appel n'ait été coupé. Le nom de Jeremy était bel et bien affiché.

— Jeremy ? tu es là ?

— Tu plaisantes, n'est-ce pas ? répondit-il d'une voix tendue, et même un peu froide.

Elle introduisit la clé et mit le contact.

— Je suis archi désolée, vraiment. C'est une tradition : chaque année on accueille les nouveaux joueurs. J'avais complètement oublié, et, comme que je suis capitaine, je dois gérer le truc. Il faut absolument que j'y sois.

— Et c'est maintenant que tu me le dis ?

Les mains sur le volant, Caitlin se tut un instant. Où donc était passé le Jeremy compréhensif ?

— Je suis désolée, répéta-t-elle, l'estomac noué. Et je t'ai promis de me rattraper. On peut dîner ensemble un autre jour, non ?

Il laissa échapper un rire bref.

— C'est pas seulement le dîner. J'avais prévu de t'emmener voir les One Direction.

— Oh, c'est pas vrai ! s'écria-t-elle en se prenant la tête dans les mains.

Elle était dingue des One Direction et une fan de Niall – elle avait même une photo du chanteur irlandais collée sur la housse de son iPad. Chaque fois que Josh la voyait, il levait les yeux au ciel. Il aurait préféré mourir, ou ne plus jamais jouer au foot, plutôt que de l'accompagner à un concert des One Direction. Une preuve de plus que Jeremy était le petit ami parfait. Et elle, en l'occurrence, la pire des copines.

Elle ferma les yeux.

— Oh non, Jeremy… Excuse-moi. Je ne savais pas.

— Eh ouais. J'ai réussi à avoir des places juste devant la scène. Mais tant pis.

Il avait l'air effondré. Caitlin se sentit vraiment mal, et tellement déçue. Elle se creusa la tête pour trouver une solution.

— Attends… Raccroche, je vais voir si je peux…

— Laisse tomber, coupa-t-il. Passe une bonne soirée.

Avant même qu'elle n'ait eu le temps de réagir, il avait raccroché. Médusée, elle composa son numéro. Pas de réponse.

— Jeremy, rappelle-moi, supplia-t-elle après avoir entendu le bip de sa boîte vocale.

Elle refit aussitôt le numéro. Toujours pas de réponse. Elle n'arrivait pas à le croire. Était-il fâché contre elle ?

Une seconde après, son portable vibra. Elle se jeta dessus pour décrocher, impatiente de pouvoir enfin lui parler. Mais c'était Ursula. Elle réfléchit un instant avant de prendre l'appel. Si Jeremy avait répondu, elle lui aurait dit qu'elle venait avec lui. La soirée de foot avait beau être importante, entre ça et des sièges au bas de la scène des One Direction, il n'y avait pas photo ! Malgré tout, elle était contrariée qu'il n'ait pas voulu entendre ses raisons. Il lui avait raccroché au nez, quand même.

Après avoir pesé le pour et le contre, elle répondit à Ursula.

— Est-ce que tu peux prendre quelques bouteilles de Coca sur le chemin ? demanda celle-ci. Comme tu n'as à peu près rien fait pour aider…

— Pas de problème. Je me dépêche.

Bien que peu motivée, Caitlin fit rapidement la route jusqu'au gymnase flambant neuf et incroyablement luxueux du lycée. Pour la première fois de sa vie, elle se gara sur une place réservée aux capitaines d'équipe. Avant de sortir de la voiture, elle jeta un œil sur son visage dans le miroir et contempla d'un air navré ses yeux gonflés. Trop tard pour essayer d'arranger ça, elle devrait faire avec.

Elle essaya une nouvelle fois de joindre Jeremy. Toujours rien.

— Je dois pouvoir me libérer vers 21 heures, dit-elle

dans son sixième message. Un mot de toi, et je serai là. Merci mille fois de m'avoir pris ces places. C'est vraiment une surprise de dingue !

Elle entra ensuite dans le gymnase. Dès qu'elles la virent, toutes les joueuses, y compris les nouvelles, se levèrent d'un bond et commencèrent à dérouler du papier toilette. Ursula déchirait les paquets les uns après les autres pour les distribuer aux filles.

— Maintenant, allez me décorer tout ça ! ordonna-t-elle d'une voix d'adjudant-chef.

— Suivez-moi ! lança Caitlin en se rappelant les règles du bizutage.

La première tâche consistait à envelopper de papier toilette les clôtures qui se trouvaient le long du terrain de foot. Pour donner le top départ de l'opération, la capitaine – en l'occurrence, les cocapitaines – devait se rendre à l'autre bout du terrain en courant le plus vite possible, suivie par les filles. Les joueuses les moins rapides avaient pour gage de grimper ensuite au sommet de l'arbre le plus haut pour y dérouler le plus de papier possible.

Elle prit deux rouleaux et se dirigea vers la porte qui menait dehors puis elle traversa le terrain en courant de toutes ses forces. Elle entendait les autres filles souffler derrière elle tandis qu'elles déroulaient leur papier le long de la clôture. C'était bizarre de courir et de s'agiter, de faire des choses aussi dépourvues de sens alors que Jeremy était fâché contre elle. Mais elle n'avait pas le choix. Elle était capitaine de l'équipe. C'était une responsabilité importante.

À la fin de cette première épreuve, elle emmena le groupe et descendit la colline jusqu'au chemin principal du campus. Une fois tout le monde réuni, elle prit les coureuses les moins rapides et leur attribua leurs arbres. Quand elles eurent grimpé au sommet, les nouvelles recrues devaient leur lancer les rouleaux par-dessus les branches, rattraper ceux que les filles rataient puis les envoyer à nouveau. Avant de donner le signal, Ursula entonna le chant traditionnel :

— *Les nouvelles, vous êtes prêtes ?*

— *Prêtes à quoi ?* répondirent-elles.

— *Les nouvelles, vous êtes prêtes ?*

— *Prêtes à tout !*

Toutes les joueuses – anciennes et nouvelles – répétèrent les paroles en criant à pleins poumons.

Gagnée par l'euphorie générale, Caitlin chantait à tue-tête comme les autres. Elle parvint même, durant un court moment, à oublier Jeremy. Après ce bref intermède, elle sortit son portable de sa poche. Zéro appel.

À l'instant où les filles s'arrêtèrent pour reprendre leur souffle, des voix masculines s'élevèrent derrière le bâtiment principal du lycée, en même temps qu'un bruit de pas de course. Les garçons de l'équipe de foot apparurent, en rangs serrés. Josh était en première ligne. Caitlin l'observa pendant quelques instants. Il pencha la tête sur le côté lorsqu'il croisa son regard. Elle se ressaisit immédiatement et détourna les yeux, gênée : si quelqu'un était capable de remarquer qu'elle n'était pas en forme, c'était bien Josh.

— OK, retour au vestiaire, maintenant, pour un traitement à base de Coca, lança Caitlin d'une voix qu'elle voulait enjouée.

Elle regarda les nouvelles et ajouta :

— Allez, les bébés, on se regroupe pour avoir son goûter !

Les filles éclatèrent de rire. Tandis qu'elle les suivait, elle sentit qu'on lui tapait sur l'épaule. Elle se retourna et vit Josh.

— Salut, dit-il d'une voix calme, en l'observant avec attention.

— Salut, répondit-elle, mal à l'aise.

Elle craignait qu'il ne remarque ses paupières gonflées.

— Ça va ?

L'inquiétude sincère qu'elle perçut dans son ton l'étonna. Elle sentit sa gorge se nouer.

— Yep ! lâcha-t-elle. Super !

Il croisa les bras, sans la quitter des yeux.

— Allez, me prends pas pour un idiot... Qu'est-ce qui se passe ?

L'émotion gonfla sa poitrine. Pourquoi Josh se montrait-il si gentil avec elle alors qu'elle lui avait fait tant de mal ?

Elle haussa les épaules.

— Juste un petit souci. Rien de grave.

— C'est Jeremy ? demanda-t-il calmement en continuant de la fixer.

Elle enfouit son visage dans ses mains.

— Oui, c'est Jeremy. Il... Il m'en veut. J'ai complètement oublié la soirée d'intégration et il avait pris des places pour un concert. Il voulait me faire la surprise. Et maintenant, il est vraiment fâché. Je me sens super mal.

Elle lui lança un coup d'œil rapide, guettant sa réaction. Comme d'habitude, il lèverait les yeux au ciel et lui dirait qu'elle l'avait bien cherché. Mais non. Il se contenta de hausser les épaules.

— Il est fâché parce que tu lui as posé un lapin, ou parce que c'est un truc de foot ?

— Je ne sais pas, hésita-t-elle en fronçant les sourcils.

Bien vu. Si elle avait annulé sa soirée avec Jeremy pour une autre raison – une obligation familiale ou un devoir pour l'école –, lui aurait-il raccroché au nez de la même manière ? Elle avait l'impression qu'il considérait le foot comme son rival.

Josh soupira.

— Le problème avec Jeremy, c'est qu'il voit les choses en noir et blanc. Pour lui, on est comme ci ou comme ça, mais pas les deux à la fois.

Elle le dévisagea, stupéfaite : elle n'aurait pas su mieux dire. Il avait pointé le problème avec perspicacité et sans la moindre méchanceté.

— Tu es capitaine et tu devais être là pour l'équipe, poursuivit-il. S'il tient à toi, il comprendra.

Il soutint son regard durant quelques instants puis tourna les talons et se mit à courir en criant, à l'intention de ses joueurs :

— Allez, on y va ! On doit mettre un maximum de papier en haut des arbres avant les filles.

Dans un grand éclat de rire, les garçons frappèrent leurs paumes les unes contre les autres avant de s'élancer sous les huées des filles.

— Caitlin, on bouge ! s'exclama Ursula, de l'autre côté du terrain. Direction les vestiaires.

— Une seconde, répondit-elle en suivant Josh des yeux.

Elle voulait le remercier d'avoir été si attentionné. Et pour ce qu'il lui avait dit. Il était déjà en train d'escalader un immense arbre, un rouleau de papier toilette dans la poche de son short. Elle s'approcha et le vit dérouler son papier autour des branches. Le papier était si léger que le vent le rabattait vers Josh.

Il aperçut Caitlin au pied de l'arbre.

— Qu'est-ce qui se passe ?

— Je voulais juste te dire que…, commença-t-elle.

Elle s'interrompit, la gorge serrée.

— Tu es vraiment…

— Comment ? dit-il en se penchant vers elle pour mieux entendre.

Leurs regards se croisèrent et Josh lui adressa ce sourire si particulier qu'il ne destinait qu'à elle. Le cœur de Caitlin fit un bond dans sa poitrine. Mais, au même instant, elle entendit un craquement sourd.

— Merde ! s'exclama Josh tandis que cédait la branche sur laquelle il se trouvait.

Dans sa chute, il essaya de se retenir à une autre branche, mais ses doigts n'accrochèrent que des feuilles. Il tomba sur l'herbe avec un bruit mat, à quelques centimètres de Caitlin. Elle poussa un hurlement et se précipita vers lui, paniquée. Il gisait sur le sol, inerte, les yeux fermés. Il semblait blessé. À cause d'elle…

— Josh ! cria-t-elle d'une voix étranglée. Josh, ça va ? réponds-moi !

Il ouvrit lentement les yeux.

— Tout va bien, marmonna-t-il faiblement.

Il s'assit et la dévisagea d'un air hébété.

— Ma cheville…, ajouta-t-il.

— Qu'est-ce qu'elle a ? Tu peux marcher ?

Il réfléchit un instant avant de répondre.

— Non, je crois pas, murmura-t-il.

D'autres membres de l'équipe couraient vers eux. D'une main tremblante, Caitlin sortit son portable et appela les pompiers. Lorsqu'elle raccrocha après avoir eu la confirmation qu'ils envoyaient les secours, une bouffée d'angoisse lui étreignit la poitrine. L'ambulance arriva quelques instants plus tard et deux infirmiers transportèrent Josh dans le véhicule.

Caitlin était dévastée : la vision de l'ambulance lui rappelait Taylor ; ce moment atroce qu'elle n'oublierait jamais. Elle aperçut Josh à travers la vitre. Le visage contracté, les yeux fermés, il semblait souffrir. Elle se fraya un chemin à travers les joueurs et s'approcha de la portière.

— Est-ce que tu veux que je vienne avec toi ? demanda-t-elle.

Josh croisa son regard, mais au même instant un infirmier s'interposa.

— Vous êtes un parent ?

Elle secoua la tête.

— Sa petite amie ?

Caitlin recula d'un pas. Ça n'était pas à elle d'accompagner Josh à l'hôpital. Plus maintenant. La réalité de leur rupture se rappela soudain à elle comme une évidence.

— Non, dit-elle calmement. Je ne suis pas sa petite amie.

L'infirmier claqua la portière et monta dans le véhicule. La lumière du gyrophare s'éloigna tandis que le véhicule rejoignait la route principale, sirène hurlante.

Chapitre quatorze

Le lundi matin, Julie attendait dans sa voiture, sur le parking du lycée. Tandis que le moteur tournait, elle regardait les élèves se retrouver joyeusement au milieu des portières qui claquaient, pressés de se raconter leur week-end. Des dizaines d'autres gamins descendaient des bus stationnés le long du trottoir. Devant l'atelier d'arts plastiques, un groupe de filles tenaient une banderole sur laquelle était imprimé le visage de Lucas Granger. La première sonnerie retentit : plus qu'un quart d'heure avant le début des cours.

Clairement, dans un quart d'heure, elle ne serait pas prête.

Elle boucla sa ceinture et enclencha la première vitesse. Une main se posa sur la sienne.

— Tu peux le faire.

Elle leva les yeux. Carson avait proposé de l'emmener au lycée, ce matin-là, mais elle avait préféré passer le prendre avec sa voiture pour pouvoir s'échapper en cours de journée si besoin.

— Allez, insista-t-il avec un sourire affectueux. Je suis avec toi. Promis, je ne te quitte pas une seule seconde jusqu'à la classe.

Avec un regard inquiet sur les élèves qui entraient dans le bâtiment, elle murmura :

— Je ne sais pas… Je ne me sens pas capable d'affronter Ashley.

— Tu vas y arriver. Si on la voit, on partira dans l'autre sens, OK ? Ou mieux : droit dans les yeux, on lui dira que c'est une sale poufiasse.

Julie lança un regard sur les filles qui brandissaient la banderole. Depuis la mort de Granger, elle n'était pas retournée au lycée. Elle pensait que cette histoire s'était calmée, entretemps. Mais, visiblement, il avait plus de fans que jamais.

— Allez, viens.

Il ouvrit la portière et sortit de la voiture. Avec un soupir, elle coupa le moteur, prit son sac et ses livres, et le suivit. Cela faisait à peine plus d'une semaine qu'elle n'était pas revenue, mais l'atmosphère avait changé. Tout avait l'air différent. Il y avait de nouvelles plantes dans le hall d'entrée et des photos de Granger sur tous les murs. Elle-même avait l'impression d'être devenue quelqu'un d'autre. La dernière fois qu'elle se trouvait là, elle était encore Julie-la-Parfaite, entourée de garçons et de filles qui l'accompagnaient partout. À présent, elle n'était plus qu'une brebis galeuse, une fille sale et pouilleuse, qui vivait dans la pisse de chats et la nourriture moisie. Du moins, c'était comme ça qu'elle se voyait.

Tandis qu'ils marchaient dans les couloirs, Julie, la tête baissée, se laissait guider par Carson.

— Julie ! lança une voix derrière eux.

Elle sursauta, persuadée que c'était Ashley. Mais lorsqu'elle se retourna, elle aperçut son amie Nyssa qui lui faisait un signe de la main. À côté d'elle, Natalie affichait un sourire tout ce qu'il y avait de plus normal.

— Tu as révisé le contrôle de maths ? demanda Nyssa d'un ton joyeux. Je suis trop dégoûtée. Franchement, qu'est-ce qu'on a besoin de savoir résoudre une équation ?

— Euh... non..., répondit Julie, perplexe. Enfin si, j'ai révisé. Un peu. Mais je crois que ça va être difficile.

— Tu viens vendredi, hein ? intervint Natalie. Tu as eu mon mail ?

— Vendredi ?

Julie n'avait pas la moindre idée de ce dont elle parlait. Et elle comprenait encore moins pourquoi elles se comportaient comme si tout était normal, sans même faire allusion à son absence d'une semaine. Soudain, elle se rappela que Natalie, en effet, lui avait envoyé un mail. Plusieurs, même. Mais elle ne les avait pas lus.

— Ma fête d'Halloween, expliqua Nyssa. Il faut absolument qu'on discute des déguisements pendant le déjeuner. Je pensais à un truc genre super-héros sexy. Ou princesses de Disney sexy.

— Tu peux pas faire que du sexy, Nyss ! taquina Natalie en levant les yeux au ciel. J'ai pas raison, Julie ?

— Hum...

Avant qu'elle n'ait eu le temps de répondre, la seconde sonnerie retentit. Plus que cinq minutes avant les cours. Natalie partit avec Nyssa en faisant un petit signe de la main à Julie. Elle se tourna vers Carson, stupéfaite.

— J'y crois pas...

— Tu vois ! répondit-il avec un large sourire.

Il se pencha vers elle et lui donna un baiser sur la joue.

— Je t'avais dit que ça se passerait comme sur des roulettes. Alors ? tu viendras avec moi vendredi ? Déguisée en sexy Cendrillon ?

Elle ne put s'empêcher de rire.

— Sûrement pas en Cendrillon, répliqua-t-elle avec un air malicieux.

Était-elle sérieusement en train d'envisager d'aller à cette fête ? Peut-être que oui, finalement...

Ils se dirigèrent vers le casier de Julie. À son grand étonnement, elle ne vit aucune inscription ou dessin désagréable. Carson jeta un coup d'œil à sa montre d'un air soucieux.

— Je suis désolé, mais j'ai laissé dans mon casier un livre dont j'ai absolument besoin. Il faut que j'aille le chercher.

Julie le dévisagea, atterrée. Le casier de Carson était à l'autre bout du campus et, dans cinq minutes, elle avait cours dans le bâtiment dans lequel ils se trouvaient en ce moment. Si elle l'accompagnait, elle arriverait en retard et s'il attendait avec elle, c'est lui qui serait en retard.

— Ah..., lâcha-t-elle en lançant un regard angoissé autour d'elle.

Des élèves étaient occupés à papoter, à fermer leurs casiers ou à réviser une dernière fois, le nez dans leurs cahiers ; d'autres profitaient des dernières secondes avant la sonnerie pour envoyer un ultime message sur leurs portables. Aucun ne faisait attention à elle et, pour la première fois depuis bien longtemps, elle en était soulagée.

Tout va bien. Personne ne se soucie de moi. Au même instant, elle aperçut Parker à l'autre bout du couloir, et cela la rassura. Parker avait passé la nuit chez elle, et avait détalé le matin, alors que Julie était dans la salle de bains en train d'essayer de calmer son angoisse. Elle ne s'attendait pas à la voir au lycée.

— C'est bon, va le chercher, dit-elle finalement à Carson en redressant les épaules.

Avec Parker à son côté, elle se sentait rassurée.

— Ça va aller, ne t'inquiète pas, ajouta-t-elle.

Il lui lança un regard inquiet :

— Tu es sûre ?

Elle hocha la tête en observant Parker qui venait vers elle.

— Faut bien que je me jette à l'eau, non ?

Il l'embrassa une dernière fois et l'odeur musquée de son savon la revigora.

— On se retrouve après les cours, OK ? lança-t-il. Je t'attendrai ici.

Il fit demi-tour et s'éloigna rapidement. Julie attrapa le bras de Parker qui passait devant elle, tête baissée. Lorsqu'elle se retourna, Julie vit son visage, caché sous sa capuche. Quelque chose n'était pas comme d'habitude. Ce fut seulement au bout de quelques secondes que Julie comprit ce qui avait changé chez son amie. Elle la contempla, sous le choc. Parker avait l'air *heureuse*.

— Waouh, tu l'as fait ! s'exclama Parker en donnant une tape sur l'épaule de Julie.

— Toi aussi !

— Ouais, j'ai fini par me pointer, répliqua Parker.

En dépit de son ton ironique, un sourire flottait sur ses lèvres. Avant que Julie n'ait eu le temps de lui demander ce qui la mettait de si bonne humeur, Caitlin, Mac et Ava se précipitèrent vers elle, surexcitées.

— Bravo et bienvenue ! s'écria Caitlin.

— C'est trop cool de te voir ici, se réjouit Ava en sautillant sur place.

— Tu nous as grave manqué, renchérit Mac en déposant un baiser sonore sur la joue de Julie.

— Merci, vous êtes trop mignonnes ! répondit-elle, le cœur réchauffé par ces marques d'attention.

— Tu déjeunes avec nous, ordonna Caitlin sur son ton de capitaine d'équipe. Pas de discussion.

— On te retrouve ici, ajouta Ava en se passant la main dans les cheveux. Ça te va ?

Tout en composant le code de son casier, elle ouvrit la bouche pour parler de son déjeuner avec Nyssa et Natalie, lorsqu'elle se rendit compte que le couloir était soudain devenu silencieux. Les élèves avaient dû partir vers les salles de classe. Elle jeta un coup d'œil par-dessus son épaule pour s'en assurer et vit plein de filles et de garçons. Qui la regardaient, elle. Au même instant, à quelques mètres de là, elle entendit un petit rire.

Son cœur se mit à battre à toute allure. Elle avait peut-être parlé trop vite, en disant à Carson qu'elle se sentait prête… Elle appuya sur la dernière touche de son code. Il y eut un déclic, et la porte s'ouvrit d'un coup, sans qu'elle puisse la retenir. Elle sentit deux ou trois petites choses – des cailloux ? – rebondir sur ses chaussures. Puis une avalanche de sable et de poussière se déversa sur ses pieds, laissant une fine pellicule grisâtre sur le devant de sa robe. Une odeur familière lui brûla les narines.

De la litière pour chats.

Pétrifiée, la main en l'air, elle resta bouche bée. Jusqu'au moment où un nuage de poussière atterrit sur sa langue. Elle toussa violemment. Ava poussa un cri tandis que Mac reculait d'un bond, horrifiée. Parker serra les poings, le visage rouge de colère. Les derniers grains de la litière tombèrent au sol, au milieu d'un silence pesant.

Comme un signal, un premier ricanement résonna à quelques mètres, suivi d'un second. Puis les éclats de rire et les exclamations fusèrent – « La vache ! », « C'est dingue ! » et autres « J'y crois pas ! ». Un attroupement s'était formé et Julie aperçut Nyssa et Natalie qui, avec ses amies, semblaient les seules à ne pas rire. Les yeux écarquillés, elles la dévisageaient d'un air compatissant mais impuissant.

Les élèves qui se trouvaient devant elle s'écartèrent pour laisser passer quelqu'un. Elle apparut devant elle. Avec sa robe portefeuille façon Julie, ses cheveux bouclés façon Julie, et son sourire triomphant. Ashley. Une poignée de filles l'accompagnait, affichant le même sourire cruel et riant méchamment.

— Bienvenue au lycée, mademoiselle Julie, lança-t-elle. Ah… Je me suis dit que tu avais peut-être aussi besoin de ça.

Elle s'approcha et posa quelque chose sur la tête de Julie. Reculant vivement, Julie retira aussitôt l'objet. Une boîte pour chats. Les élèves explosèrent de rire et des déclics d'appareils photo résonnèrent. Julie sentit les larmes lui monter aux yeux et elle chercha désespérément quelque chose à leur dire, à tous, pour qu'ils la ferment. Mais elle ne parvint qu'à jeter la boîte par terre, dégager ses pieds du tas de poussière et se diriger vers la porte qui menait au parking.

Tandis qu'elle traversait la cour, semant derrière elles des gravillons, comme le Petit Poucet, elle savait que les élèves la suivaient des yeux par les fenêtres, en continuant de rire. Dès qu'elle se sentit hors de portée de vue, elle laissa libre cours à ses larmes. Comment avait-elle pu être stupide à ce point ? Elle savait bien, au fond d'elle-même, qu'elle n'aurait jamais dû retourner au lycée ce jour-là. Mais elle avait laissé Carson la convaincre – le gentil et naïf Carson.

Une pensée lui traversa la tête et elle se figea. Et si Carson était de mèche ? Après tout, c'était lui qui l'avait persuadée de revenir. Et qui l'avait abandonnée devant son casier. Avant même qu'elle n'ait le temps de poursuivre son idée, elle sentit quelqu'un l'attraper par l'épaule.

— Allez vous faire foutre ! hurla-t-elle aussitôt en se retournant, la main levée, prête à défoncer celui ou celle qui l'avait suivie jusque-là pour la tourmenter encore.

Mais elle se retrouva nez à nez avec Parker, le visage déformé par la colère.

— Je ne peux pas croire qu'elle t'ait fait ça, cette pute, murmura-t-elle en serrant Julie dans ses bras. C'est vraiment naze.

— Atroce, lâcha Julie sans retenir plus avant ses larmes.

Parker était la seule à l'avoir jamais vue pleurer.

— Toute cette litière dégueulasse..., sanglota-t-elle. Et tous ces abrutis qui riaient...

— Je suis prête à tout pour t'aider, Julie, tu le sais, murmura Parker à l'oreille de son amie. Un mot de toi, et je te garantis qu'elle va le payer.

Julie resta un moment silencieuse, puis finit par s'écarter. La haine qu'elle voyait sur le visage de Parker l'effraya.

— Non, répondit-elle. On ne peut pas faire ça.

— Je sais, soupira Parker. Pourtant j'aimerais vraiment que, pour une fois, quelqu'un soit puni pour ce qu'il a fait.

Chapitre quinze

Cet après-midi-là, Mac, Ava et Caitlin marchaient de front le long de l'allée couverte de mauvaises herbes qui menait à la maison de Julie. Elles n'étaient visiblement pas les premières à se rendre sur place depuis qu'Ashley avait communiqué son adresse dans son fameux mail. Sur le bitume craquelé, le mot PSYCHOPATHE avait été tagué tandis qu'on pouvait lire sur la porte du garage DEHORS LA FOLLE et POUBELLE AMBULANTE. Des chats efflanqués et fantomatiques entraient et sortaient de l'amas de décorations de Noël entassées sur le sol. Des vieilles carcasses de voitures rouillaient sur la pelouse, qui n'avait pas été tondue depuis des lustres.

La voiture de Julie était garée le long du trottoir, elle était donc chez elle. Traîner dans le coin mettait les filles mal à l'aise, mais elles tenaient à s'assurer que leur amie allait à peu près bien. Mac se sentait vraiment mal pour elle. Avant de faire sa connaissance, en cours de cinéma, elle l'avait toujours admirée de loin. Julie était une sorte d'icône. Une fille solaire, amicale et belle, qui était toujours habillée avec goût et ne disait que des choses brillantes. C'était hallucinant de savoir qu'elle avait caché un tel secret tout ce temps-là. Et vécu avec cette menace qui planait au-dessus de sa tête. Mais Mac comprenait bien les raisons de son secret. À Beacon, cette charmante ville dont les enfants ont pour parents des patrons du CAC 40, des Prix Nobel ou des hommes politiques, l'imperfection n'est pas tolérée. Et les fous non plus.

Le téléphone de Mac vibra dans sa poche. Elle le sortit et lut le message : *Qu'est-ce que tu fais ?* demandait Oliver. Son cœur se serra. Il avait été tellement cool, l'autre soir, après leur baiser avorté devant le restaurant thaï. Il lui avait envoyé des messages sympas pleins d'émoticons rigolos. Malheureusement, lorsqu'elle voyait son nom s'afficher sur l'écran, elle n'éprouvait rien. Pas le moindre frisson. Si elle avait été amoureuse de lui, elle aurait senti ces délicieux petits pincements au ventre, mélange d'appréhension et d'excitation. Pourquoi le visage de Blake surgissait-il si souvent dans son esprit ? Elle continuait de penser à la carte qu'il lui avait écrite. Au stick pour les lèvres qu'il gardait comme porte-bonheur dans son étui de guitare.

— Bon, on y va ? lança-t-elle aux autres en rangeant son portable dans sa poche sans répondre au message.

Elle s'avança vers la porte, en suivant des yeux un chat rachitique qui s'était immobilisé un instant avant de sauter dans une vieille piscine gonflable abandonnée près du chemin. Les filles à ses côtés, elle appuya sur la sonnette rafistolée qui émit un son faiblard. Derrière le rideau, une ombre passa. Mais personne n'ouvrit. Après avoir attendu quelques minutes, Mac pressa une nouvelle fois le bouton. Toujours rien.

— Elle est forcément à l'intérieur, murmura Ava. Sa voiture est là.

Alors qu'elles s'apprêtaient à partir, le rideau s'écarta, laissant apparaître les yeux rouges et gonflés de Julie. Elle n'avait visiblement pas cessé de pleurer depuis qu'elle avait quitté le lycée le matin. La gaieté avait déserté son visage, comme si quelqu'un avait éteint la lumière. Elle semblait brisée, anéantie. Sans un mot, elle disparut. Pendant un instant, Mac crut qu'elle était repartie dans sa chambre. Mais, finalement, la porte s'ouvrit dans un grincement.

Une odeur fétide envahit aussitôt la véranda. Julie se tenait debout dans l'encadrement de la porte. Le blanc immaculé de son peignoir était presque éblouissant, en comparaison de l'amoncellement de poubelles, cartons et autres déchets qu'on apercevait derrière elle. Les épaules affaissées, la tête basse, les bras pendant, inertes, le long de son corps.

Personne ne prononça un mot pendant quelques instants. Ava finit par briser le silence.

— On t'emmène pour un soin chez la pédicure ! lança-t-elle avec une gaieté forcée. Cadeau !

Julie resta immobile, tandis qu'une ribambelle de chats lui tournait autour.

— Bah... C'est gentil, mais, en vrai, personne ne regarde mes ongles de pieds.

Mac la prit par le bras d'un air décidé.

— Alors on va faire une virée à la nouvelle pâtisserie. C'est pile l'heure de la fournée, y aura des bons gâteaux tout chauds.

Julie secoua la tête d'un air triste.

— Merci, mais je ne veux plus sortir d'ici. Plus jamais.

Elle fondit en larmes.

— Désolée, mais je crois que je vais retourner me coucher.

— Tu es sûre ? insista calmement Caitlin.

Elle se contenta de hocher la tête.

— Bon..., lâcha Caitlin. Mais tu nous appelles, si tu as besoin de quoi que ce soit, hein ? À n'importe quelle heure du jour ou de la nuit.

Elles n'avaient pas d'autre choix que de rebrousser chemin. Après un instant d'hésitation, Mac claqua la portière de sa voiture et fit demi-tour pour retourner chez Julie. Celle-ci n'avait pas bougé de sa place : debout sur le pas de la porte, les bras ballants, elle regardait dans le vide.

— Je sais ce que ça fait, commença Mac. Moi aussi j'ai été humiliée.

— Ah ouais ? réagit Julie d'une petite voix.

Mac s'avança d'un pas.

— Par Nolan. C'est pour ça que... Enfin, tu vois ce que je veux dire... Qu'il y a eu tout ça, ensuite.

Elle jeta un regard alentour pour s'assurer que personne ne pouvait l'entendre : ça n'était peut-être pas prudent de raconter cette histoire en pleine rue. Mais il n'y avait pas âme qui vive. Les voisins devaient plutôt chercher à éviter de passer devant la maison des Redding s'ils le pouvaient.

Julie dévisagea Mac, puis jeta un coup d'œil à l'intérieur de la maison.

— Tu veux entrer ? proposa-t-elle d'un ton hésitant.

— Avec plaisir, accepta aussitôt Mac, avant que Julie ne change d'avis.

Dès qu'elle franchit la porte, elle fut assaillie par une odeur nauséabonde, un mélange de pourriture et d'urine de chats. Et, aussi, de décomposition – la même odeur que lorsqu'elle travaillait dans une sandwicherie et qu'elle avait découvert un cadavre de souris derrière le frigidaire.

Elle prit sur elle et fit mine de ne pas être incommodée.

Elle essaya de regarder droit devant elle, sans s'attarder sur le spectacle des montagnes de boîtes en carton et en plastique, ainsi que des tas de vêtements et de détritus qui s'élevaient jusqu'au plafond. Julie longea le couloir en évitant les nombreux obstacles. Derrière elle, Mac s'efforçait de la suivre. À un moment, elle passa devant un bac dont la litière n'avait pas dû être changée depuis des mois.

Au bout du couloir, elles arrivèrent devant une porte, que Julie ouvrit.

— Voilà ma chambre, annonça-t-elle en rougissant.

En entrant dans la pièce, Mac eut un choc. Contrairement au reste de la maison, la chambre de Julie sentait délicieusement bon. Une odeur de linge propre et parfumé flottait dans l'air. En face des deux lits jumeaux faits au cordeau se dressait une bibliothèque impeccablement rangée. Mac eut l'impression d'être passée comme par magie dans une autre maison. Et dans un autre univers.

— C'est super, ici ! s'exclama-t-elle.

— Ouais, ça change des autres pièces, reconnut Julie en s'asseyant au bord d'un des lits. Personne n'est jamais venu ici, en dehors de Parker, évidemment.

Ses yeux se posèrent sur un sac à dos kaki, à l'autre bout de la chambre. Elle haussa les épaules.

Une ombre passa sur le visage de Julie. Comme un regret. Elle continua :

— Et je le lui ai caché aussi, au début. J'aurais pas dû, pourtant, parce que ça nous a beaucoup rapprochées.

Elle poussa un profond soupir. Alors que Mac s'apprêtait à lui demander comment elle se sentait avec cette histoire – les problèmes de Parker ne devaient pas être faciles à gérer pour elle –, Julie lança :

— Et donc, qu'est-ce que Nolan t'a fait ?

Mac s'éclaircit la gorge avant de répondre.

— Bah, il m'a fait croire que je lui plaisais juste pour se faire de la thune. Un pari avec des potes.

Julie écarquilla les yeux.

— Waouh ! C'est vraiment pas cool.

— C'est sûr, lâcha Mac, tandis que les souvenirs remontaient à la surface. Tu es là, tu as ta vie, tout se passe bien pour toi. Et puis d'un coup, quelqu'un tire le tapis sous tes pieds et tu te rétames. Et tout le monde se moque de toi.

Julie s'allongea sur son lit.

— Le pire, c'est que je suis allée au lycée ce matin en me disant que ça se passerait bien. Je suis vraiment trop débile. On est à Beacon, je sais pourtant que les gens d'ici sont capables de tout.

— Pas tous, rectifia Mac. *Nous* ne sommes pas comme ça. Et on est avec toi.

Elle laissa son regard flotter au loin en pensant à Nolan. Elle avait tellement voulu croire qu'il avait flashé sur elle.

— Mais je te comprends, ajouta-t-elle.

Après tout, Nolan n'était pas le pire. Claire avait aussi fait très fort en essayant de la planter lors de son audition pour Juilliard. Alors qu'elles étaient censées être *amies*.

Lorsque Mac se laissa à son tour tomber sur le lit, son sac s'ouvrit, et le contenu se répandit sur la couette. Sa brosse à cheveux tomba par terre, ainsi que son porte-monnaie. Elle se pencha pour les ramasser, gênée de mettre du désordre au milieu d'un espace si parfaitement rangé.

Soudain, Julie dit :

— Qu'est-ce que c'est que ça ?

Mac suivit son regard. La carte de Blake était étalée sur la couette, grande ouverte. On pouvait lire le mot intime qu'il avait écrit. Mac s'empressa de la refermer mais, à en croire le visage de Julie, elle avait dû voir quelques mots ou phrases.

Elle se sentit devenir écarlate et baissa les yeux, bouleversée. Elle n'avait raconté à aucune des filles du cours de cinéma ce qui s'était passé avec Blake. Ni à personne d'autre, d'ailleurs. C'était trop gênant, et elle avait honte d'elle-même.

— Tu veux en parler ? demanda doucement Julie.

— Non ! s'écria Mac, en larmes. Je veux pas t'embêter avec mes problèmes. Je suis ici pour toi. Pour être sûre que *toi*, tu vas bien.

— S'il te plaît, insista Julie en se penchant vers Mac. Ça me changera les idées, justement. Qu'est-ce qui se passe ? C'est un mec, c'est ça ?

Mac fixa le bout de ses Vans bicolores. Elle avait l'impression qu'une tempête se levait en elle.

— C'est Blake Strustek. On est amis depuis des années. Sauf que moi, pendant tout ce temps, j'étais amoureuse de lui. Et maintenant, tout a volé en éclats. C'est foutu.

Prenant son courage à deux mains, elle raconta toute l'histoire à Julie. Au moment où Mac évoqua la manière dont Claire et Blake l'avait piégée afin qu'elle rate son audition pour Juilliard, Julie laissa échapper un cri scandalisé.

— C'est pas comme ça qu'on traite sa meilleure amie ! s'exclama-t-elle.

— Je suis bien d'accord, lâcha Mac d'un air sombre.

Les bras croisés, Julie ajouta d'un air songeur :

— Je comprends, maintenant, pourquoi tu as parlé d'elle en cours de cinéma. Ça m'avait étonnée…

Mac fronça les sourcils en se rappelant cette discussion. Dès qu'elle avait prononcé le nom de Claire, elle s'était sentie mal ; d'autant plus que celle-ci se trouvait dans la salle et pouvait l'avoir entendue. Ce jour-là, Mac était particulièrement en colère contre elle. Elle l'avait vue en train d'embrasser Blake dans le couloir et le souvenir cuisant de leur trahison l'avait aussitôt assaillie.

— Je n'aurais jamais dû le faire…, soupira-t-elle. C'était juste une journée pourrie. Malgré ce qu'elle m'a fait, je ne souhaite quand même pas sa mort.

— Bien sûr que non !

— Et puis c'est pas parce que je l'ai dit et pensé que ça va se réaliser, poursuivit Mac.

— Évidemment, renchérit Julie.

Mais elle eut un frisson désagréable et ajouta d'une voix moins assurée :

— N'empêche… Je n'aime pas trop l'idée que cette liste de noms se balade quelque part. En plus, deux des cinq personnes dont on a parlé sont… Enfin, tu vois ce que je veux dire.

Elle baissa les yeux.

— Personne ne pourra faire le lien avec nous, répliqua Mac vivement.

Elle avait lâché ça d'une voix forte, comme pour s'en convaincre. Et conjurer le mauvais sort.

— Ça ne tient pas la route un quart de seconde, comme théorie. Qui s'amuserait à descendre l'un après l'autre ceux dont on a parlé ? Ça n'a aucun sens. Personne ne nous déteste à ce point… Ni nous ni les gens qu'on a cités.

Le portable de Mac sonna. Elle jeta un coup d'œil et vit un message de sa mère. Elle se rappela soudain qu'elle avait prévu de sortir dîner avec ses parents, pour fêter son entrée à Juilliard. Elle se leva et rangea son téléphone dans sa poche.

— Je dois partir, annonça-t-elle en dévisageant Julie. Ça va aller ?

Julie hocha la tête.

— Merci d'être restée avec moi. C'est chouette qu'on ait pu discuter comme ça. Ça m'a vraiment fait du bien que tu sois là.

Mac esquissa un sourire et sortit de la chambre à regret – l'idée de laisser Julie seule dans cet espace minuscule lui déchirait le cœur. Tant bien que mal, elle se fraya un passage au travers des cartons entassés et des chats qui lui couraient dans les jambes et sortit rapidement, soulagée de retrouver l'air pur. Néanmoins, elle sentait un poids peser sur sa poitrine, à cause de cette satanée liste et de cette discussion terrifiante qu'elles avaient eue en cours de cinéma.

Soudain, elle se demanda ce que Claire était en train de faire à cet instant précis. Était-elle chez elle ? En sécurité ? Mac devait-elle s'inquiéter pour elle ? Quelle ironie du sort… Cette fille qui la détestait et qu'elle détestait tout autant avait peut-être besoin de son aide.

Chapitre seize

Après avoir déposé Caitlin chez elle, Ava démarra, le regard fixe, les mains agrippées au volant. Au lieu de prendre la direction de sa maison, elle tourna à gauche et suivit une route peu fréquentée, qui menait au tribunal correctionnel de Washington. C'était là qu'était détenu Alex. Sa caution s'élevait à 25 000 dollars et ses parents, des professeurs aux revenus modestes, s'efforçaient de réunir cette somme.

Elle avait pourtant bien des choses à faire, ce soir-là. Comme, par exemple, réviser son contrôle d'histoire. Ou mettre à jour sa page Facebook Lady Macbeth qu'elle avait élaborée pour le cours d'anglais. Mais, durant la journée, quelque chose avait cédé en elle. Elle était incapable d'expliquer pourquoi et comment, mais elle avait tout à coup ressenti le besoin pressant d'aller voir Alex en prison. Après avoir lu et vu tous ces témoignages d'ados qui racontaient comment il avait frappé ce type dans son précédent lycée, elle avait eu besoin d'entendre sa version des faits. En réalité, elle avait surtout envie qu'il lui dise qu'il n'était pas coupable. Qu'il n'avait pas tué Granger.

Son portable vibra. Un message de Caitlin : *J'ai ton gloss. Tu veux repasser le chercher ?*

Ava lui avait prêté son brillant à lèvres lorsqu'elles étaient en voiture. Impossible d'aller le récupérer maintenant. Ni d'expliquer à Caitlin ce qu'elle allait faire. *Tu me le donneras au lycée, t'inquiète*, répondit-elle.

Lorsqu'elle se gara devant le tribunal, un quart d'heure plus tard, elle était encore en train de se demander ce qu'elle allait dire. Elle sortit de la voiture, redressa les épaules et se dirigea vers la porte sur laquelle était marqué « VISITEURS ». Une fois entrée, elle inscrivit son nom dans le registre qu'on lui présenta.

Après avoir franchi des contrôles et subi des fouilles plus désagréables les unes que les autres, elle fut amenée dans la pièce réservée aux visites. Les chaises et tables en acier étaient scellées dans le sol en béton couvert de taches. Une odeur particulière flottait dans l'air, comme si le mélange d'urine et de détergent avait produit un nouveau type d'oxygène qui attaquait le nez. Le visage d'Ava s'assombrit. L'idée qu'Alex se trouvait seul dans un endroit pareil lui brisait le cœur.

La lourde porte métallique s'ouvrit en grinçant. Le bruit fit sursauter Ava qui se leva d'un bond. Un gardien baraqué comme un joueur de rugby entra, puis se mit sur le côté pour laisser passer Alex. En voyant son visage pâle et épuisé, Ava sentit une boule se former dans sa gorge. Elle retint ses larmes avec peine.

Il leva la tête et la dévisagea avec un regard d'une tristesse infinie. Il semblait désespéré. Brisé. Anéanti. Elle résista à l'envie de se précipiter vers lui pour le prendre dans ses bras.

— Alex…, commença-t-elle.

— Je suis désolé, dit-il au même instant. Tellement désolé. Je ne voulais vraiment pas que tout ça arrive. Et encore moins t'attirer des ennuis. Je sais que tu n'as rien fait de tout ça.

Il parlait sur un ton saccadé, le souffle court. Visiblement étreint par l'émotion, il luttait pour ne pas pleurer. Des deux, Alex était le plus émotif et le plus sensible. Il avait même pleuré devant *Toy Story 3*… À ce souvenir, Ava eut soudain envie de pleurer elle-même. Mais elle réussit à garder son calme.

— Tu ne l'as pas fait, n'est-ce pas ? murmura-t-elle.

Il secoua la tête avec force.

— Bien sûr que non ! Je suis incapable de tuer quelqu'un, Ava. Tu me connais !

— Je sais, répondit-elle en hochant la tête. J'avais juste besoin de te l'entendre dire.

Elle se laissa tomber sur la chaise avant de poursuivre :

— Mais pourquoi tu es allé là-bas ? Et pourquoi tu as envoyé un texto à Granger ? Et qu'est-ce qui s'est passé dans ton précédent lycée ?

Avant de répondre, il s'assit à son tour. Il posa ses coudes sur la table et se pencha vers elle.

— Bon, je vais commencer par le plus simple. Je lui ai écrit « Si tu t'approches de ma copine, je te tue » parce que tu m'avais dit qu'il t'avait draguée et que la police ne t'avais pas crue.

Il baissa les yeux.

— C'était stupide. Je suis désolé. C'est juste que je me sentais tellement impuissant…

Je sais bien, songea Ava sans le dire.

— Et pour ce qui est de mon ancien lycée, je m'en veux de ne t'avoir jamais raconté ce qui s'était passé, continua-t-il. Je n'y arrivais pas. Sincèrement. La vérité, c'est que j'ai cogné ce type parce qu'il avait violé mon ex.

Ava ouvrit des yeux grands comme des soucoupes.

— Elle était venue me voir juste après et m'avait supplié de n'en parler à personne. Ses parents étaient dingues et ils auraient pété les plombs s'ils avaient su qu'elle n'était plus… Enfin, peu importe. Du coup, je ne l'ai pas dit. C'était son secret. Mais je ne pouvais pas non plus laisser passer ça. Ce connard devait payer pour ce qu'il avait fait. J'ai vu les blessures qu'elle avait sur le corps…

Il ferma les yeux et son visage se crispa. Ava baissa la tête. Elle ne demandait qu'à le croire et comprenait sans peine qu'il ait voulu régler son compte au type qui avait agressé son ex. Après tout, c'est aussi ce qu'elles avaient fait à Nolan. Mais quelque chose continuait de la tracasser.

— OK, lâcha-t-elle. Mais pourquoi tu as dit aux flics que tu m'avais vue ?

— Mais parce que je t'ai vue, répondit-il en détournant le regard. Et tu n'étais pas vraiment… habillée. Ça m'a énervé.

Elle leva les yeux sur lui.

— Donc, sans même me poser de questions, tu as conclu au pire scénario possible ?

— En vrai, je ne les ai appelés que bien plus tard. Je t'expliquerai. Mais toi, qu'est-ce que tu faisais là-bas ?

Elle poussa un soupir.

— Ça n'était pas ce que tu crois, commença-t-elle, d'une voix mal assurée.

— Alors, dis-moi ce que c'était.

Son cœur battait à tout rompre. Elle se rendit compte qu'elle devait être sincère si elle voulait garder la moindre chance de renouer un lien avec lui. De reconstruire, si possible, une confiance mutuelle. Mais pouvait-elle lui avouer la vérité ?

— D'accord, conclut-elle. Mais je te préviens, tu ne vas pas aimer.

Une ombre passa sur le visage d'Alex et il hocha la tête d'un air tendu.

— Tu te souviens de ce que m'avait fait Nolan, en seconde ? Quand il avait lancé la rumeur que je couchais avec les profs pour avoir de bonnes notes ?

Alex hocha la tête.

— Eh bien, je n'étais pas sa seule victime. Loin de là. Avec d'autres filles, on a discuté pendant le cours de cinéma, le jour où Granger a projeté *Dix petits nègres*.

Au fur et à mesure de son récit, elle prit de l'assurance. Le soulagement que lui procurait son aveu était libérateur. Elle révéla à Alex le tour qu'elles avaient joué à Nolan, comment quelqu'un avait profité de l'occasion pour le tuer, et comment elles étaient devenues les premières suspectes de ce meurtre. Puis elle raconta la manière dont Granger l'avait draguée lorsqu'elle était venue chez lui pour qu'il l'aide à faire son devoir. En entendant ça, Alex ferma les yeux et sa mâchoire se crispa.

Elle évoqua ensuite les photos et les textos qu'elle avait trouvés dans le portable du professeur, et comment Nolan le faisait chanter.

— Waouh, lâcha Alex, choqué. Il n'y en avait pas un pour rattraper l'autre.

— Carrément, confirma Ava.

Puis elle retraça leur virée chez Granger pour trouver des preuves à utiliser contre lui, et son retour inopiné, avant qu'elles n'aient eu le temps de partir. Enfin, les joues en feu, Ava décrivit comment, pour sauver ses amies, elle avait dû renoncer à toute dignité et faire croire à Granger qu'elle voulait coucher avec lui. Elle l'avait convaincu de prendre d'abord une douche et elles avaient profité de son absence pour quitter la maison. Mais, avant de fuir, Ava avait cherché dans le jardin la clé USB que Granger avait soigneusement enterrée et qui contenait les preuves que Nolan le faisait chanter. Dès qu'elle avait mis la main dessus, elle s'était précipitée pour rejoindre les autres dans la voiture. C'était à ce moment précis qu'Alex l'avait vue traverser le jardin en courant, la robe à moitié déboutonnée.

— Je me sens hyper mal, acheva-t-elle d'une voix tremblante. Tu ne peux pas savoir à quel point je m'en veux d'avoir déclenché tout ça.

— C'est sûr que j'aurais préféré que tu me parles de ce que vous projetiez de faire à Nolan, avoua Alex. Mais je comprends tes raisons. Il a été vraiment immonde avec toi.

Il se tut un instant avant d'ajouter, en la regardant droit dans les yeux :

— Mais rien de tout ça n'est ta faute, Ava.

Elle sentit son menton trembler.

— Merci, murmura-t-elle.

Le calme avec lequel il prenait sa confession la sidérait. Elle s'attendait à bien pire.

— Donc vous étiez toutes chez lui, remarqua-t-il. Et vous êtes toutes parties ?

— Oui, pourquoi ?

— Parce que..., dit-il lentement. Je t'ai vue partir, mais ensuite j'ai vu quelqu'un traverser le jardin en courant vers la maison de Granger.

Il baissa la voix et ajouta, l'air coupable :

— J'ai cru que c'était toi qui retournais chez lui.

— Je suis revenue directement chez moi et j'ai pris une longue douche bien chaude, expliqua-t-elle en fronçant les sourcils.

Alex se passa la main dans les cheveux et lui lança un regard penaud.

— C'est pour ça qu'il y avait mes empreintes sur la porte de Granger. Quand j'ai cru te voir entrer de nouveau chez lui, j'y suis aussitôt allé pour te rattraper. Mais la porte était fermée. Puis, tout à coup, j'ai entendu un hurlement. J'ai cru que c'était toi et j'ai complètement flippé. J'ai pensé qu'il te...

Il s'interrompit quelques instants, trop ému pour parler.

— J'ai eu peur qu'il t'ait agressée, reprit-il. C'est à ce moment-là que j'ai appelé la police. Je leur ai dit que je t'avais vue entrer dans la maison et qu'il y avait des hurlements. Mais quand les flics sont arrivés, Granger était mort et la personne qui se trouvait réellement à l'intérieur était partie.

Ava le dévisagea, le cœur battant.

— Et tu n'as pas vu qui c'était ?

— Non. Elle est sortie sans que je la voie.

— Mais tu es sûr que c'était une fille ?

— Certain. Elle avait une capuche mais c'était une silhouette de fille, aucun doute. Je... je pensais que tu avais peut-être enfilé un sweat-shirt avant de revenir.

Ava se frotta le front en essayant d'intégrer toutes ces informations.

— Tu n'as pas dit tout ça à la police ?

— Si, évidemment. Mais ils ne me croient pas. Ils sont persuadés que j'ai inventé cette histoire pour me disculper.

— Et les empreintes sur le couteau de cuisine ? Les tiennes n'y sont pas, n'est-ce pas ?

Il haussa les épaules.

— Apparemment il n'y a aucune empreinte sur le couteau. L'assassin portait des gants.

— Oh, non…, soupira Ava.

Elle se laissa aller contre le dossier de sa chaise, effondrée.. Alex se pencha vers elle et prit ses mains entre les siennes. Aussitôt, le garde toussa pour lui signaler de reculer. Il s'exécuta à contrecœur.

— Je m'en veux, Ava. J'aurais dû te faire confiance au lieu de garder ça pour moi.

— Moi aussi, j'aurais dû tout te raconter depuis le début.

Elle contempla son beau regard sombre, sa peau douce, ses traits réguliers. Il lui avait tellement manqué.

— Et je te pardonne, murmura-t-elle.

Il eut un sourire amer.

— C'est moi qui te pardonne. Pour l'instant, c'est tout ce qui compte.

Ils restèrent un moment silencieux, les yeux dans les yeux. Ava aurait aimé pouvoir appuyer sur la touche « Retour en arrière » afin que toutes ces choses horribles n'aient jamais eu lieu. Mais, pour l'instant, elle était surtout heureuse d'avoir retrouvé Alex. Sauf qu'elle ne l'avait pas complètement retrouvé : il était en prison. Et, tant qu'elle ne découvrirait pas qui avait tué Granger, il y resterait.

Chapitre dix-sept

Assise à son poste de maître nageuse, Julie faisait tourner son sifflet entre ses doigts. C'était son jour de travail et elle surveillait les enfants. Tout à coup, une petite fille en maillot de bain rose pointa un doigt vers elle en s'écriant :

— La fille aux chats !

Julie sursauta. Comment cette petite fille pouvait-elle la connaître ?

— La fille aux chats ! lança à son tour un garçon en sortant du bassin pour s'approcher de sa chaise haute. La fille aux chats, dégoûtante. Beurk !

Une forte clameur résonna aussitôt : tout le monde riait – les enfants qui jouaient, les adultes qui faisaient leurs longueurs, ainsi que les autres maîtres nageurs. Julie baissa les yeux pour se regarder et s'aperçut qu'au lieu d'être vêtue de son tee-shirt orange et de son short Adidas, elle portait une chemise de nuit en poils de chats. D'ailleurs, que faisait-elle ici ? N'avait-elle pas juré de ne plus jamais sortir de chez elle et prévenu son employeur qu'elle ne viendrait pas travailler ? Son regard fut attiré, de l'autre côté de la piscine, par une fille qui riait à gorge déployée. Ashley, évidemment. Elle encourageait les enfants en montrant Julie du doigt :

— C'est la fille aux chats ! Attrapez-la !

— Non ! hurla Julie.

Elle jeta un coup d'œil autour d'elle, cherchant Parker qui, semblait-il, ne devait pas se trouver très loin.

— Parker, au secours !

Au moment où les gamins se précipitaient vers elle, elle se réveilla en sursaut. Elle était dans sa voiture. C'était mardi, fin d'après-midi. Dans sa main, son portable sonnait. Elle le fixa d'un air égaré. Le cauchemar avait été terriblement réaliste, une fois de plus.

La sonnerie du téléphone retentit de nouveau. Un numéro de fixe s'affichait, qui lui disait quelque chose.

— Allô ? marmonna-t-elle, encore sous le choc.

— Mademoiselle Redding ? demanda une voix sévère.

Elle fronça les sourcils. La voix lui était familière, mais son cerveau perturbé était incapable de l'identifier.

— Oui.

— Inspecteur Peters à l'appareil. J'ai cru comprendre que vous n'étiez pas au lycée aujourd'hui.

— C'est exact, répondit-elle d'une voix méfiante.

Depuis quand les policiers se préoccupaient-ils de l'absentéisme scolaire ?

— Je dois vous demander de venir au commissariat, mademoiselle Redding. Vos amies sont déjà en route. Je peux vous envoyer une voiture, si vous le souhaitez. Je suppose que vous êtes chez vous ?

— Euh… Merci. Enfin… Non… En fait, ça n'est pas la peine.

Elle se passa la main sur le visage avant de demander :

— Et pourquoi je dois venir ?

— Je vous expliquerai tout quand vous serez sur place. Je vous conseille de vous dépêcher.

Il se tut un instant, puis ajouta :

— Et, Julie…

Le ton de sa voix était devenu plus menaçant.

— Oui ? lâcha-t-elle, tendue.

— N'envisagez même pas de ne pas venir.

Il raccrocha avant même qu'elle n'ait eu le temps de réagir.

Trente-cinq minutes plus tard, Julie débarquait au commissariat, en pantalon de survêtement, sweat-shirt à capuche et tennis. À peine coiffée – elle s'était contentée d'un chignon rapide –, elle n'était pas non plus maquillée. Et elle s'en fichait bien. Quelle importance ? Désormais, la seule chose que les gens voyaient en elle, c'était des poils de chats. Comme dans son cauchemar.

L'inspecteur Peters attendait dans l'entrée en se frottant le menton, la mine sombre. Les cernes profonds sous ses yeux et son air hagard montraient que, depuis la mort de Nolan, il avait passé quelques nuits blanches. Les autres filles se tenaient un peu plus loin et semblaient aussi perdues et inquiètes que Julie. Elle fut soulagée de voir que Parker était là, son éternelle capuche rabattue sur la tête. Elle paraissait moins énervée que lorsque Ashley avait fait son sale coup à Julie. Cependant, à la manière dont elle se balançait d'un pied sur l'autre, les mâchoires crispées, on devinait la tension qui l'animait. Elles échangèrent un regard et Julie se demanda où elle avait passé la nuit, car elle n'était pas revenue chez elle. En fait, elles ne s'étaient pas parlé depuis qu'elles s'étaient quittées sur le parking du lycée, après l'histoire de la litière. Parker avait de nouveau coupé son portable. Ça commençait à devenir frustrant, de ne pas pouvoir la joindre.

Elle scruta le visage des filles l'un après l'autre. « Qu'est-ce qui se passe ? » questionna-t-elle en silence. Caitlin haussa les épaules et Mac fronça les sourcils.

— Maintenant que vous êtes toutes là, on peut aller dans le bureau, annonça Peters sèchement.

Elles le suivirent à travers le même dédale de couloirs que la dernière fois, jusqu'à la même salle d'interrogatoire, avec le même miroir sans tain.

— Asseyez-vous, mesdemoiselles.

Parker s'installa à la place la plus proche de la porte, et Julie, à côté d'elle. Peters s'assit à l'autre bout de la table. Il se pencha pour tourner les pages d'un épais dossier, et ses rares cheveux laissèrent apparaître son crâne. Au bout de quelques instants, il releva la tête et les dévisagea l'une après l'autre. Puis il parla :

— La garde à vue d'Alex Cohen a été levée.

Ava laissa échapper un cri de soulagement :

— Génial ! Qu'est-ce qui s'est passé ?

Peters conservait une expression impassible, tel un joueur de poker.

— Vous devriez surtout vous inquiéter du fait que toutes les preuves mènent à *vous*.

Parker redressa vivement la tête et Julie lui prit la main pour la calmer. Caitlin et Mac ouvrirent la bouche, sidérées. Ava se décomposa tandis que le cœur de Julie se mit à battre violemment dans sa poitrine et que la tête lui tourna. Pourtant, elle s'y attendait, non ?

— D'après les dernières conclusions de l'enquête, votre rôle dans le meurtre semble plus évident que jamais, poursuivit l'inspecteur. On a trouvé vos empreintes dans toute la maison.

Il s'interrompit un instant pour laisser ses paroles produire leur effet.

— Une fois Hotchkiss assassiné, Granger était peut-être sur votre piste. Il vous fallait donc vous débarrasser de lui, car il risquait de parler.

Il appuyait sans relâche sur le bouton de son stylo. Un *clic-clic* qui mettait les nerfs à fleur de peau.

— Maintenant, est-ce que l'une de vous veut bien me dire la vérité, une fois pour toutes ? acheva-t-il. Si vous avouez maintenant, cela jouera en votre faveur.

Julie n'osa même pas regarder les autres. À son côté, elle sentait Parker bouillir de colère. *Surtout, pas un mot*, mourait-elle d'envie de souffler à ses amies. En réalité, que pouvaient-elles dire ? Tout ce qu'elles avaient fait les désignerait comme coupables aux yeux de la police. Elle aurait donné cher pour savoir si les flics avaient trouvé la page du bloc-notes de Granger qui racontait comment elles tueraient Nolan et toutes les autres personnes de la liste. Elle ne pouvait qu'espérer que ça ne soit pas le cas.

Peters se tourna vers elle. Ils échangèrent un regard, puis il baissa les yeux et vit la main de Julie qui tenait celle de Parker. Pendant quelques instants, il eut l'air perplexe. Ensuite, d'un geste rapide, il écrivit quelque chose dans le dossier. Après un silence qui dura une bonne minute, il prit de nouveau la parole :

— Entendu, mesdemoiselles. Nous utiliserons la manière forte.

Il se leva, traversa la pièce et fit un signe à quelqu'un dans le couloir. Une femme d'une quarantaine d'années qui portait de grosses lunettes, un tailleur horrible et des mocassins à talons, entra d'un pas sévère. Les lèvres pincées, elle hocha la tête en contemplant les filles.

— Voici Mme Rose, annonça Peters. C'est une spécialiste du profilage psychologique et elle s'entretiendra avec vous à tour de rôle. Nous verrons ensuite si vos versions concordent.

Il se tut un instant, observant chacune des filles avec insistance.

— Je sais que vous faites front commun, mais la confiance est une chose fragile, croyez-moi. Êtes-vous sûres de si bien vous connaître ?

Ava fronça les sourcils.

— Qu'est-ce vous sous-entendez ? Que l'une de nous a commis ce meurtre et ne l'avoue pas aux autres ?

Avec un léger sourire, Peters haussa les épaules.

— C'est vous qui le dites, pas moi.

Il s'apprêtait à quitter la pièce mais, juste avant de franchir la porte, il se tourna et fixa Julie droit dans les yeux.

— Nous commencerons par vous, décida-t-il avec un petit signe de tête à l'intention de Mme Rose.

Julie sentit les autres l'observer, mais elle ne broncha pas. Elle se contenta d'agripper le bras de Parker.

— Julie Redding, c'est bien ça ? demanda Mme Rose en la dévisageant avec des yeux qui, derrière les verres épais de ses lunettes, semblaient gigantesques. Allons dans mon bureau. Mesdemoiselles, je vous appellerai ensuite chacune à votre tour.

Ava leva la main :

— Nos parents vont-ils être prévenus ?

— Oui, nous le leur dirons après l'entretien, déclara

Mme Rose. Maintenant veuillez me suivre, mademoiselle Redding, je vous prie.

Sur ce, elle tourna les talons et se dirigea vers la porte. Julie prit son courage à deux mains et se leva. Elle lança un coup d'œil à Parker, qui répondit par un petit signe d'encouragement.

— Ça va aller, murmura-t-elle.

Mais Julie eut le malheur, ensuite, de regarder Ava, Caitlin et Mac. Toutes trois avaient l'air terrifiées.

— On se retrouve dehors, lâcha-t-elle tout bas à Parker, qui se contenta de battre des paupières en signe d'assentiment.

Les filles parurent encore plus inquiètes. Julie hésitait à leur dire de les rejoindre aussi, mais, au même instant, Mme Rose toussa pour manifester son impatience. Julie dut obéir et lui emboîter le pas. Après avoir suivi un long couloir, elles entrèrent dans un petit bureau faiblement éclairé. Julie se força à inspirer puis expirer lentement. *Un, deux, trois*… Quelques secondes après, elle se sentait déjà plus calme. Tandis qu'elles s'asseyaient de chaque côté du bureau, elle parvint même à adresser un sourire à la femme.

— Bien, nous allons pouvoir commencer, annonça celle-ci.

Julie lança un coup d'œil autour de la pièce.

— Où est le détecteur de mensonges ?

— Pardon ?

— Vous n'allez pas me faire passer un test avec un détecteur de mensonges ou un truc du genre ?

— Non, Julie. Je ne vais pas faire ça.

Elle retira ses lunettes et les posa sur la table. Tout à coup, elle paraissait plus gentille. Presque amicale.

— Nous allons simplement parler.

Nous allons simplement parler. Julie faillit lui dire qu'elle avait déjà un psy, mais elle se retint en se rappelant à quel point Fielder était un horrible escroc et un très sale type.

— Que voulez-vous savoir ?

— Eh bien, pour commencer, parlez-moi un peu de vous. De votre vie à la maison, j'entends.

La gorge de Julie se serra aussitôt. Pourquoi cette femme s'intéressait-elle justement à *ça* ? Elle envisagea rapidement différents mensonges, avant de se rendre compte que cela ne la mènerait nulle part. À coup sûr, Mme Rose était déjà au courant. Et si Julie mentait, cela pourrait se retourner contre elle : on ne la croirait plus. Et de là à la considérer comme la meurtrière, la police aurait tôt fait de franchir le pas.

— Ma mère et moi avons quitté la Californie pour nous installer ici, commença-t-elle. Ma mère est… euh… Disons qu'elle a quelques problèmes.

Mme Rose hocha lentement la tête et sortit un carnet à spirale.

— Des problèmes qui n'ont pas été faciles à vivre pour vous, n'est-ce pas ?

Julie frémit. Elle était donc au courant. Curieusement, son ton était devenu plus gentil. Rassurant, même. Quelque chose céda, soudain, chez Julie. Les mots se bousculèrent dans sa bouche :

— C'est une collectionneuse compulsive. Maladivement, je veux dire. Notre maison est immonde et je pense qu'il doit y avoir entre vingt-cinq et trente chats qui vivent là. Et ma mère est… complètement détraquée. Et elle me déteste. Elle passe son temps à me répéter que tout est ma faute…

Mme Rose l'écoutait avec attention.

— Et comment vivez-vous tout cela ?

Julie réfléchit un moment avant de répondre.

— J'ai honte. Je ne voulais surtout pas que les élèves du lycée soient au courant. Parce que, en Californie, quand les gens ont découvert la vérité, ils ont…

Elle frissonna avant d'ajouter :

— Ils ont été tellement cruels. Je n'étais encore qu'une gamine, et les autres enfants me disaient des choses d'une méchanceté incroyable. Personne ne les en empêchait. Ni les professeurs ni les parents. C'était… c'était un cauchemar.

— Et vous aviez peur que le même scénario ne se produise ici, c'est ça ?

— Oui. C'est pour ça que j'ai essayé de faire en sorte que ça n'arrive pas.

— Comment ?

Julie inspira longuement.

— J'avais deux mondes totalement séparés – celui de la maison et celui du dehors. Je vivais deux vies à la fois. Je n'ai jamais invité personne chez moi. En dehors de Parker. Elle était au courant.

— Parker Duvall ?

— Oui. Je lui ai confié mon secret. À partir de ce jour-là, elle est venue aussi souvent qu'elle voulait. Mais c'était la seule. Je ne pouvais pas prendre le risque que d'autres connaissent la vérité.

Mme Rose nota quelque chose dans son carnet.

— Continuez.

Julie plissa les yeux, mais impossible de lire ce qu'avait écrit Mme Rose.

— Eh bien…, fit-elle en toussant pour s'éclaircir la

gorge. Comme je ne pouvais pas amener d'amis à la maison, je ne suis pas souvent sortie avec des garçons. Ça a marché pendant longtemps. Jusqu'à l'autre jour, personne ne savait.

La femme prit quelques notes supplémentaires.

— Que s'est-il passé « l'autre jour » ?

Julie laissa échapper un rire bref.

— Ashley Ferguson.

— Qui est-ce ?

— C'est une fille du lycée qui, en gros, était complètement fan de moi. Elle m'adorait tellement qu'elle m'imitait en tout : elle s'habillait comme moi, se teignait les cheveux de la même couleur que moi, me suivait partout. C'était très étrange.

— Elle vous admirait beaucoup, on dirait. Est-ce que ça n'est pas flatteur ?

Julie haussa les épaules.

— Peut-être que oui, au début. Ensuite, c'était vraiment trop… Elle s'est quand même pointée dans les toilettes d'un restaurant pendant que j'avais rendez-vous avec un garçon et m'a volé un rouge à lèvres dans mon sac !

Mme Rose se mit à écrire frénétiquement dans son carnet. Julie mourait d'envie de se pencher pour saisir ce qui semblait si important. Mais elle parvint à se dominer.

— L'autre jour, elle a envoyé un mail à tous les élèves du lycée pour leur dire…

Sa voix trembla. Le souvenir était toujours aussi traumatisant.

— À propos de ma mère. Et de ma maison. Et de moi. Donc, maintenant, tout le monde sait.

— Et qu'est-ce que ça vous fait ?

— C'est atroce. Je n'arrive même pas à aller à l'école.

Plutôt, j'ai essayé, hier, mais cette... je veux dire Ashley, avait rempli mon casier avec de la litière pour chats. Sale, évidemment. C'est la nouvelle Nolan.

À la seconde où elle prononça son nom, elle le regretta. Bien entendu, les yeux de Mme Rose s'arrondirent.

— Nolan Hotchkiss ?

Aussitôt, le cœur de Julie démarra sur les chapeaux de roue. Elle respira profondément. *Un... deux... trois...*

— Oui.

— Vous êtes en train de me dire que Nolan vous a causé des ennuis, de la même manière qu'Ashley ?

Elle détourna le regard, examinant avec attention les cadres accrochés au mur. LAETITIA W. ROSE, DOCTEURE EN CRIMINOLOGIE, UNIVERSITÉ DE WASHINGTON.

— Non, il en a causé à Parker. Je le détestais, à cause de ce qu'il lui a fait.

Sa voix se brisa tandis qu'une boule de colère lui nouait le ventre.

— Mais je ne l'ai pas tué.

— Racontez-moi ce que Nolan a fait à Parker.

Julie poussa un soupir. Elle avait beau avoir répété des dizaines de fois cette histoire à la police, ça restait une épreuve.

— La nuit où le père de Parker l'a... agressée, elle revenait d'une fête chez Nolan. Elle m'avait appelée. Elle avait du mal à articuler et n'avait pas l'air dans son état normal. En plus, elle semblait en panique.

— Qu'est-ce qu'elle disait ?

— Elle a dit : « Je crois qu'il m'a mis un Oxy dans mon verre. »

Julie se tut un instant avant de poursuivre :

— Elle parlait de Nolan, ils étaient super amis. Le

truc, c'est qu'il savait que son père était… un sale type. Il la battait tout le temps : rien de ce qu'elle faisait n'était bien à ses yeux. La drogue était ce qui le mettait le plus en colère. Il avait menacée de la tuer si un jour il s'apercevait qu'elle en prenait.

Elle ferma les yeux et respira profondément.

— Parker pensait que Nolan l'avait fait exprès, en se disant que ça serait drôle que son père la frappe.

Elle serra les poings.

— Je lui ai dit que j'allais venir la chercher pour la ramener chez elle. Quand je suis arrivée chez Nolan, elle était complètement à l'ouest. Elle m'a demandé de dormir chez moi pour que son père ne la voie pas dans cet état. Mais… bon… En fait, je ne lui avais pas parlé de ma… situation, et j'avais peur qu'elle vienne à la maison. Elle avait beau être ma meilleure amie, elle était tellement populaire, au lycée, que j'étais certaine qu'elle me laisserait tomber si elle découvrait comment je vivais.

Tandis qu'elle repassait le film dans sa tête, les larmes commencèrent à rouler le long de ses joues. Parker avait insisté, l'avait suppliée, et elle avait balancé une excuse minable – que sa mère donnait une soirée et ne voulait pas d'invités. « Ça va aller », avait-elle promis à Parker en la raccompagnant chez elle malgré ses protestations. Quelle amie lamentable elle avait été…

— Donc vous l'avez ramenée chez elle, acheva Mme Rose à sa place.

Julie hocha la tête. Elle puisa dans ses forces pour essayer de raconter l'histoire jusqu'au bout.

— C'est cette nuit-là que son père…

Sa voix mourut dans sa gorge et elle ferma les yeux pour tenter de chasser les souvenirs qui la submergeaient.

L'hôpital où Parker avait passé un mois, les cicatrices qui barraient son visage, son cou et ses bras. Les fractures multiples, les membres enflés tandis qu'elle réapprenait à marcher. Si Julie avait été plus courageuse, elle aurait pu lui éviter tout cela.

— Parker est ma meilleure amie, et je l'ai laissée subir cette horreur absolue.

Elle secoua la tête, les poings serrés.

— C'est ma faute, murmura-t-elle d'une voix sourde. Je n'ai pensé qu'à moi et à ma réputation.

— Vous ne pouviez pas savoir ce qui allait arriver, Julie. Le père de Parker est coupable de ce qu'il lui a fait. Pas vous.

— C'est gentil. Mais est-ce vrai ? C'est incroyable que Parker m'ait pardonnée. Elle devrait me haïr.

Elle sentit son visage s'enflammer. Jamais elle n'avait avoué cela. Ni à son psy ni à Parker. *Peut-être n'aurais-tu pas dû me pardonner. Je suis pathétique, lamentable. C'est ma faute.*

Mme Rose resta silencieuse pendant un long moment, sans quitter Julie des yeux. Comme si elle réfléchissait à quelque chose.

— Donc tu crois que Parker t'a pardonnée ?

Julie la dévisagea d'un air surpris.

— Oui, bien sûr. Sinon, pourquoi serait-elle encore mon amie ? Et je ne laisserai plus jamais quelqu'un lui faire du mal. Je suis prête à mourir pour elle.

— Je comprends, acquiesça Mme Rose avec un sourire chaleureux.

Puis, après s'être reculée sur sa chaise, elle reprit :

— Alors, avez-vous oui ou non tué Lucas Granger ?

Julie tressaillit, surprise par ce brusque changement de ton.

— Bien sûr que non.

— Et Nolan ? Vous le haïssiez, mais ça n'est pas vous non plus ?

— Jamais de la vie.

Elle frotta une tache sur son survêtement et ajouta :

— Je ne suis pas capable de tuer quelqu'un.

Mme Rose hocha la tête.

— En effet, je ne pense pas que vous le soyez. Et vos amies ?

— Quoi, mes amies ? s'étonna-t-elle.

— Pensez-vous qu'elles en soient capables ?

Julie l'observa un instant, cherchant à deviner ce qu'elle avait derrière la tête. Pensait-elle que l'une d'elles l'avait fait ? Ava ? *Parker* ? L'idée que Parker subisse un interrogatoire lui était odieuse.

— Non, évidemment, lâcha-t-elle d'une voix rauque. Aucune d'elles.

La manière dont la femme la dévisageait la fit s'interroger. Les inspecteurs et elle savaient-ils quelque chose que Julie ignorait ? Elle essaya de se rappeler tout ce qui s'était passé la nuit où Granger était mort. Si elle n'était pas retournée dans la maison de Granger, peut-être que les autres si. Mais c'était délirant, non ? Elle n'allait pas commencer à douter d'elles.

— OK, conclut Mme Rose en se levant. Cet échange a été très instructif. J'aurai peut-être d'autres questions à vous poser, donc je vous demanderai de rester joignable.

Elle ouvrit la porte et fit un signe de la main pour lui indiquer qu'elle était libre de partir.

— Merci de m'avoir accordé du temps, Julie.

Julie se leva à son tour, quelque peu déroutée. Elle prit son sac et passa devant la femme.

— Au revoir.

Elle parcourut les couloirs et se dépêcha de rejoindre le hall d'entrée. Mais Parker ne s'y trouvait pas. Déçue, elle sortit dans l'air frais de cette fin de journée. Toujours pas de Parker en vue. Elle prit son portable pour l'appeler, mais tomba directement sur la boîte vocale. Julie eut un petit accès de parano : peut-être l'avait-elle entendue dire à Mme Rose combien elle s'en voulait et avait décidé de lui en vouloir aussi et de la laisser tomber ? C'était un peu tordu, quand même…

Elle se frotta les yeux et se dirigea vers sa voiture. Une fois installée, elle resta un moment immobile, sans savoir quoi faire. Pas question de rentrer chez elle. Elle n'avait envie de voir personne, et encore moins de parler. Au bout de quelques minutes, elle finit par mettre le contact, sortir du parking et rouler au hasard des rues. Perdue dans ses pensées, elle traversa plusieurs quartiers avant de suivre la route le long du fleuve. Elle avait besoin de décompresser. De faire le vide dans sa tête.

Mais son errance à travers la ville ne suffit pas à l'apaiser. Même après avoir parcouru Beacon de long en large, elle se sentait toujours aussi angoissée et nerveuse. Épuisée, elle finit par se garer sur un parking. Elle jeta un coup d'œil à son portable, posé sur le siège passager, et s'aperçut qu'elle avait plein de notifications Instagram. Elle ouvrit l'appli. Quand *@ashleyferg vous a identifiée sur une photo* fut apparu, elle eut la nausée.

C'était une nouvelle photo de la maison de Julie, devant laquelle étaient garées une camionnette du SERVICE D'HYGIÈNE DE LA VILLE, et une autre, sur laquelle était inscrit

Société protectrice des animaux de Beacon. On voyait des agents et des employés transportant des chats hors de la maison. La mère de Julie se tenait dans la cour, la bouche ouverte, en train de crier, les cheveux hirsutes, l'air plus folle que jamais.

Julie eut un coup au cœur. Quand cela avait-il eu lieu ? *Aujourd'hui* ? Elle regarda le commentaire : *Julie Redding, la Reine des chats, plus pour longtemps ! #nofilter.*

Horrifiée, elle s'affala contre le dossier.

— Oh non…, murmura-t-elle.

Ashley les avait dénoncées auprès du service d'hygiène de la ville et de la SPA. Un cauchemar. Ces chats étaient ce qui comptait le plus au monde pour sa mère, et ils allaient lui être enlevés. Ce qui signifiait qu'elle allait reporter son attention sur Julie. Et sa rage, surtout. C'était la cerise sur le gâteau. Elle qui pensait justement à l'instant que sa vie ne pourrait pas être pire. Sale *pute* d'Ashley.

À la seconde où elle prononça ce mot, elle se souvint de ce que Parker avait dit la veille : « Cette pute… elle va le payer. » Et de son visage terrifiant. Elle regarda de nouveau le post sur Instagram. Ashley l'avait mis en ligne une heure plus tôt, à peine. Parker l'avait-elle vu ? *Cette pute… je te garantis qu'elle va le payer.* Et même quand Julie avait protesté en disant qu'elles ne pouvaient pas faire ça, Parker avait répliqué : « J'aimerais vraiment que, pour une fois, quelqu'un soit puni pour ce qu'il a fait. »

Julie eut une sueur froide. Parker était-elle en train de les *venger* ? Elle saisit son portable et composa le numéro d'Ashley. Pas de réponse. Elle se connecta sur son compte du site du lycée et trouva son adresse. Aussitôt, elle mit le contact et sortit du parking à toute allure. Elle dut prendre sur elle pour ne pas rouler trop vite. Ça n'était pas le moment de se faire arrêter pour excès de vitesse. Tout en conduisant, elle appelait sans cesse Parker. Sans succès.

— T'es où ? ! cria-t-elle après le bip de la messagerie. J'espère que t'as pas pété les plombs à cause du truc sur Instagram. Parce que moi, ça va. OK ?

Elle tourna à droite, puis à gauche, puis encore à gauche. Elle se répétait en boucle les mêmes phrases. *Parker n'est sûrement pas avec Ashley. Ça n'aurait aucun sens. Elle n'est plus comme avant, à prendre les gens de front pour faire bouger les choses. Tu deviens dingue.*

Une fois arrivée devant chez Ashley, elle sortit en trombe de la voiture, claqua la portière et remonta l'allée en courant. La porte d'entrée était grande ouverte. Au moment où elle franchit le seuil, elle entendit crier à l'étage. Une décharge d'adrénaline traversa son corps et elle s'élança dans l'escalier, suivit le couloir et entra dans la chambre. Ashley avait la même housse de couette qu'elle, mais Julie ne prit même pas la peine de réfléchir à comment elle avait réussi à avoir cette info. Elle s'avança dans la pièce et, par la porte entrouverte, aperçut de la buée sur le miroir de la salle de bains, tandis qu'elle entendait la douche couler. Elle se précipita et s'arrêta net en apercevant, sur le carrelage, un flacon de shampooing karité-coco – le même que Julie –, une brosse à dents et une tasse, ainsi qu'une vache en terre cuite qui gisait, brisée. Quelqu'un avait-il jeté tout ça à terre ? Le rideau de douche pendait sur la tringle, à moitié arraché, mais l'eau continuait de couler à gros débit. Julie se pencha pour regarder dans la douche. C'est alors qu'elle la vit.

Ashley.

Elle poussa un hurlement. Ashley portait un peignoir rose et était trempée de la tête aux pieds. Ses cheveux humides dégoulinaient dans le trou du bac à douche. Ses doigts étaient violets. Elle avait les yeux fermés. Il y avait des égratignures sur ses bras et un hématome sur sa tempe.

Passé le premier choc, Julie se mit à réfléchir à toute allure. Elle s'agenouilla et pressa ses doigts sur la gorge d'Ashley pour chercher son pouls. Rien. Elle passa sa main devant sa bouche, puis sous son nez. Aucun souffle. Pas l'ombre d'une respiration.

— Oh non, c'est pas vrai ! s'exclama-t-elle en regardant autour d'elle.

Avait-elle glissé ? Mais plus elle détaillait la situation, plus elle se rendait compte qu'il y avait des traces de lutte : le papier peint avait visiblement été griffé, des magazines ouverts étaient éparpillés à travers la pièce, et, surtout, Ashley était étendue dans le bac à douche au lieu d'être sur le tapis de bain.

Parker ? Était-ce elle qui avait fait ça ?

Ne commence pas, se sermonna-t-elle. Mais elle ne parvenait pas à penser à autre chose qu'au visage haineux et déterminé de son amie, l'autre jour. *Un mot de toi...*, avait-elle proposé. Sauf que, justement, Julie n'avait rien dit. Ou bien si ? Tout à coup, elle ne savait plus très bien. Tout se mélangeait dans sa tête. La seule chose à laquelle elle songeait, c'était à ce cauchemar dans lequel elle appelait Parker à l'aide. Quand elle s'était réveillée, elle avait son portable dans la main. Lui avait-elle téléphoné pendant son sommeil ? Puis elle repensa au post d'Ashley sur Instagram. Et si Parker l'avait vu, elle aussi, et qu'elle avait tout simplement craqué ? Et si elle avait fait ça pour elle, Julie ? Si elle avait tué pour elle ?

Comme un flash, la discussion en cours de cinéma lui revint. Le moment où Parker, avec un sourire, leur avait dit : *Ou Ashley Ferguson. J'adorerais la voir glisser dans la douche pendant qu'elle se teint les cheveux pour copier Julie, et se fracasser le crâne.*

Non. Impossible.

Elle revint à la réalité. Si Parker était responsable, alors ses empreintes devaient être partout. Celles de Julie aussi, à présent. Impossible, donc, de prévenir la police. Elle ne pouvait pas faire ça à son amie. Il ne lui restait plus qu'une solution. Elle ferma les yeux pour puiser des forces au plus profond d'elle-même.

Après quelques respirations, elle se pencha, croisa sur la poitrine d'Ashley ses bras qui pesaient une tonne et étendit ses jambes. Puis elle balaya la pièce du regard, cherchant ce dont elle aurait besoin. Elle était décidée à faire disparaître toutes les preuves – chaque empreinte, chaque trace. Même le corps.

C'est ce qu'on fait pour sa meilleure amie.

Chapitre dix-huit

Le mercredi matin, après s'être garée sur le parking du lycée, Mac prit son portable. Une chanson lui avait trotté dans la tête durant le trajet et elle voulait revoir le clip sur YouTube. C'était un mix de Rossini et de Rihanna, son compositeur et sa chanteuse préférés – même si, pour cette dernière, elle n'osait pas l'avouer. Quand elle trouva dans sa boîte mail le message qui contenait le lien, elle comprit pourquoi elle n'arrêtait pas de penser à cet air. Blake le lui avait envoyé quelques semaines plus tôt, à l'époque où ils sortaient ensemble. En quelque sorte. *Me suis dit que tu aimerais ça*, avait-il écrit, en finissant par *Xooooo*.

— Stop ! se dit-elle à voix haute en frappant le volant avec ses mains.

Elle avait décidé qu'elle ne donnerait pas de seconde chance à Blake et elle devait s'y tenir. Pourquoi était-ce si difficile ? Cela dit, elle avait d'autres raisons de se sentir inquiète, ce matin. Elle avait eu rendez-vous la veille avec Mme Rose, la psychologue-profileuse. À deux reprises, elle avait dû s'asseoir sur ses mains pour cacher leur tremblement, et elle s'était surprise plusieurs fois en train de chantonner un air de Dvořák, ce qu'elle faisait quand elle était stressée.

Mme Rose lui avait d'abord posé des questions anodines sur son estime de soi et son lien avec Nolan (qu'elle avait largement minimisé). Elle l'avait ensuite interrogée sur le cours de cinéma de Granger avant de lui demander pourquoi elle avait éprouvé le besoin de suivre ses amies dans sa maison, la nuit où il avait été tué. Mac était si tendue qu'elle ne se rappelait même pas sa réponse.

Mme Rose l'avait alors questionnée sur les autres filles. Elle trouvait qu'Ava avait l'air profondément meurtrie et avait demandé à Mac si, selon elle, elle avait été très traumatisée par la mort de sa mère. Pareil avec Caitlin – elle avait perdu son frère, il était normal que ce genre de tragédie déclenche de la colère, non ? Quant à Julie, elle avait cette vie familiale perturbée et Parker…

— On dirait que vos amies ont des valises bien lourdes, avait-elle conclu. Vous savez, les gens qui ont des problèmes réagissent parfois de manière inattendue.

Mac l'avait dévisagée avant de demander :

— Vous voulez dire en tuant d'autres gens ?

La psychologue avait cligné des yeux avant de répondre :

— C'est ce que vous croyez ?

À vrai dire, Mac ne savait plus quoi penser. Devait-elle soupçonner les autres ? C'est vrai qu'elles étaient toutes présentes lors de la conversation en cours de cinéma. Et si l'une d'elles avait assassiné Nolan, c'était logique qu'elle tue ensuite Granger pour le faire taire. Et aussi pour impliquer les autres filles comme complices involontaires. Caitlin était celle qui détestait le plus Nolan. Et Ava ? Nolan avait quand même lancé cette fausse rumeur sur elle, et Granger l'avait draguée. Peut-être avait-elle en elle une violence cachée ?

Mac secoua la tête pour chasser ces pensées. Elles étaient ses amies, et non des meurtrières. Tout ce qu'elle espérait, c'était qu'elles parviennent à passer leurs entretiens avec Mme Rose sans éveiller de nouveaux soupçons. Elle n'avait vraiment pas envie que Juilliard apprenne qu'elle avait été interrogée par la police, et ne voulait pas non plus inquiéter davantage ses parents.

Avec un soupir, elle sortit de la voiture et traversa le parking en jetant un œil sur ses textos. Il y en avait un d'Oliver, qui disait : *Tu vas bien ?* Ne sachant quoi répondre, elle préféra s'abstenir. Alors qu'elle se dirigeait vers son casier, elle remarqua des groupes d'élèves dans le hall d'entrée. Ils se disaient des choses à voix basse. L'atmosphère était électrique. Que se passait-il ? Au même instant, Mac aperçut Alex Cohen, la tête basse. Voilà donc la raison de ces chuchotements… Revenir au lycée après avoir passé une semaine en prison, c'est sûr, ça faisait jaser. Même si elle pensait qu'Alex n'était pas coupable et était contente pour Ava qu'il ait été innocenté, Mac se méfiait de lui. Il avait quand même appelé les flics et leur avait parlé d'elles.

Elle ouvrit son casier afin d'y prendre les livres dont elle avait besoin. Quelques mètres plus loin, Nyssa échangeait tout bas avec Hannah.

— Elle est partie comme ça, murmura-t-elle. C'est pour ça que sa mère a prévenu la police.

Mac tendit l'oreille. Qui était partie ? Julie ? Elle savait qu'elle et Nyssa étaient amies. Et si Julie avait été bouleversée par son rendez-vous avec Mme Rose au point de déguerpir ?

Les mains sur les hanches, Hannah répondit :

— Tu crois qu'elle a été *kidnappée* ? J'ai entendu dire que sa chambre était nickel, ce qui serait super bizarre parce que, apparemment, elle est vraiment cradingue comme fille.

Mac pinça les lèvres. Julie était tout, sauf sale…

— Tu penses qu'elle s'est enfuie ? demanda Nyssa en fermant son casier.

Hannah secoua la tête d'un air convaincu.

— Si Ashley s'était enfuie, elle aurait au moins pris son téléphone, non ?

Mac écarquilla les yeux. *Ashley* ? Elle s'éloigna, sortit son portable et chercha sur Internet le site d'informations locales. « Une adolescente est portée disparue. » L'article racontait comment les parents d'Ashley Ferguson n'avaient pas trouvé leur fille à la maison lorsqu'ils étaient rentrés chez eux. Sa voiture était dans l'allée et son téléphone dans sa chambre, en train de charger. Ils avaient attendu quelques heures, pensant qu'elle était peut-être allée courir, et avaient finalement prévenu la police vers 22 heures.

Un frisson d'horreur traversa Mac. Ashley était sur la liste.

Elle claqua la porte de son casier et se précipita dans le couloir. Au loin, elle aperçut Caitlin et Ava en train de discuter d'un air concentré. Elle les rejoignit aussitôt.

— C'est quoi, cette histoire ? chuchota-t-elle.

— Donc, tu es au courant ? réagit Ava.

Mac hocha la tête. Elle se passa la main dans les cheveux et se rendit compte qu'elle tremblait comme une feuille.

— On ferait mieux de ne pas parler de ça ici, lâcha-t-elle en regardant les va-et-vient autour d'elles. Il y a trop de monde...

— Mais, sérieux, il se passe quoi, là ? interrompit Caitlin d'une voix crispée.

— On ne doit pas s'imaginer le pire, OK ? dit Mac en baissant le ton. Ça n'a peut-être rien à voir. Ashley a très bien pu fuguer. Même si on a parlé de... Vous savez... Dans la douche, quoi... Ça n'est pas ce qui est arrivé. Elle a juste disparu.

Mais les regards qu'elles échangeaient indiquaient qu'elles pensaient tout l'inverse. Caitlin frissonna.

— C'est notre faute, souffla-t-elle. C'est nous qui avons prononcé ces noms. Et maintenant, ils meurent tous l'un après l'autre.

— Stop ! intervint Ava en lui prenant le bras. C'est vraiment pas l'endroit pour parler de ça.

— Peut-être qu'on devrait se dénoncer à la police ? lança Caitlin, au bord de l'hystérie.

Elle éprouvait visiblement un besoin pressant de se confesser.

— Avant que quelqu'un d'autre ne soit tué, poursuivit-elle d'une voix qui montait dans les aigus. Ou qu'il n'arrive autre chose. Qu'est-ce que vous en pensez ?

— Qu'est-ce que ça apporterait ? fit remarquer Ava. Tu crois vraiment que la personne qui fait ça va s'arrêter quand on sera en prison ?

— Peut-être que oui ! s'exclama Caitlin, si fort que quelques têtes se tournèrent.

— Chut ! grogna Mac.

Elle se rapprocha des filles et se pencha vers elles.

— Non mais, tu t'entends ? dit-elle à Caitlin. Tu veux foutre ta vie en l'air à cause d'une discussion débile ? Comme si on était les seules à parler des gens dont on souhaite la mort. Arrête un peu !

— On est sûrement les seules qui voient ces gens mourir pour de vrai ! répliqua Caitlin, les joues en feu.

— OK, essayons de réfléchir à tout ça de manière logique, intervint Mac à voix basse. Peut-être qu'on peut découvrir nous-mêmes la vérité. D'abord, on devrait interroger les filles avec lesquelles Granger traînaient. Elles avaient une bonne raison de vouloir se débarrasser de lui, non ?

Ava hocha la tête.

— Alex m'a dit qu'il avait vu une fille entrer chez lui après notre départ, ce soir-là. Ça pourrait être l'une d'elles.

— Ça pourrait expliquer la mort de Granger, dit Caitlin. Mais Ashley ? Et le père de Parker ? Ça a aucun sens.

— Tu peux me dire ce qui a du sens, dans tout ce bordel ? rétorqua Ava.

Mac ne put s'empêcher de lui lancer un coup d'œil soupçonneux. Elle songea à sa conversation avec Mme Rose. Difficile de ne pas avoir de doutes... Elle connaissait à peine ces filles, après tout.

Le visage d'Ava s'assombrit.

— Je n'ai rien fait à Granger ! protesta-t-elle, comme si elle avait lu dans les pensées de Mac. Et je n'ai pas non plus touché à un cheveu d'Ashley.

— Moi non plus ! s'empressa de dire Caitlin.

Puis, dévisageant Mac d'un air soupçonneux, elle ajouta :

— Et toi, tu étais où, hier ?

Mac les contempla, bouche bée.

— Mais pourquoi je ferai du mal à Ashley ? s'étonna-t-elle. Je la connais même pas !

Ava haussa les épaules.

— Aucune de nous n'a de mobile. Peut-être que tu savais qu'Ashley nous avait entendues, en cours de ciné ? Et peut-être que tu t'es dit qu'il fallait l'arrêter avant qu'elle en parle à tout le monde ? Tu as beaucoup à perdre, Mackenzie. Tu viens d'être acceptée à Juilliard. Tu dois faire gaffe à ton avenir, non ?

— Mais t'es dingue ! s'écria Mac.

Elle estimait avoir le droit de soupçonner les autres, mais au nom de quoi pouvaient-elles la soupçonner, elle ? Fixant Ava d'un air rageur, elle lança :

— Je pourrais dire exactement la même chose à ton sujet. Ton mec, on en parle ? Il a un passé violent, non ?

Les yeux d'Ava lancèrent des éclairs.

— Il y a des choses que vous ne savez pas, sur cette histoire. Alex a cogné ce type parce qu'il avait violé quelqu'un.

— Ouais, mais Granger t'a harcelée, a rappelé Caitlin, écoutant à peine l'explication d'Ava. C'est toi qui avais le plus de raisons de souhaiter sa mort.

— Et le fait que ce soit à cause de Nolan que ton frère s'est suicidé, ça compte pas, peut-être ? riposta Ava en serrant les mâchoires. C'est un motif carrément plus sensé. T'as du cyanure sur toi, Caitlin ?

— Comment oses-tu me dire un truc pareil ! s'exclama celle-ci en levant la main pour frapper Ava, mais Mac l'en empêcha.

— Attendez, calmez-vous ! s'interposa Mac, qui se sentait plus lucide que les autres. On respire toutes un bon coup. C'est clair que les flics nous ont embrouillées. Mais, la vraie question, c'est : est-ce que tout ça a un sens ?

Elle dévisagea les filles l'une après l'autre. Ava et Caitlin fronçaient les sourcils, la mine sombre. *Elles ne l'ont pas fait*, se dit-elle. Elle voulait tellement le croire.

— Et Julie ? demanda Caitlin d'un ton radouci. Vous savez où elle est ?

— J'ai essayé de l'appeler ce matin, après avoir entendu la nouvelle sur Ashley, lâcha Ava d'une voix tremblante. Elle a pas répondu. Et on peut être sûres qu'elle est pas au lycée, après le coup qu'Ashley lui a fait hier.

Mac se mordilla la lèvre inférieure d'un air pensif.

— Peut-être qu'on devrait lui demander, à elle, où elle était hier soir ? Au moment où Ashley…

Ava écarquilla les yeux.

— Tu n'es quand même pas en train de dire que…

— Bien sûr que non ! coupa Mac. Enfin… je sais pas. Ashley lui pourrissait la vie.

— Et vous avez vu, sur Instagram ? murmura Caitlin. Ashley a prévenu le service d'hygiène de la ville, pour la maison de la mère de Julie. Ils ont embarqué tous les chats. C'était aux infos.

Ava se redressa, les mains sur les hanches.

— Vous perdez vraiment pas de temps pour passer aux accusations, toutes les deux.

— T'es pareille ! répliqua Caitlin.

La cloche sonna et elles sursautèrent. Ava passa l'anse de son sac Chanel sur son épaule.

— On se voit tout à l'heure, dit-elle gentiment.

— Sauf si on est en taule, marmonna Caitlin.

Aucune des deux ne regarda Mac. Elle eut un pincement au cœur et regretta son comportement. Elle n'aurait pas dû leur faire part de ses soupçons les concernant ; ni même les envisager, d'ailleurs. Cela n'avait fait que les éloigner d'elle et les avaient rendues méfiantes. Au lieu de se disputer dans les couloirs, elles devaient se montrer plus soudées et solidaires que jamais.

D'un geste de l'index, elle remonta ses lunettes et suivit le couloir, furieuse contre elle-même. Au moment où elle entra en salle d'orchestre, elle aperçut Claire, debout devant le panneau d'informations, en train de lire une annonce à propos des répétitions. Elle s'arrêta net, en se rappelant soudain la conversation du cours de cinéma. Un frisson lui parcourut l'échine. D'abord Nolan. Puis le père de Parker. Ensuite Ashley…

Et maintenant, Claire ?

Chapitre dix-neuf

La journée fut un désastre, malgré les efforts désespérés de Caitlin pour se concentrer. En chimie, elle n'avait pas quitté la porte des yeux, persuadée que quelqu'un allait entrer pour leur annoncer la mort d'Ashley. Sur le terrain de foot, elle avait gardé son portable avec elle – ce qui était interdit –, guettant un appel de l'inspecteur de police. Ou, pire, un texto qui préviendrait qu'une autre personne de leur liste était morte.

Elle avait surveillé Ursula du coin de l'œil durant le match, en se demandant si, en fin de compte, ça n'était pas elle qui avait tout manigancé. Après tout, elle était en cours de cinéma avec elles. Avait-elle entendu leur conversation ? C'était peut-être pour ça qu'elle avait ricané en buvant une longue gorgée de Gatorade ? Et les égratignures sur ses bras, c'était peut-être parce qu'elle s'était battue avec Ashley ?

Mais *pourquoi* ?

Caitlin évita aussi ses nouvelles amies – la conversation qu'elles avaient eu le matin, avec Mac et Ava, l'avait fait flipper à mort. De toute manière, elles n'avaient pas non plus l'air d'avoir très envie de la voir : en l'apercevant au bout d'un couloir, dans l'après-midi, Ava avait aussitôt fait demi-tour. Un peu plus tard, à la cafétéria, elle avait bien remarqué comment Mac s'était détournée pour ne pas lui parler.

Jeremy aussi la fuyait. Ou peut-être était-ce elle. Ils s'étaient parlé deux ou trois fois, depuis leur rendez-vous raté, mais elle se rendait bien compte qu'il était encore fâché. Elle aussi, probablement. Le soir du concert, elle lui avait laissé plusieurs messages pour s'excuser et essayer de lui faire comprendre ses raisons. Mais, comme avait observé Josh, il avait vraiment tendance à voir les choses de manière excessive.

Pour couronner le tout, elle avait rendez-vous avec Mme Rose. Lorsqu'elle pénétra dans le commissariat, elle était si tendue que même ses paupières tremblaient. Elle avait l'impression d'être coupable de tout. Ce qui, bien sûr, était absurde. Avoir énuméré avec d'autres filles le nom de leurs pires ennemis ne faisait pas d'elle une meurtrière. Elle n'avait pas non plus de pouvoirs magiques capables d'exaucer les vœux des autres. Mais la question restait entière : que s'était-il passé ? Et qui tuait ces gens ?

Était-ce l'une d'entre elles ?

— Prenez place, Caitlin, dit Mme Rose en indiquant la chaise en face d'elle.

Elle s'assit, raide comme un piquet, les mains sur les genoux. Le tic-tac de l'horloge qui était au mur résonnait dans le silence. Caitlin examina les livres qui se trouvaient sur les rayonnages – des ouvrages de psychologie qui devaient être ennuyeux à mourir.

— Bien, commença Mme Rose en posant ses mains sur le bureau. Il paraît qu'une élève du lycée est portée disparue.

Caitlin eut un vertige. Elle ne s'attendait pas à ce que Mme Rose lui parle de ça.

— Euh… oui, répondit-elle en s'efforçant de prendre un ton dégagé. Ashley Ferguson.

— Vous la connaissez ?

Elle secoua la tête.

— Pas vraiment. On avait quelques cours en commun, c'est tout.

— Le cours de cinéma, c'est ça ?

Un frisson glacial courut le long de son dos. Que savait Mme Rose ?

— Mmmh…, confirma-t-elle d'un air vague.

— Le professeur qui donnait ce cours est mort récemment, n'est-ce pas ?

Son cœur se mit à battre plus vite.

— Ouais…

Mme Rose nota des mots dans son carnet. À tous les coups, c'était quelque chose du genre Granger-intrusion par effraction-cours de cinéma-Ashley. Pas top pour Caitlin.

— Et Ashley vous a-t-elle causé des ennuis ? J'ai entendu dire qu'elle pouvait se montrer assez tyrannique.

Caitlin fit non de la tête.

— Je la connaissais à peine, répondit-elle avec sincérité.

— Mais elle s'en prenait à une de vos amies, pas vrai ?

Un poids pesa sur sa poitrine, comme un étau qui se resserrait.

— Peut-être, oui, avoua-t-elle d'une voix faible.

— Vous pouvez me dire de qui il s'agit ? insista Mme Rose en se penchant vers elle. Tout ce que vous me racontez ici est confidentiel, n'ayez crainte.

Caitlin éprouva un curieux sentiment : au lycée,

lorsqu'elle parlait avec les filles, désormais elle ne se sentait plus en confiance – c'était chacune pour soi ; mais maintenant qu'elle se trouvait dans un commissariat, elle avait du mal à balancer Julie. Comme si elle la trahissait. Après tout, Julie n'avait pas mérité ce qu'Ashley lui avait fait et elle était incapable de tuer quelqu'un.

— Ashley a bien envoyé un mail à tout le lycée pour raconter que la mère de Julie avait des problèmes psychiatriques, n'est-ce pas ? poursuivit Mme Rose d'une voix douce.

Le cœur de Caitlin s'emballa de nouveau. OK. Elle était donc au courant.

— Quelque chose comme ça, oui.

— Elle a ensuite versé une litière souillée dans le casier de Julie, et mis une photo sur Instagram. C'est exact ?

Elle baissa les yeux. Les flics allaient sur Instagram, maintenant ?

— Est-ce que Julie vous a semblé perturbée par ce qu'Ashley lui a fait ? questionna Mme Rose.

Un sentiment de soulagement s'empara de Caitlin, qui libéra sa parole.

— Bien sûr, réagit-elle. N'importe qui l'aurait été à sa place ! Ashley s'est comportée de façon ignoble. Julie n'avait rien fait pour mériter ça. C'est une fille bien. Elle ne ferait pas de mal à une mouche.

— C'est une situation que vous avez connue dans votre vie, me semble-t-il, observa Mme Rose. Quelqu'un que vous aimiez a été confronté à un tyran, n'est-ce pas ?

Elle fronça les sourcils.

— Oui, en effet…, murmura-t-elle, la mine sombre. Mon frère, Taylor. Nolan Hotchkiss l'a harcelé. Et il s'est suicidé.

— Donc vous êtes particulièrement sensible à ce genre de situation, j'imagine ?

Elle haussa les épaules.

— Peut-être…

Mme Rose prit des notes dans son cahier. Caitlin aurait bien aimé voir ce qu'elle écrivait. Qu'elle avait une bonne raison d'en vouloir à Nolan ?

— Je n'ai rien fait de mal, lâcha-t-elle d'une voix sourde.

— Je n'ai jamais dit ça, répliqua calmement Mme Rose.

Une fois au volant de sa voiture, Caitlin était si bouleversée qu'elle manqua brûler deux feux rouges et rentrer dans un car scolaire qui venait en sens inverse. Difficile de savoir ce que Mme Rose avait pensé d'elle et avait déduit de cet entretien. La soupçonnait-elle ? Ou Julie ? Mais peut-être était-elle juste douée pour poser des questions déstabilisantes ?

Elle roula sans but précis et se retrouva, sans le vouloir, devant chez Jeremy. Bien sûr, elle ne l'avait même pas prévenu qu'elle viendrait. Elle se gara le long du trottoir, prit ses clés et entra dans la maison, comme elle avait l'habitude de le faire depuis de nombreuses années. Mais pour la première fois elle venait pour Jeremy et non pour Josh, et c'était un peu étrange.

Il était dans le salon en train de regarder un vieux film de zombies, qui lui rappelait quelque chose, sans doute à cause de Taylor. Elle sourit à ce souvenir.

— Salut, dit-elle avec douceur.

— Salut, lâcha-t-il sans lever les yeux.

Sa gorge se noua. Elle avait besoin de lui. Terriblement. Elle vint s'asseoir sur le canapé et voulut se blottir contre lui, mais il se raidit. L'instant d'après, il posa une main sur son genou et le pressa rapidement, avant de retirer son bras. C'était déjà un début... néanmoins insuffisant.

— Ta journée, c'était comment ? demanda-t-elle en se tournant vers lui.

Il ne quitta pas l'écran des yeux, où un zombie était en train de déchiqueter une vache.

— Plutôt bonne.

Aucune question sur sa journée à elle. Pas d'infos sur le film qu'ils regardaient. Au point où ils en étaient, elle était carrément prête à parler météo.

— Donc, tu m'en veux toujours ? questionna-t-elle finalement.

Il fixa un moment le sol avant de répondre.

— J'essaie de dépasser ça. Vraiment. Mais ça me prendra peut-être un peu de temps.

OK. Au moins, il était sincère. Elle lui prit la main.

— Bon... Ben, tu me diras quand tu seras prêt, pour qu'on puisse de nouveau se rouler des pelles ?

Il ne put s'empêcher de rire.

— Promis.

Avant qu'elle n'ait eu le temps de réagir, elle entendit un bruit mat et régulier. Josh apparut dans l'encadrement de la porte. Le visage rouge à cause de l'effort, il s'appuyait de tout son poids sur ses béquilles. Son pied gauche était enfermé dans un plâtre, seul le bout de ses orteils était visible. Lorsqu'il les vit sur le canapé, une ombre passa sur son visage. À côté d'elle, elle sentit Jeremy se crisper.

Elle lâcha sa main et se pencha en avant.

— C'est impressionnant ! s'exclama-t-elle en montrant le plâtre.

Impossible, quand même, d'ignorer Josh.

— Ouais, lâcha-t-il en traversant la pièce, sautillant sur ses béquilles.

— La fracture est comment ? demanda-t-elle.

Il s'arrêta un instant devant le téléviseur.

— Pas terrible. Je ne vais peut-être pas pouvoir jouer cette année.

— Ah merde ! lâcha-t-elle. Désolée…

Une fois de plus, elle ne put s'empêcher de se dire que c'était sa faute.

Il se contenta de hausser les épaules.

— Qu'est-ce que j'y peux, de toute façon ? J'aurais beaucoup de kiné et de rééducation. Je ferai tout mon possible, mais si je ne peux pas jouer, c'est comme ça. L'entraîneur de l'université m'a dit que j'aurais quand même ma bourse.

Son attitude calme et posée impressionna Caitlin. Elle aurait parié qu'il serait anéanti par une tuile pareille. Il avait l'habitude d'aller taper dans le ballon à la moindre contrariété, pour se défouler, et n'avait jamais l'air aussi heureux et détendu qu'après ses entraînements. Et là, alors qu'il était obligé de rester sur le banc de touche à regarder jouer ses coéquipiers, il semblait… juste bien.

— Tu peux bouger ? interrompit Jeremy. Je ne vois plus la télé.

Josh lança un coup d'œil à son frère et, après un soupir, il reprit sa traversée laborieuse. Caitlin le regarda s'éloigner et constata qu'il n'avait pas fait de remarque désagréable à son frère concernant le choix de son film ; ni fait peser sur Caitlin le moindre reproche silencieux parce qu'elle se trouvait là avec Jeremy. Depuis quand Josh était-il mûr ? Était-ce lié à leur rupture ?

Elle se tourna ensuite vers Jeremy et l'observa, surprise

par sa méchanceté. Il soutint son regard un moment, fronçant les sourcils, le visage fermé. Comme s'il était sur la défensive. Ou prêt à attaquer. Sans réfléchir davantage, elle lui sourit d'un air rassurant. *Je suis avec toi*, signifiait-elle en silence, chassant Josh de ses pensées. *Tu n'as pas de raison d'être jaloux.*

Son attitude allégea aussitôt l'atmosphère. Le visage de Jeremy se détendit et il parut presque penaud.

— Merci ! cria-t-il à Josh.

Même si ça n'était pas spontané, Caitlin apprécia le geste.

— Donc, on en était où ? taquina-t-elle d'un air malicieux. Ah oui : à la programmation de notre prochain roulage de pelle !

Il passa son bras autour de ses épaules. Encore troublée par l'apparition de Josh, elle se pelotonnait contre Jeremy et le sentit se laisser aller tandis que son corps se collait au sien.

Chapitre vingt

Parker se réveilla en sursaut. Où était-elle ? Elle avait l'impression d'avoir dormi une éternité. D'un rapide coup d'œil, elle tenta d'identifier ce qui l'entourait. C'était une pièce carrée avec un trou dans le mur qui faisait office de fenêtre. Une odeur de moisi flottait. Dehors, elle aperçut au loin la façade arrière d'une maison blanche. Et cette maison, elle la connaissait très bien.

Elle se leva d'un bond et ramassa ses chaussures, qu'elle avait balancées à travers la pièce. Elle se trouvait dans les bois, derrière la maison de Nolan, dans une cabane que quelqu'un avait construite, des années auparavant. Plus personne ne l'utilisait, mais, pour une raison mystérieuse, elle n'avait pas été détruite. Parker et Nolan avaient l'habitude de traîner là. Ils appelaient ça leur « pavillon », et quand la situation était vraiment pourrie à la maison, elle venait s'y réfugier. Elle y avait aussi amené Julie une ou deux fois, mais celle-ci disait que l'endroit la faisait flipper.

Quelle mouche l'avait piquée de venir ici ? Elle était devenue dingue, ou quoi ? Elles étaient déjà en mauvaise posture dans l'affaire du meurtre de Nolan, ça n'était pas le moment d'être surprise en train de rôder autour de sa maison.

Lorsqu'elle ouvrit la porte, le calme régnait au milieu des arbres. Elle se dirigea vers la maison et traversa la cour arrière. Plus aucun cordon de police n'entourait la propriété, qui était redevenue élégante et parfaite, comme si aucun crime n'y avait été commis. Le cœur battant, elle longea la pelouse pour rejoindre l'arrêt de bus, à quelques rues de là. Elle ne croisa personne en chemin. Ni joggeur ni promeneur de chien matinaux – il n'était que 6 heures. Avait-elle sincèrement cru se tirer d'affaire en dormant là ? Tout bien réfléchi, cela ne l'étonnait pas outre mesure. Comme toujours, elle avait l'impression étrange de ne même pas exister.

Dans l'après-midi, Parker poussa la porte du minuscule *Café Works*, où elle avait pris l'habitude d'aller ces derniers temps. Rien à voir avec le *Mud*, le bar branché où traînaient la plupart des lycéens de Beacon, mais une atmosphère tamisée et un café bien fort étaient exactement ce dont Parker avait besoin pour l'instant. Quelque chose effleura sa joue. Elle se toucha le visage pour savoir ce que c'était. *Les boucles d'oreilles de Julie.* Celles en fil d'argent avec les perles d'ambre. Elle avait complètement oublié qu'elle les lui avait empruntées. Sa mémoire semblait chaque jour plus défaillante. D'ailleurs, quand avait-elle *parlé* avec Julie pour la dernière fois ? Elle se rappelait vaguement avoir passé la soirée assise sur un banc, seule, à boire des bières et à discuter au téléphone avec elle. Et que Julie, prise d'un de ses accès d'hystérie, avait commencé à lui raconter comment Mac lui avait sauté dessus et balancé plein de trucs horribles sur Claire. Apparemment, celle-ci avait essayé de lui bousiller son audition pour Juilliard.

Julie avait ensuite changé de sujet et demandé à Parker

où elle était et quand elle revenait à la maison. Elle l'avait harcelée en lui reprochant de ne pas tout lui raconter, d'avoir des secrets pour elle. *Tu peux me le dire*, avait-elle insisté. *Et même, tu* dois *me le dire*. Mais Parker s'était contentée de botter en touche. *Je n'ai aucun secret*, avait-elle répondu. Alors qu'elle en cachait un énorme : elle avait recommencé à voir Fielder.

Julie avait continué de lui mettre la pression et Parker avait fini par se sentir piégée et, une fois de plus, les choses avaient dégénéré et elles s'étaient disputées. Sauf qu'elle ne se souvenait pas comment la conversation s'était terminée… Mais c'était probablement à cause de ça qu'elle s'était réveillée dans la cabane.

Elle se passa les mains sur le visage et sentit le relief des cicatrices sous ses doigts. Elle devait absolument se reprendre. Pour cela, elle avait besoin de parler à Fielder de ses problèmes de concentration. Peut-être qu'il pourrait lui apprendre d'autres techniques de visualisation. Elle ferma les yeux et s'efforça d'entendre le ton calme de sa voix. Cela l'apaisa instantanément. La dernière séance qu'elle avait eue avec lui avait dû être efficace.

Après quelques instants, elle ouvrit les yeux et regarda autour d'elle. La machine à expresso ronronnait, le barman faisait marcher le moulin à café, tandis que, derrière elle, la porte s'ouvrait et se fermait, laissant un courant d'air frais lui balayer les jambes.

— À qui le tour ? lança le caissier, tatoué et arborant un piercing dans le nez.

Parker avança jusqu'au comptoir et commanda un grand crème. Au moment où elle posait ses pièces, elle entendit dans son dos une voix familière.

— C'est là que tu viens quand tu sèches les cours, alors ?

Elle fit demi-tour. Ava et ses magnifiques yeux en amande la dévisageaient avec douceur.

— Salut, dit Parker d'un air penaud en comprenant qu'elle aurait dû être au lycée à l'heure qu'il était.

Cela dit, Ava n'y était pas non plus.

— Toi aussi, tu sèches ?

— Oh, j'avais juste besoin d'un peu de caféine. Je vais y retourner pour le dernier cours.

Ava indiqua les tables dans le fond de la salle.

— On s'assied ? proposa-t-elle.

— OK.

Après avoir pris leurs boissons, elles se dirigèrent vers une table, à côté d'une vieille borne de Pacman dont Parker aimait l'aspect vintage. Ava observait fixement la mousse de son cappuccino et Parker se rendit soudain compte qu'elle n'avait jamais parlé avec elle – ni avec aucune des autres filles – sans Julie. Elle se demanda comment Ava la percevait. Comme une espèce de parasite ? Une sorte de monstre, après cette histoire avec son père ?

« Cesse de te rabaisser tout le temps, lui avait dit Fielder, lors de la dernière séance. Les gens ne te voient pas forcément comme quelqu'un de monstrueux. Essaie de sourire, parfois. Tu seras surprise de voir ce que tu auras en retour. » OK, c'était un peu une vision Bisounours des choses, mais, après tout, pourquoi ne pas essayer ?

Elle sourit à Ava, avec une certaine retenue, malgré tout.

— Comment tu tiens le coup ?

Et, comme l'avait prédit Fielder, Ava lui adressa à son tour un sourire chaleureux.

— Ça va à peu près. Un peu flippée à cause des flics. Pas toi ?

— Si, à mort, lâcha Parker en versant du sucre dans son café. Ça fait peur.

« Peur » était un euphémisme.

« La police découvrira la vérité, ne t'inquiète pas », l'avait rassurée Fielder, quand elle lui avait confié ses craintes, la veille. Il lui avait donné un café, en lui expliquant que la caféine pourrait soulager ses migraines. Parker espérait qu'il avait raison, à la fois pour la caféine et pour la police. Elle détestait l'idée de figurer à nouveau sur la liste des suspects.

— Et puis Ashley…

Parker enserra sa tasse entre ses mains.

— Tu veux dire le coup de la litière dans le casier et des photos sur Instagram ? Carrément immonde, je trouve.

Le souvenir du visage triste et humilié de son amie, l'autre jour, dans le couloir, surgit dans l'esprit de Parker. Elle avait du mal à imaginer ce que devait être la vie de famille de Julie, maintenant qu'il n'y avait plus les chats pour occuper sa mère. Peut-être était-ce pour cette raison qu'elle avait préféré rester loin de Julie ces deux derniers jours.

Ava fronça les sourcils. Une fine ride se dessina entre ses yeux.

— Non… Je parlais du fait qu'elle avait disparu depuis mardi.

Parker se figea, le cerveau en ébullition.

— Qu'est-ce que tu racontes ?

— La police la cherche partout.

Ava la dévisagea d'un air étonné, avant d'ajouter :

— T'es pas au courant ?

Parker sentit son menton trembler. Quelque chose vint taquiner sa mémoire, mais elle ne réussit pas à distinguer quoi exactement.

— C'est horrible, lâcha-t-elle, les yeux dans le vague.

D'un autre côté, c'était une bonne nouvelle qu'Ashley ne soit plus dans les parages. Comme ça, elle ne pourrait plus harceler Julie

— Mais on n'a pas de raison de s'inquiéter, tu sais, enchaîna-t-elle. C'est pas parce qu'on a fait une liste de gens qu'on a le pouvoir de les faire mourir, ou disparaître.

— Peut-être…, dit Ava d'une voix sourde.

Elle était en train de faire des confettis avec sa serviette.

Parker sentit un nœud dans sa gorge. Ava était-elle réellement en train de croire que quelqu'un tuait les personnes de leur liste ?

— Au moins, Alex est tiré d'affaire, lança-t-elle pour changer de sujet. Ça va, vous deux ?

Ava tourna la cuillère dans sa tasse.

— Ouais, répondit-elle d'un air distrait. Je pense qu'on va s'en sortir.

Parker hocha la tête avec une mine réjouie.

— Je suis vraiment contente pour vous. J'espère juste que le fait qu'il soit blanchi ne va pas jouer contre nous.

— Ouais, répéta Ava, le regard baissé.

Puis, lentement, elle leva les yeux sur Parker. Elle ouvrit la bouche pour dire quelque chose, avant de se raviser.

— Quoi ? demanda Parker.

Une nouvelle fois, Ava semblait sur le point de parler, puis, finalement, la lueur qui brillait dans son regard s'éteignit.

— Non, non, rien… Hé, il paraît que Nyssa fait quand même sa fête, vendredi, malgré tout ce qui se passe.

Parker haussa les épaules.

— Ça m'étonne pas.

À l'époque où elles étaient amies, Parker avait l'habitude de dire que, même avec deux jambes et deux bras cassés, Nyssa organiserait sa traditionnelle soirée d'Halloween.

— De toute façon, je pense pas que j'irai, avoua-t-elle.

— Ah bon ? s'exclama Ava. Au contraire, peut-être qu'on devrait toutes y aller ? Pour faire comme tout le monde.

— Ouais, peut-être…, lâcha Parker, pas très convaincue.

Quelques gouttes du café d'Ava tombèrent sur la table. Elle les essuya distraitement avec sa serviette, puis s'éclaircit la gorge, mal à l'aise.

— J'aime bien cet endroit. Je suis venue là après avoir vu les flics, l'autre jour. J'étais tellement flippée que j'avais juste envie d'un énorme café. C'était grave stressant, t'as pas trouvé ?

Parker plissa le front tandis qu'elle cherchait à se rappeler ce qu'elle avait fait en sortant du commissariat. Elle se souvenait qu'elle avait laissé tomber Julie – elle ne l'avait pas attendue après son rendez-vous avec la psychologue-profileuse. Après coup, elle s'était sentie mal de lui avoir ainsi fait faux bond. Elle l'avait même raconté à Fielder, la veille. « Julie voulait sûrement que je reste dans le coin pour savoir comment ça s'était passé », avait-elle expliqué. « Mais c'était au-dessus de mes forces ». Fielder lui avait demandé pourquoi et elle lui avait dit qu'elle s'était sentie obligée de filer. « Il s'est passé quelque chose de spécial ? » avait-il questionné. « Je ne sais pas vraiment », avait-elle confié. « C'est peut-être l'idée que quelqu'un fouille dans l'inconscient des gens qui te fait peur », avait indiqué Fielder.

Parker se rendit soudain compte que Mme Rose ne l'avait toujours pas contactée pour la rencontrer. Au fond, c'était mieux comme ça : elle voyait déjà un psy, pas besoin d'un deuxième.

Elle leva les yeux et s'aperçut qu'Ava était pétrifiée, regardant fixement la porte d'entrée.

— Oups, murmura-t-elle.

Parker se tourna et aperçut une femme blond platine et bronzée aux UV qui se dirigeait droit sur Ava.

— Qu'est-ce que…

Estomaquée, elle vit cette femme d'une quarantaine d'années, vêtue d'une robe en soie grise, prendre Ava par le bras. Au bout d'une seconde, elle la reconnut : sa belle-mère.

— J'étais sûre de te trouver dans ce bouge, siffla-t-elle tandis qu'une forte odeur de parfum tournoyait dans l'air.

— Salut, Leslie, répondit Ava, les dents serrées.

Elle se tourna vers Parker et ajouta :

— Tu te souviens de mon amie…

Leslie l'interrompit sèchement :

— Je me suis tapée le trajet jusqu'à ton lycée pour signer une foutue autorisation de sortie pour que tu m'aides car ma mère arrive ce soir, et ils ne t'ont bien sûr pas trouvée ! hurla-t-elle. Tu te fiches de moi ?

Puis, sans même lui laisser le temps de répondre, ivre de rage, elle continua à la bombarder de questions.

— Ça t'arrive souvent de sécher ? À ton avis, ton père sera content de l'apprendre ? Tu te trouves sûrement trop bien pour m'aider, je suppose ?

— Je suis désolée, lâcha Ava, en s'écartant de Leslie. J'ai oublié. Et je ne pensais pas que tu voulais que je participe.

Son ton était ferme, mais elle se tenait sur ses gardes.

Parker reconnut aussitôt cette manière de faire : elle avait utilisé la même avec son père des dizaines de fois. Surtout ne rien dire qui puisse l'énerver. Mais, évidemment, elle finissait toujours pas avoir une parole malheureuse.

Leslie secoua la tête.

— Ah, mais en effet, je ne tiens pas du tout à ce que tu participes. Le mieux, ça serait même que tu sois absente de la maison pendant tout le week-end. Ton père est d'accord avec ça.

Ava frémit. Elle regarda autour d'elle. Tout le monde, dans la salle, suivait la scène.

— Jamais il ne dirait une chose pareille, murmura-t-elle.

— Eh bien, tu n'as qu'à lui poser la question, s'exclama Leslie avec un rire mauvais. Il te l'expliquera lui-même. Il aimerait que tu sortes de notre vie, ma chère Ava. Ne plus t'avoir dans nos pattes. Et tu sais quoi ? Avec tous les soupçons qui pèsent sur toi, eh bien, il est convaincu que tu es coupable !

Les yeux d'Ava étincelèrent de colère.

— Tu mens. Je vais lui raconter tout ce que tu m'as dit, lança Ava, le menton tremblant. Et aussi que tu bois. Il a le droit de savoir qui tu es en réalité, non ?

Leslie resta un instant bouche bée. Puis elle attrapa le poignet d'Ava et serra violemment.

— Comment oses-tu ?

Ava laissa échapper un cri de douleur. Parker s'aperçut que Leslie avait enfoncé si profondément ses ongles dans la peau qu'une goutte de sang perlait. Des dizaines d'images jaillirent alors dans son cerveau. Des souvenirs avec son père. Sa violence. Elle crut sentir la blessure d'Ava dans sa propre chair.

Elle bondit sur ses pieds.

— Eh…, commença-t-elle à dire en s'approchant d'Ava pour la tirer en arrière.

Mais Leslie lâcha son bras comme si de rien n'était et fit face à Parker pour la première fois. Après avoir ébauché un sourire, elle fronça les sourcils et lui adressa un regard menaçant. Puis elle se tourna vers Ava.

— Tu vas me suivre. Immédiatement.

À ces mots, elle fit demi-tour, et, perchée sur ses talons aiguilles, se dirigea vers la sortie. Les larmes coulaient le long des joues d'Ava tandis qu'elle attrapait son sac et, avec un sanglot qui déchirait le cœur, suivait sa belle-mère.

— Ava ! s'exclama Parker en s'élançant derrière elle. Attends !

Mais elle n'eut pas le temps de l'atteindre : elle était déjà montée dans sa voiture et avait claqué la portière. Elle démarra aussitôt et quitta le parking. Parker resta là, bras ballants, regardant la voiture s'éloigner. *Pauvre Ava.* Pourquoi personne ne s'était levé pour intervenir ? Et pourquoi elle-même avait-elle tant tardé à réagir ? Un déferlement de souvenirs et d'images submergea son cerveau. Son père en train de la frapper, devant sa mère impassible. La voix de son père lorsqu'elle était rentrée à la maison cette nuit-là, shootée par l'Oxy. Et sa mère qui disait : « Parker, comment tu as pu faire ça ? » Comme si c'était sa faute.

Son ventre se serra et elle eut un vertige. Tandis que sa respiration s'accélérait, ses mains se mirent à trembler. Impossible de se contrôler. Au bout de quelques minutes, alors que les battements de son cœur s'apaisaient enfin, son portable vibra dans sa poche. Elle le sortit et lut « Fielder » sur l'écran. Elle le laissa sonner quelques secondes en le regardant fixement, avant de finalement appuyer sur le bouton « Ignorer ». Même si elle avait envie et besoin de le voir – il était probablement le seul qui puisse lui faire du bien, en cet instant –, elle préférait avoir les idées claires avant de lui parler.

Elle se laissa tomber sur un banc et ferma les yeux pour se concentrer, respirer calmement, profondément. L'odeur de la pluie sur le bitume, l'air frais qui caressait sa peau – elle avait besoin de retrouver ses sensations, de reprendre pied.

— Tu n'es pas seule, Ava, je suis là pour toi, murmura-t-elle en laissant le vent porter ses pensées jusqu'à elle.

Chapitre vingt et un

Les larmes coulaient le long des joues d'Ava, plus vite qu'elle ne pouvait les essuyer. Elle battit des paupières pour tenter de les évacuer et s'efforça de reprendre ses esprits avant d'appeler Alex. Peine perdue : lorsqu'il décrocha, elle craqua.

— Elle est trop horrible, sanglota-t-elle. J'en peux plus !

— Ouh là là, calme-toi…, conseilla Alex. Où es-tu ? Qu'est-ce qui se passe ?

Elle fit un effort pour respirer profondément et tenter de s'apaiser.

— C'est Leslie. Elle vient juste de m'agresser au beau milieu d'un café, devant tout le monde, et maintenant je suis obligée de rentrer à la maison et de me la coltiner. Et je vais devoir me farcir sa famille durant tout le week-end, ça va être abominable.

Elle osait à peine imaginer comment était la mère de Leslie… Si elle ressemblait ne serait-ce qu'un tout petit peu à sa fille, quelle horreur !

— Ma pauvre, soupira Alex. C'est vraiment un monstre, cette bonne femme.

— Écoute… Je suis désolée de te demander ça, mais est-ce que tu pourrais me rejoindre chez moi ? J'ai besoin d'une protection. Et je crois que mon père va pas m'être d'une grande aide, sur ce coup-là.

Elle frémit en se rappelant les paroles de Leslie : son père ne voulait plus l'avoir dans les pattes. Était-ce vrai ? Et la croyait-il réellement coupable ?

— Bien sûr, répondit Alex. Je suis au boulot, j'arrive dans un quart d'heure...

— Ah, tu es au boulot ? coupa Ava en reniflant. Dans ce cas, laisse tomber, c'est pas la peine que tu viennes.

Même si le glacier chez qui Alex travaillait l'avait réembauché dès sa sortie de prison, elle savait que cet emploi était fragile. Mieux valait ne pas lui faire courir de risques.

— Tu es sûre ? insista Alex. Et pourquoi tu ne viendrais pas plutôt chez moi ? Je peux même apporter de la glace double caramel, ta préférée.

Elle poussa un soupir en se représentant la scène : traîner, manger de la glace, passer une soirée *normale*...

— J'en rêve, répondit-elle. Mais éviter la situation rendra les choses encore plus difficiles.

— Je viens dès que je peux, OK ? Je pars d'ici dans une heure et demie et je fonce chez toi. Ça ira ?

— Oui, super, lâcha-t-elle, soulagée et reconnaissante. Je t'aime.

— Moi aussi. Ça va aller, je te promets.

Au moment où ils raccrochaient, Ava arrivait devant chez elle. Son cœur battit plus vite lorsqu'elle aperçut la voiture de Leslie garée n'importe comment, à moitié sur la pelouse. L'idée de se retrouver face à elle la terrifiait. Pourtant, elle n'avait pas le choix.

Alors qu'elle posait le pied sur la première marche de l'escalier, elle entendit la voix de Leslie dans la cuisine – haut perchée, hystérique. Même sans saisir le sens de ses paroles, Ava comprit, à son ton, qu'elle était en colère. À tous les coups, elle devait être en train de se plaindre d'elle à son père. Elle distingua ensuite la voix de celui-ci. Plutôt un doux murmure, en réalité. Comme s'il était en train d'acquiescer à tout ce qu'elle disait.

Épouvantée et incapable d'affronter cette situation, elle grimpa quatre à quatre les marches jusqu'à sa chambre. Elle se jeta sur son lit, désespérée. Un instant plus tard, quelqu'un toqua à sa porte et elle sursauta. Lorsqu'elle vit apparaître la tête de son père, et non celle de Leslie, elle poussa un soupir de soulagement.

— Ava ? demanda-t-il d'une voix mal assurée.

— Quoi ? répondit-elle froidement, en se tournant vers le mur.

Il avança de quelques pas.

— Il faut que tu viennes nous aider à préparer la soirée.

Elle ne broncha pas.

— Je compte sur toi pour être de bonne humeur, ce week-end, poursuivit-il. C'est important, pour moi et Leslie.

— Mmmh…, marmonna Ava.

Après s'être éclairci la gorge, il ajouta doucement :

— Leslie m'a raconté que tu t'étais montrée très insolente. C'est vrai ?

Insolente ? Rien que ça ! Elle se leva en gardant les yeux baissés.

— Ava, insista-t-il en la prenant par le bras, à l'endroit où les ongles de Leslie avaient laissé des marques rouges.

Lorsqu'il les vit, il hésita une seconde puis demanda :

— Comment tu t'es fait ça ?

Elle le dévisagea un instant avant de détourner le regard. Si seulement elle avait pu lui dire la vérité. Mais si elle l'avouait, Leslie se débrouillerait pour inventer un mensonge et le lui ferait payer plus tard. Alors, quel intérêt ?

— C'est rien. Un truc au lycée.

Il l'observa avec de grands yeux tristes.

— Tu as tellement changé, soupira-t-il. Tu es renfermée. J'ai l'impression que tu me considères comme un étranger, maintenant. Leslie s'inquiète beaucoup pour toi.

Ava le fixa, désemparée. C'était effrayant de voir à quel point Leslie lui avait retourné la tête. Elle sentit quelque chose céder en elle.

— Je suis la même ! explosa-t-elle. C'est toi qui as changé. C'est toi qui ne passes plus de temps avec moi. Toi qui doutes de moi. C'est comme si tu avais oublié maman, comme si elle n'avait jamais existé, et...

Un bruit sourd l'interrompit. Ava et son père se précipitèrent à la fenêtre pour voir ce qui se passait. Elle balaya la pelouse des yeux sans rien remarquer de particulier. Puis elle regarda en bas, devant la maison, et poussa un cri. Leslie était étendue sur l'herbe, immobile. Son corps était dans une position étrange – les genoux pliés d'un côté, le torse de l'autre, les bras comme disloqués. Son cou, lui, était tordu d'une façon bizarre.

Le père d'Ava la poussa sur le côté. Il blêmit en apercevant sa femme.

— Oh, mon Dieu, murmura-t-il.

Il vacilla et dut s'accrocher au montant de la fenêtre pour ne pas tomber. Ava le soutint par le bras et ils descendirent l'escalier quatre à quatre pour se ruer dehors. Le sol était humide avec la première rosée du soir. Leslie n'avait pas bougé. De près, son visage était blanc comme un linge, et un filet de vin rouge coulait au coin de sa bouche.

— Ma chérie, s'exclama M. Jalali en se jetant à genoux pour la serrer contre elle.

— Ne la touche pas, papa ! s'écria Ava. Tu risques de la blesser !

Il s'écarta d'un air terrifié. Ava s'agenouilla à son tour et approcha son oreille de la bouche de Leslie pour écouter son souffle. Elle entendit une faible respiration.

— Appelle les pompiers, dit-elle d'une voix tremblante.

Puis elle leva les yeux sur la maison. À l'étage, les fenêtres de leur chambre étaient grandes ouvertes. Leslie était-elle sortie prendre l'air ? Avait-elle perdu l'équilibre et basculé par-dessus la balustrade ? Elle la regarda de nouveau. Son visage avait viré au gris. Son cœur se mit soudain à battre violemment dans sa poitrine lorsqu'elle se rappela ses paroles, en cours de cinéma. *Elle pourrait peut-être tomber du balcon après avoir descendu sa bouteille de vin quotidienne.*

Quelqu'un avait fait ça.

Au même instant, une pensée jaillit dans son cerveau : cette personne était peut-être encore dans la maison. Elle se releva aussitôt et se dirigea vers la porte d'entrée. Soudain, du coin de l'œil, elle vit un mouvement furtif. Elle pivota. Quelle était cette ombre qui se faufilait vers le jardin de derrière ? Penchée en avant, elle contourna le massif de roses, au coin de la maison, et rejoignit le patio. Il était déjà en partie aménagé pour la fête : des tables élégamment dressées étaient installées, sur lesquelles trônaient des bouquets impressionnants et des chandeliers en argent. Mais il était désert : personne en vue.

Tout était calme. Ava avait le souffle court, elle suffoquait presque, gagnée par un sentiment de terreur grandissant. Pour tenter de se calmer, elle se répétait que c'était un accident. Un horrible accident. Et que, d'ailleurs, elle n'avait vu personne, derrière la maison. Rien d'anormal.

Mais, au plus profond d'elle-même, elle savait qu'il ne s'agissait pas d'un accident.

Chapitre vingt-deux

Julie s'assit sur une balançoire, dans le parc qui se trouvait près de chez elle. Peu d'enfants jouaient ici et elle trouvait toujours une place tranquille. Généralement, elle venait là quand elle se sentait stressée où quand elle avait besoin de sortir de chez elle, d'échapper à l'atmosphère oppressante de sa maison. Ce qui, à vrai dire, était assez fréquent. Le simple fait de se balancer parvenait à la calmer. Surtout lorsque les couleurs chatoyantes du coucher de soleil passaient au travers des nuages.

Mais ce soir, se balancer doucement ne suffit pas à l'apaiser. Peut-être ne serait-elle plus jamais sereine ? Elle se sentait hyper mal. Elle ne supportait plus de rester à la maison – maintenant que tous les chats étaient partis, sa mère passait son temps à hurler que tout était sa faute –, mais ne savait pas non plus où aller. Apparemment, un voisin avait prévenu les services sociaux qu'une mineure vivait là et quelqu'un était censé venir voir Julie. Mais cette idée ne la rassurait pas vraiment. Qu'allait-il se passer ? Un placement en famille d'accueil ? Elle n'était pas convaincue que ça soit une bonne solution.

Pour l'instant, elle avait surtout l'impression d'être dans

une impasse. Comme si le monde se refermait sur elle. Elle prit son portable et essaya une fois de plus de joindre Parker. Sans succès. Mais où était-elle donc ?

Elle tenta de se remémorer cette horrible journée de mardi, mais n'y parvint pas. Dans sa tête tournait en boucle la même question : Parker s'en était-elle prise à Ashley, oui ou non ? Elle avait beau essayer de chasser cette idée, rien à faire. Elle avait hâte de mettre la main sur son amie pour qu'elle lui dise la vérité. Mais voulait-elle vraiment savoir ? Si Parker avait commis ce crime, Julie serait considérée comme sa complice. Et si Parker n'avait rien fait, Julie serait la complice de quelqu'un d'autre…

Le souvenir des lèvres bleues et des membres mous d'Ashley lui revint en mémoire et elle ferma les yeux pour l'évacuer. Mais les images restaient imprimées sur sa rétine, indélébiles. La manière dont la tête d'Ashley ballottait de gauche à droite tandis que Julie tirait le corps dans la forêt. La boue sur les pieds de Julie après qu'elle eut fait rouler le corps pour le pousser dans la rivière en bas de la maison. Le *splash* terrifiant quand Ashley était tombée dans l'eau. Puis cette question vertigineuse qui continuait de tournoyer dans leurs têtes, et qui l'effrayait de plus en plus : et les autres, que leur était-il arrivé ? Nolan, Granger, M. Duvall… – Parker les détestait tous. Était-ce elle qui se trouvait derrière ces meurtres ? Ces derniers jours, Julie ne l'avait guère vue. Des journées entières avaient passé sans avoir de nouvelles ni savoir où elle se trouvait. Elle aurait préféré se conduire en véritable amie, être plus proche d'elle, mais sa propre vie était partie en vrille et elle avait été incapable de gérer les deux à la fois.

Jamais elle n'aurait cru Parker capable de faire une chose pareille. Cette seule pensée la fit frissonner.

— Julie ?

Elle leva les yeux et resta bouche bée. À l'autre bout du parc se tenait Carson. Il la dévisageait, l'air inquiet. D'un bond, elle sauta de la balançoire et attrapa son manteau qu'elle avait posé sur le banc.

— Je dois y aller, lâcha-t-elle d'un ton sec sans croiser son regard.

— Attends ! s'exclama-t-il en la suivant. J'ai besoin de te parler.

Quelques jours plus tôt, le seul son de sa voix faisait s'emballer son cœur. Et maintenant… elle n'éprouvait plus rien.

— Je ne peux plus te voir, répliqua-t-elle.

Carson la regarda d'un air stupéfait, comme s'il venait de recevoir une gifle.

— Je ne comprends pas, dit-il. Qu'est-ce que j'ai fait ?

Elle baissa les yeux. À un moment donné, elle avait pensé que Carson l'avait convaincue de revenir au lycée uniquement pour faire plaisir à Ashley – c'était une hypothèse un peu dingue, mais, en réalité, elle ignorait jusqu'où allait l'influence de cette peste. Par la suite, dans l'un des nombreux messages qu'il lui avait laissés ces derniers jours, Carson lui avait affirmé que c'était totalement faux. Elle le croyait. Sauf que ça n'était plus le problème… Elle ne pouvait tout simplement plus sortir avec lui. Même s'il avait fait des efforts pour comprendre que sa mère était folle, il ne pourrait pas accepter que Julie soit complice de meurtre. S'il apprenait ce dont elle avait été témoin et ce qu'elle avait fait, il ne voudrait plus jamais avoir affaire à elle.

De toute manière, elle ne pouvait pas se permettre d'être proche de qui que ce soit, en dehors de Parker.

Sa priorité était de la protéger, elle. À tout prix. La vie de Parker avait déjà été gâchée une fois, par sa faute ; désormais, elle ne voulait plus prendre de risques. C'était aussi simple que ça.

Elle se retourna pour lui faire face.

— J'ai trop de trucs à gérer en ce moment, c'est tout. Je dois garder la tête froide et les idées claires.

— C'est cette histoire de chats ? À cause du contrôle sanitaire ?

Elle eut un rire amer. Si seulement ses problèmes étaient aussi simples…

— Non, c'est pas ça. C'est… compliqué.

— Alors, explique-moi, insista Carson avec gentillesse. Je suis là pour t'écouter. Tu n'as personne d'autre à qui parler.

— Ça va, t'en fais pas, lâcha-t-elle en se remettant à marcher, tête baissée, les mains dans les poches. J'ai Parker, de toute façon.

Carson lui emboîta le pas.

— Justement, Julie, il faut qu'on parle de Parker, lança-t-il.

Son ventre se serra et elle fit aussitôt demi-tour. Qu'entendait-il par là ? Que savait-il ?

— Pas la peine, murmura-t-elle avant de partir en courant.

Sans même prendre le temps d'enfiler son manteau, elle fila dans la rue. Il faisait presque nuit. Elle avait du mal à distinguer son chemin car les lampadaires n'étaient pas encore allumés, mais elle ne voulait pas s'arrêter avant d'être à la maison. Au bout de quelques dizaines de mètres, elle jeta un rapide coup d'œil par-dessus son épaule et s'aperçut avec soulagement que Carson ne la suivait plus.

Il faut qu'on parle de Parker. Elle n'aurait jamais dû le laisser être si proche d'elle. À présent, il essayait de s'immiscer entre Parker et elle. Pas question de le laisser arriver à ses fins.

À l'instant où elle atteignait le portail de son jardin, son portable vibra. Un message d'Ava s'afficha. Elle avait visiblement essayé de la joindre à plusieurs reprises. *Leslie poussée du balcon. Dans le coma.* Elle eut un coup au cœur et sentit ses jambes se dérober sous elle. *Une autre personne de la liste.* Impossible. Il y avait sûrement erreur. Ça ne pouvait pas être vrai. Soudain, son sang se glaça. Parker ? Encore elle ?

Pour la millième fois, elle tenta de la joindre. Pas de réponse. Au lieu de rentrer chez elle, elle se précipita dans sa voiture. Priorité absolue : aller chez Ava.

Lorsqu'elle arriva sur place, les rues avoisinantes étaient encombrées de voitures de police, de camions de pompiers et d'ambulances. Les lumières des gyrophares balayaient les jardins impeccablement entretenus. Elle se gara quelques pâtés de maisons plus loin et coupa à travers les propriétés pour rejoindre la maison des Jalali. Sans savoir réellement ce qu'elle cherchait. Au moment où elle atteignit le petit bosquet derrière la villa d'Ava, elle regarda autour d'elle, en proie à une soudaine prémonition. Parker n'était pas loin, elle le sentait.

Après quelques mètres, elle aperçut sa silhouette familière, assise au pied d'un arbre, qui se balançait d'avant en arrière. Julie sentit sa gorge se nouer. Son amie avait sa capuche rabattue sur sa tête. Son visage était couvert de terre.

Elle se précipita vers elle, le cœur battant, et s'agenouilla à son côté.

— Parker…, murmura-t-elle.

Elle repoussa la capuche pour dégager son visage. Mais le regard de Parker flottait dans le vide. Julie lui prit la main.

— Parker ? répéta-t-elle.

Parker continuait à se balancer en marmonnant des mots incompréhensibles. Julie se pencha vers elle, paniquée.

— Parker ! cria-t-elle en l'attrapant brutalement par les épaules.

D'un seul coup, Parker se calma. Puis elle regarda Julie droit dans les yeux. Un regard lucide.

— Julie…, lâcha-t-elle. Oh, Julie…

Elle avait l'air terrifiée. Julie la prit dans ses bras et la serra contre elle.

— Tout va bien, Parker. Je suis là.

Parker s'écroula en sanglots.

— Je crois que je viens de faire quelque chose d'horrible. Et même plusieurs choses horribles.

Chapitre vingt-trois

Parker distingua au loin la voix familière de Julie, comme si elle était à des kilomètres. Puis elle entendit de nouveau son nom. Plus fort cette fois. Plus proche, aussi. Elle fit un effort pour se concentrer sur la voix de son amie et, finalement, revint à la réalité. Comme après un long, très long voyage. Elle sentit sous elle le sol humide et perçut, au-dessus de sa tête, le bruit du vent dans les feuilles. Elle se trouvait dans les bois. Derrière la maison d'Ava.

La maison d'Ava.

Tout lui revint en mémoire. Brutalement. La tension de ses muscles tandis qu'elle poussait Leslie. Les ongles qui s'enfonçaient dans sa peau alors qu'elle essayait de retrouver son équilibre. Le soulagement qu'elle avait éprouvé quand, enfin, Leslie, la bouche arrondie par la surprise, avait lâché prise et basculé par-dessus la balustrade avant de s'écraser au sol dans un bruit sourd. Parker l'avait fait. Mais c'était comme si, à ce moment-là, elle avait été en pilote automatique. Elle ne se rappelait pas avoir *décidé* d'accomplir ce geste.

Puis d'autres souvenirs l'assaillirent. Ashley, dans sa salle de bains, qui s'apprêtait à prendre une douche. Quand Parker avait surgi derrière elle, elle s'était retournée, les bras levés pour se protéger, le visage déformé par la peur. Elle n'avait cependant pas l'air surprise. Tandis que Parker la projetait violemment contre le carrelage de la douche, elle avait senti le poignet d'Ashley se tordre entre ses mains. Quelques secondes plus tard, alors qu'elle retirait son pied de sous le corps d'Ashley, son mollet inerte avait effleuré son tibia. Le sol avait tremblé au moment où la tête d'Ashley avait heurté le carrelage.

Et la fraîcheur de l'herbe sur la peau de ses chevilles quand elle était retournée dans la maison de Granger, après le départ des autres ? Le manche du couteau pesait lourd, et elle se rappela l'expression de stupeur sur le visage de Granger, enveloppé dans sa serviette, au moment où elle s'était glissée dans sa chambre. « Qu'est-ce que tu fais là ? » avait-il lancé.

Autre flash : assise à une table, dans le coin d'un bistrot, hors de la ville, elle tendait une épaisse liasse de billets à un type aux cheveux grisonnants qui portait un chapeau enfoncé jusqu'aux yeux. Elle l'avait contacté par un site de petites annonces. « Occupez-vous-en », avait-elle insisté. Il avait acquiescé sans un mot. Quelques jours plus tard, son père était mort dans la cour de la prison.

Pour finir, ses pensées la menèrent au point où tout avait commencé. La fête chez Nolan… Le contact tiède du gobelet en plastique quand Julie le lui avait donné. Ses doigts qui avaient tremblé en attrapant le cyanure dans sa poche. Elle avait ensuite protégé le gobelet avec ses mains et fait semblant de cracher dedans comme les autres. Sauf qu'elle en avait profité pour verser le cyanure. Puis elle avait tendu le gobelet à Ava, qui l'avait pris pour l'apporter à Nolan.

Elle avait bel et bien exécuté tous ces gestes. Accompli ces actes, l'un après l'autre. Ses trous de mémoire n'étaient en réalité qu'une astuce de son cerveau pour lui cacher la vérité. Cela expliquait également pourquoi elle évitait Julie ces derniers temps : lui dire la vérité était impensable, mais lui cacher quelque chose d'aussi énorme était tout aussi difficile. Julie la connaissait mieux qu'elle ne se connaissait elle-même.

Une question surgit soudain dans son cerveau : elle n'en avait parlé à personne d'autre, au moins ? Non. Pas à Fielder. Elle n'aurait pas fait une chose pareille. Même s'il avait su se montrer attentif et rassurant, elle n'aurait pas pris le risque de lui raconter ça. Parce qu'il aurait demandé *pourquoi* et aurait insisté jusqu'à ce que Parker lui donne une réponse. Pourtant, la réponse était évidente, non ? Nolan le méritait. Tout comme Ashley. Et même Granger. Mais Leslie ? Aussitôt, son visage enragé, l'autre jour dans le bar, passa devant les yeux de Parker. Et le bras d'Ava, abîmé par les ongles de cette femme. Leslie avait fait du mal à Ava. Et Parker connaissait mieux que personne cette souffrance-là.

Elle eut un vertige. Pour revenir à la réalité, elle agrippa la terre sous ses doigts.

— Je crois que j'ai fait quelque chose d'horrible, répéta-t-elle en lançant un regard effrayé à Julie. J'ai peur, même, d'avoir fait plusieurs choses horribles.

— Parker ! s'écria Julie. Qu'est-ce que tu veux dire ? Tu l'as fait, c'est ça ? Ceux de la liste ? Tu les as… L'un après l'autre ?

Malgré le bourdonnement qui donnait à Parker l'impression que sa tête allait exploser, la réponse, claire et nette, s'imposa à elle :

— Ils le méritaient. Tous.

Julie écarquilla les yeux.

— Non, Parker..., lâcha-t-elle d'une voix désespérée.

— Si, insista-t-elle d'un ton ferme. Je t'assure que si.

Julie blêmit. Pourtant, son regard semblait déterminé. Elle posa ses mains sur ses épaules et la dévisagea d'un air grave.

— Tu dois me promettre quelque chose, OK ? Tu ne dois plus faire ça. À partir de maintenant, on reste ensemble 24 heures sur 24. Je ne te quitte plus des yeux une seule seconde. On ira au lycée ensemble et j'irai à tes cours au lieu de suivre les miens. Le soir, tu resteras dormir chez moi. Où que tu ailles, je te suivrai.

Parker hocha la tête. Elle avait le tournis et se sentait incapable de parler.

— La dernière personne qui reste sur cette liste est Claire Coldwell, continua Julie. On peut encore la sauver, Parker. Elle ne mérite pas qu'il lui arrive un sale truc.

Parker fronça les sourcils.

— De quoi tu parles ? protesta-t-elle. C'est toi qui m'as raconté ce qu'elle avait fait à Mackenzie. Comment elle lui avait piqué son mec et essayé de saboter son avenir ; et comment Mac avait débarqué chez toi en larmes. Claire est ignoble. Autant que les autres.

Julie secoua la tête avec véhémence.

— Non, Parker ! Même si Claire s'est conduite comme une pourriture, elle ne mérite pas pour autant d'être...

— Je dois protéger mes amies, s'indigna Parker en croisant ses bras sur sa poitrine.

— Mais pas de cette manière, répliqua Julie en lui prenant les mains. Il faut que ça s'arrête. Promets-le-moi.

Parker contempla le visage bouleversé de son amie.

Soudain, l'horreur de ce qu'elle avait fait lui apparut dans toute son ampleur. Cela lui explosa à la figure. Elle ferma les yeux. Julie avait raison, évidemment. Elle était un monstre. Elle avait pris au pied de la lettre une simple discussion entre copines. Aucune d'elles ne souhaitait réellement la mort de ces personnes.

La gorge nouée, elle avait du mal à respirer.

— Je ne sais plus qui je suis..., lâcha-t-elle dans un souffle.

— C'est bon, la rassura Julie en lui caressant le bras. Je suis là, ne t'inquiète pas. Pour l'instant, on doit surtout te mettre en sécurité.

Parker avala sa salive avec difficulté. Elle avait dans la bouche un goût métallique.

— Tu es prête à m'aider ?

— Bien sûr ! J'ai caché le corps d'Ashley pour toi. Je t'aide déjà.

Parker lui lança un regard stupéfait. *Le corps d'Ashley.* Elle avait laissé son cadavre par terre ?

— Tu savais que j'étais là ?

— Je l'ai deviné, expliqua Julie. J'ai nettoyé et effacé toutes les empreintes. Ils ne pourront jamais savoir que c'est toi.

Elle regarda en direction de la maison d'Ava.

— Mais pour ce coup-là, il faut juste espérer que tu n'as pas laissé d'empreintes. Quant à Granger, Nolan et ton père... Eh bien, je ferai du mieux que je pourrai.

Parker laissa échapper un sanglot et s'écroula dans les bras de Julie.

— Je ne sais pas ce que je ferais sans toi, gémit-elle à travers ses larmes. Je ferai tout ce que tu me diras.

— Parfait, répondit Julie.

Elle aida son amie à se lever, puis elles traversèrent les bois pour rejoindre sa voiture. Mais au bout de quelques pas, Parker se sentit vaciller. Lorsqu'elle avait accompli ces actes terribles, c'était sa face obscure, tapie au fond d'elle-même, qui dirigeait son cerveau.

Comment pouvait-elle être sûre qu'il n'en serait plus jamais ainsi ?

Chapitre vingt-quatre

Ava sanglotait si fort que Mac ne parvenait même pas à comprendre ce qu'elle disait. Elle appuya le portable contre son oreille pour tenter de mieux distinguer ses paroles. À grand-peine, elle réussit à attraper une phrase. Elle aurait préféré ne pas en saisir le sens.

— Quelqu'un a poussé ma belle-mère du balcon !

— Non ! s'exclama Mac. Respire, Ava. Respire profondément.

Elle-même inspira lentement avant de souffler.

— Elle est… Est-ce que…

— Elle est vivante. Mais dans le coma.

Mac ferma les yeux.

— Ouf !

— Mais qu'est-ce qui se passe ? gémit Ava. Qu'est-ce qu'on va faire ?

Mac se leva et ferma la porte de sa chambre. Ses parents étaient en bas en train de préparer le dîner, mais sa sœur avait un peu trop tendance à rôder dans les parages, ces derniers temps. Elle ne savait pas si c'était par solidarité ou par curiosité, mais, quoi qu'il en soit, mieux valait éviter qu'elle entende cette conversation.

Ce qu'elles allaient faire ? Il était évident, à présent, qu'il ne s'agissait pas d'une coïncidence. Le meurtrier rayait les noms de la liste aussi simplement que lorsqu'on fait les courses. Et, d'une certaine manière, c'était leur faute. Si elles n'avaient pas énuméré ces noms, rien de tout ça ne serait arrivé.

Elle se laissa tomber sur le lit.

— On doit garder notre calme et rester soudées, OK ?

— Ouais, répondit Ava. Le plus terrifiant, dans tout ça, c'est que l'assassin était dans la maison en même temps que moi.

Mac frémit à cette idée. Elle essaya d'imaginer le tueur, dans sa propre maison, à l'instant même. Un frisson glacial lui parcourut le dos.

— J'aurais pu la voir, et peut-être même que j'aurais pu l'arrêter, si seulement j'avais su, lâcha Ava dans un nouveau sanglot.

Mac fronça les sourcils.

— Je ne suis toujours pas convaincue que l'assassin est une fille.

— Alex a dit qu'il avait vu une silhouette féminine retourner dans la maison de Granger, dit Ava. Et… Je sais pas… Ça colle mieux.

Il y eut un silence gêné. Puis Mac se rendit compte qu'il y avait déjà une conclusion à tirer : Ava n'était pas le tueur, et elle devait savoir que Mac ne pouvait pas l'être non plus. Sinon, elle ne l'aurait pas appelée. Elles se faisaient une confiance mutuelle. Une bonne chose.

— Tu as des nouvelles des autres ? demanda Mac.

Ava s'éclaircit la gorge.

— J'ai envoyé un texto à Julie mais pas de réponse pour l'instant. Je vais essayer de joindre Caitlin.

Mac s'efforça d'imaginer une des filles s'introduire chez Ava et pousser Leslie dans le vide. Elles étaient incapables de faire un truc pareil, n'est-ce pas ? Cela devait être quelqu'un d'autre. Forcément.

Après avoir raccroché, Mac jeta son portable sur le lit et se mit à arpenter sa chambre d'un pas nerveux. Posé dans un coin de la pièce, son violoncelle lui tendait les bras, mais elle ne se voyait pas jouer pour l'instant. Tout à coup, enfoui dans les replis de sa couette, son portable vibra. Elle le chercha frénétiquement et, lorsqu'elle parvint à mettre la main dessus, elle découvrit un Snapchat de Blake montrant un cupcake au glaçage rose – son préféré. Il avait dessiné dessus des lunettes et une moustache. Elle sourit en voyant l'image, et se sentit revigorée.

Elle ferma les yeux pour se donner du courage. *Non. Surtout pas.* Mais avant même de réfléchir à ce qu'elle faisait, elle composa son numéro et porta le téléphone à son oreille. Une sonnerie… deux sonneries… Mais qu'est-ce qui te prend ? D'un geste vif, elle écarta le portable et appuya sur la touche « Raccrocher » avant qu'il n'ait le temps de répondre. Elle contempla l'écran pendant quelques secondes pour s'assurer qu'elle avait bien interrompu l'appel puis mit le mode avion pour que Blake ne puisse pas la joindre. *Après ce qu'il t'a fait, comment tu peux encore avoir envie de lui parler ?* lui susurra une petite voix intérieure. La carte qu'il lui avait écrite était cachée dans le fond de son tiroir, sous un soutien-gorge push-up qu'elle n'avait jamais osé mettre. Elle l'avait acheté un jour avec Claire après avoir bien ri dans la cabine d'essayage

Claire. En pensant à elle, Mac eut soudain un coup au cœur. Elle était la seule personne de la liste qui n'avait pas encore été prise pour cible. Mac se remémora ce qu'elle avait dit en cours de cinéma. *Un accident ? Elle pourrait être renversée par une voiture, donc le conducteur s'enfuirait.* Elle ne l'avait pas pensé sérieusement, c'était juste pour participer à la discussion. Quelle histoire de fous ! Elles n'avaient rien fait d'autre que *parler* de ces personnes qu'elles n'aimaient pas ! Sauf que, maintenant, s'il arrivait quelque chose à Claire, Mac s'en voudrait jusqu'à la fin de ses jours.

Son cœur s'emballa. Et si l'assassin avait décidé d'en finir ce soir avec cette liste ? Elle tenta de retrouver son calme pour réfléchir. Elle devait à tout prix empêcher ça. Protéger son ancienne amie. Pour cela, il ne lui restait qu'une seule solution. Sans perdre une minute, elle attrapa un sweat-shirt et courut jusqu'à sa voiture après avoir lancé un « Je vais faire un tour ! » à ses parents.

Cinq minutes plus tard, elle se garait devant chez Claire. Elle remarqua avec soulagement que sa voiture était dans le garage et que sa chambre était éclairée. Après avoir pris le temps de souffler un instant pour retrouver ses esprits, elle regarda de chaque côté de la rue. Pas de voiture à l'horizon et aucun véhicule rangé le long du trottoir. Bonne nouvelle.

Elle grimpa les marches et sonna à la porte. Un bruit de chaussures à talons résonna sur le carrelage de l'entrée. La musique d'une sonate de Beethoven enveloppa Mac lorsque la porte s'ouvrit et laissa apparaître Mme Coldwell. Une délicieuse odeur de gâteau flottait dans l'air.

— Mackenzie ! Quel plaisir de te voir !

Mac eut un pincement au cœur en voyant le sourire chaleureux et sincère de la mère de Claire. Elle avait toujours aimé ses parents – des gens adorables, et plus cool que les siens.

— C'est qui, maman ?

Tournant la tête vers l'intérieur, Mme Coldwell lança à sa fille :

— Devine qui est là !

Claire parut en haut de l'escalier. Elle portait un vieux tee-shirt troué et un pantalon de pyjama. Lorsqu'elle aperçut Mac, son visage se ferma.

— Qu'est-ce que tu veux ? demanda-t-elle d'une voix sourde.

Mac resta un instant sans rien dire. Elle n'avait pas eu le temps de réfléchir à ce qu'elle dirait à son ex-amie si elle la trouvait saine et sauve. Elle était si soulagée de la voir là qu'elle s'en fichait bien d'avoir l'air stupide de se trouver sur le pas de sa porte, comme si rien ne s'était passé.

— Je... euh... Je voulais juste passer te faire coucou, bafouilla-t-elle.

— Oh, c'est trop mignon ! s'exclama Mme Coldwell de sa voix chantante. Est-ce que tu veux une tasse de chocolat chaud ? Et des cookies faits maison ?

— Je vous remercie, mais je n'ai pas très faim, répondit-elle.

Après un dernier sourire, Mme Coldwell disparut vers la cuisine et laissa les filles entre elles.

Mac se pencha d'un air gêné pour regarder les photos qui se trouvaient sur la table de l'entrée. Celle d'elles deux, prise lors d'un concert à Seattle, quelques années plus tôt, était toujours là. On les voyait se sourire l'une à l'autre en se tenant par la taille.

Elle s'adressa ensuite à Claire :

— Qu'est-ce que tu fais de beau ce soir ?

Claire lui lança un regard noir et dit, d'un ton sec :

— Qu'est-ce que ça peut te faire ?

— Tu ne comptes pas sortir de chez toi ?

— Est-ce que j'ai l'air de me préparer à sortir ? rétorqua Claire, les mains sur les hanches. Qu'est-ce que tu veux, Mackenzie ? Te la ramener parce que tu sors avec Oliver ? Si tu veux savoir, je le trouve super nul. Moi, en tout cas, il m'a jamais intéressée.

Mac se retint de répliquer que ça n'était pas ce qu'elle avait montré, l'autre soir, au restaurant. Peu importait. La seule chose qui comptait était de garder Claire en sécurité.

— Je sors pas avec lui, lâcha-t-elle. On est juste amis. D'ailleurs, c'est pour te dire ça que je suis venue.

Les mots se précipitaient dans sa bouche. Néanmoins, elle ne mentait pas. Elle n'avait pas eu de nouvelles d'Oliver depuis des jours. Visiblement, il avait compris le message.

— Il est à toi, si tu veux, ajouta-t-elle.

Claire tira une tête de six pieds de long.

— Je veux pas de tes déchets ! riposta-t-elle avant de claquer la porte au nez de Mac.

Celle-ci ne s'en fâcha pas. Au moins, le problème était réglé. Elle était tellement soulagée qu'elle redescendit l'allée en sautillant. Il n'arriverait rien à Claire. En tout cas, pas ce soir.

Elle sortit les clés de sa voiture et appuya sur le bouton pour la déverrouiller. Le bip retentit et les phares clignotèrent deux fois. Tandis qu'elle ouvrait la portière puis s'installait au volant, elle aperçut une voiture qui roulait lentement dans sa direction, tous feux éteints, comme un requin qui s'avance vers sa proie. Elle se laissa glisser au fond du siège et coula un regard par la fenêtre au moment où la voiture passa devant la maison de Claire. Son cœur fit un bond dans sa poitrine lorsqu'elle reconnut le véhicule – un ancien modèle 4 × 4 Subaru. Et elle sursauta en voyant le visage de marbre du conducteur, derrière son volant.

N'était-ce pas… *Julie* ?

Chapitre vingt-cinq

— Caitlin, tu m'écoutes, au moins ?

La voix de Jeremy dans son écouteur ramena Caitlin à la réalité. Son esprit avait vagabondé… Cela faisait plus d'une heure, ce jeudi soir, qu'elle roulait sans but. Elle faisait ça quand elle avait besoin d'être seule, pour mettre de l'ordre dans ses pensées.

D'un coup d'œil, elle se rendit compte qu'elle avait quitté son quartier et atteint la banlieue de Beacon Heights.

— Désolée, je suis là.

Elle se concentra pour savoir de quoi Jeremy lui avait parlé. Un truc à propos d'un marathon de films SF le week-end suivant dans une maison de la culture de Seattle.

— Ça a l'air super ! lança-t-elle. Et… Oh, au fait, les filles de l'équipe me tannent pour que j'aille à la fête d'Halloween de Nyssa, demain. Tu viens avec moi, hein ?

— Une fête d'Halloween ? répéta Jeremy sur un ton méfiant.

— Moi non plus, je ne me sens pas trop d'humeur à ça, mais ça sera peut-être marrant. On va se déguiser, boire des bières…

— Depuis quand je suis du genre à me déguiser et à boire des bières ? ricana Jeremy.

Une ombre passa sur le visage de Caitlin. Elle avait espéré qu'il dirait oui sans rechigner.

— J'ai prévu d'y aller en pom-pom girl, si ça peut te convaincre, lança-t-elle pour garder un ton léger. Ce qui veut dire un short super mini…

Il poussa un soupir.

— C'est bon, je vais venir. Mais c'est pour toi que je le fais.

Après un court silence, il ajouta :

— Tout va bien ? Je te trouve bizarre. Pas vraiment toi-même.

— Ça va ! Juste un peu crevée.

Elle bâilla pour confirmer ce qu'elle venait de dire.

— Je n'ai pas bien dormi, du coup, j'ai du mal à réfléchir.

— Donc il y a pas de problème spécial ?

Il paraissait davantage résigné qu'agacé. Caitlin détestait lui cacher ainsi des choses, accumuler les mensonges. Même des petits riens. Par exemple : alors que ses parents avaient été prévenus qu'une psychologue spécialisée dans le profilage l'avait interrogée, elle n'en avait pas parlé à Jeremy. Elle aurait pu le lui expliquer, mais avait préféré ne rien dire. Du coup, le reste lui semblait encore pire : et s'il apprenait, pour Granger ? Et que penserait-il d'elle s'il découvrait qu'elles et ses copines avaient cité les noms des personnes dont elles souhaitaient la mort ? Et que, maintenant, ces gens étaient assassinés, l'un après l'autre ?

— C'est à cause du truc avec la belle-mère d'Ava ? insista-t-il.

L'histoire avait fait le tour du lycée. Elle prit une profonde inspiration avant de répondre.

— Ouais, avoua-t-elle. Je me sens hyper mal pour elle.

— Pourtant, tu m'avais dit qu'elle détestait sa bellemère.

Oups. Elle avait totalement zappé.

— Bah, détester, c'est un peu fort, corrigea-t-elle aussitôt.

Puis, après avoir regardé autour d'elle, elle enchaîna :

— Tu sais quoi ? Je crois que je suis perdue.

— Tu es où ?

— À l'autre bout de la ville. Du moins, je crois…

— Mais qu'est-ce que tu as fabriqué pendant tout ce temps ? questionna-t-il sur un ton abrupt.

Caitlin freina brutalement en voyant un camion surgir devant elle.

— Je sais pas, répondit-elle d'un air absent. J'ai juste atterri là.

— Peut-être qu'on ne devrait pas parler quand tu conduis ? Et d'ailleurs tu ne devrais pas conduire quand tu es crevée.

— C'est vrai, soupira-t-elle. Je t'appelle quand je serai rentrée. Et… Hé ?

— Ouais ?

— Ça me tente à mort ton histoire de marathon de films. Vraiment.

Jeremy fit claquer sa langue.

— Je peux pas en dire autant pour la soirée, mais bon… Au moins, je te verrai dans une tenue de pom-pom girl.

Avec un sourire, Caitlin raccrocha, et le silence emplit la voiture. Il y avait autre chose qu'elle n'avait pas dit à Jeremy : elle et Josh avaient échangé quelques textos ces derniers jours. Rien de sérieux, juste un *Coucou* ou *Comment va ?*, mais quand même… Josh était son ex, et Jeremy ne serait pas hyper heureux d'apprendre ça.

Elle aurait dû couper les ponts, elle le savait. Mais elle se sentait coupable parce que c'était à cause d'elle qu'il s'était blessé. Et elle aimait bien parler avec lui. Il était beaucoup plus détendu, ces derniers temps. Depuis qu'il ne jouait pas, en fait. Comme si la pression du jeu l'empêchait de réfléchir. Un peu comme pour elle, d'ailleurs. Finalement, ils partageaient peut-être davantage que ce qu'elle croyait.

Cela signifiait-il qu'elle n'avait pas fait le bon choix ? *Non, évidemment. C'est juste la fatigue.*

Un flash à la radio la tira de ses pensées et elle monta le son. « Les enquêteurs continuent à chercher un coupable pour le meurtre de Nolan Hotchkiss, annonçait le journaliste d'un ton léger. Hotchkiss a été empoisonné il y a quelques semaines, au cours d'une fête qu'il donnait dans sa maison, à Beacon Heights. Les enquêteurs pensent qu'il y a peut-être un rapport entre son meurtre et celui de Lucas Granger, un professeur du lycée de Beacon. Néanmoins, ils n'ont pas encore la preuve de cette hypothèse. Toujours à Beacon Heights, Ashley Ferguson, la jeune fille de dix-sept ans qui a disparu il y a deux jours, n'a pas encore été retrouvée. »

Caitlin frémit. C'était un miracle que le journaliste n'ait pas mentionné le père de Parker et la belle-mère d'Ava dans ce petit résumé des événements de la ville. Mais combien de temps faudrait-il aux enquêteurs pour découvrir que tous ces meurtres étaient liés ?

Après le stop, elle tourna à droite, puis ralentit. Le quartier lui sembla soudain plus familier ; en particulier la maison très abîmée, à l'autre bout de la rue. Elle contempla le paysage, étonnée : sans même s'en rendre compte, elle avait roulé jusqu'à chez Julie.

Personne ne l'avait vue depuis des jours. Elle ne répondait ni aux appels ni aux messages. Ça devenait inquiétant. Avait-elle décidé de se cacher à cause de l'histoire d'Ashley ? D'ailleurs, savait-elle qu'elle avait disparu ? Et que Leslie était dans le coma ? Comment s'était passé son interrogatoire avec Mme Rose ? C'était comme si Julie s'était volatilisée du jour au lendemain.

Elle se gara le long du trottoir, devant la maison, et sortit de la voiture. Elle se fraya un chemin au milieu des sacs-poubelle entassés, des meubles cassés et des piles de cartons. Tandis qu'elle s'approchait de la véranda, elle entendit une voix rauque et familière résonner à l'intérieur.

— Qu'est-ce que tu fous là ?

Caitlin sursauta, puis scruta l'obscurité. Près de la porte d'entrée, elle distingua les contours d'une silhouette, assise dans un recoin. Elle avança de quelques pas pour tenter de discerner les traits du visage, masqué par une capuche.

— Euh… Bonjour, dit-elle doucement.

— Je t'ai demandé ce que tu foutais là ?

La tête se releva, et Caitlin écarquilla les yeux. C'était Julie. Ou plutôt son clone – blême et désincarné. Les mêmes traits, les mêmes cheveux, mais son regard était vide, son teint de cendre, ses épaules affaissées. On aurait dit un zombie.

Caitlin s'agenouilla près d'elle.

— Ça va ? demanda-t-elle avec précaution.

— Ça va.

Elle détourna les yeux et se mit à observer une pile de vieux journaux trempés, entassés dans un coin de la véranda, comme si un pot de colle s'était renversé dessus. À côté d'eux, quelques plantes totalement desséchées croupissaient dans des vieux pots de terre qui semblaient n'avoir pas bougé depuis les années 1970.

— Sérieux, qu'est-ce que tu fous-là ? répéta Julie.

Son ton distant et froid donna la chair de poule à Caitlin. Gênée, elle balaya la véranda du regard.

— Je… Bah, je voulais juste être sûre que tu allais bien. On n'a plus de tes nouvelles et c'est impossible de te joindre, alors voilà, je suis passée…

Les yeux de Julie se posèrent sur Caitlin durant une fraction de seconde.

— C'est sympa de se préoccuper de moi, mais je ne retournerai plus jamais au lycée.

Elle avait prononcé ces mots d'un ton ferme. Mais aussi d'une manière mécanique. Caitlin hésita un instant avant de poursuivre la discussion.

— J'imagine que ça doit être dur de penser au retour, en effet, mais faut pas t'en faire. On est là. Avec toi. Pour te soutenir et te protéger. En plus, je sais pas si tu es au courant, mais Ashley n'est plus… Bref, elle n'est pas au lycée en ce moment. Elle est absente.

— J'ai entendu parler de ça.

— Ah, bon ? s'étonna Caitlin. Et tu trouves pas que ça fout la trouille ? Vu ce qu'on… Enfin, tu vois ce que je veux dire. La liste, quoi.

Julie se tourna vers elle et la dévisagea de son regard vide. Un frisson parcourut Caitlin.

— Tout cette histoire fout la trouille, murmura-t-elle.

Puis elle ferma les paupières et s'adossa contre le mur.

— Je suis fatiguée, marmonna Julie.

Caitlin se leva en hochant la tête.

— OK, je te laisse te reposer.

Julie se mit debout à son tour, avec peine.

— Vais essayer…, lâcha-t-elle en se dirigeant vers la porte d'entrée, tête baissée.

— On te voit, demain ? questionna Caitlin d'un air inquiet.

Sans même répondre, Julie ouvrit la porte et disparut à l'intérieur. Caitlin resta un moment immobile, sous le choc. Elle avait eu l'impression de parler à une parfaite étrangère. Au lieu de partir, elle attendit sans bouger, en tendant l'oreille. Elle distingua la voix de Julie, au loin. Elle semblait agacée. La personne à qui elle s'adressait parlait si bas que Caitlin n'entendait pas sa voix. Julie dit de nouveau quelque chose – un murmure incompréhensible. Le silence lui répondait. C'était peut-être sa mère ?

Le rideau de la fenêtre bougea et Caitlin sursauta, soudain surprise en train d'écouter aux portes. Elle fit demi-tour et descendit les marches. Elle heurta un pot en fer et se cogna le tibia.

— Merde ! lâcha-t-elle en se penchant pour se frotter la jambe.

Quelque chose attira alors son regard, au bout de la véranda, derrière la pile de journaux et les fleurs en pot desséchées. C'était un bidon en plastique. Un symbole rouge DANGER était affiché dessus – Caitlin connaissait ce signe grâce au cours de chimie. Elle s'approcha et lut, en majuscules, les mots ENGRAIS CHIMIQUE. Et, en-dessous : UNIQUEMENT POUR L'AGRICULTURE. CONTIENT DU CYANURE DE POTASSIUM.

Une peur sourde l'envahit, comme une déflagration. Il lui fallut quelques minutes avant de retrouver ses esprits. Les yeux rivés sur l'étiquette, elle relut la phrase une dizaine de fois.

Du cyanure. Le poison qui avait tué Nolan.

Chapitre vingt-six

Le vendredi après-midi, assise à son bureau, Julie contemplait son ordinateur d'un air absent. Dans son dos, allongée sur le lit, Parker feuilletait un magazine. C'était vraiment étrange d'être à la maison, en pleine journée, alors que tous les autres étaient au lycée. Tant pis. Elle n'y retournerait plus jamais. On ne pouvait pas l'y forcer.

Au bout d'un moment, elle se connecta à Facebook. Sans même savoir pourquoi. Elle n'allait quand même pas écrire des posts et envoyer des messages, comme si de rien n'était. Genre : *Désolée, j'ai disparu pendant quelques jours ! Trop occupée à me remettre d'aplomb après avoir été humiliée devant tout le monde, à éviter les flics et à couvrir ma meilleure amie – la tueuse en série. C'était super !*

À peine avait-elle fini de taper son mot de passe que des dizaines de notifications apparurent. Elles donnaient un aperçu joyeux de la vie normale. Cette vie qu'elle et Parker n'auraient plus jamais. Elle lut le message de Nyssa pour sa soirée d'Halloween : *Tout le monde est prêt pour la fête ? C'est chez moi et c'est dans trois heures ! Déguisement obligatoire !* Elle avait eu un nombre impressionnant de Like.

Julie avait complètement oublié la fête de son amie. Elle se rappela les soirées d'Halloween des années passées. Des moments si heureux. Celle, deux ans auparavant, où elle s'était déguisée en danseuse de cabaret, avec une plume sur la tête et une robe en paillettes qui mettait en valeur son corps musclé. Tous les invités avaient pris des photos d'elle et les avaient postées sur Facebook, et elle avait gagné le concours du meilleur déguisement de la soirée. Elle avait dansé toute la nuit avec ses amis. L'année dernière, Parker n'était pas venue. Son agression venait tout juste de se dérouler. Julie se rappelait y être allée quand même, mais elle ne s'était pas autant amusée. Elle était encore traumatisée par les événements.

Elle sentit la main de Parker sur son épaule et se retourna. Penchée au-dessus d'elle, elle lisait le post de Nyssa.

— Tout le monde y va, j'ai l'impression, murmura-t-elle en montrant les commentaires.

Le regard de Julie s'attarda sur un nom, au milieu de la page. Claire Coldwell avait écrit : *Serai là !* Elle se tourna vers Parker, le cœur battant. Avait-elle aussi vu le nom ? Était-ce l'ébauche d'un sourire que dessinaient ses lèvres ? Elle se rappela la fermeté avec laquelle Parker avait décrété que Claire méritait d'être punie.

— Nous n'irons pas, affirma-t-elle d'un ton sec.

Parker lança un regard étrange à Julie avant de lever les mains en signe de défense.

— Depuis quand j'ai envie d'aller à des fêtes, moi ?

— OK, lâcha Julie d'une voix sourde. Je voulais juste être sûre.

Elle ferma les yeux. Cette histoire commençait à lui pourrir sérieusement la vie. Elle faisait des crises d'angoisse et des insomnies de plus en plus fréquentes. Alors que, deux jours plus tôt, elle se sentait prête à tout pour aider Parker, là, elle commençait à douter. Parker avait tué des gens de ses propres mains et cette idée mettait Julie terriblement mal à l'aise. Elle se sentait coupable de garder un tel secret. Même si c'était pour Parker. Mais comment pouvait-elle dénoncer sa meilleure amie ? La seule personne qui l'ait soutenue à travers toutes les épreuves ? Si seulement elle avait pu se confier à quelqu'un, demander conseil. La possibilité d'en parler à Fielder lui avait effleuré l'esprit, malgré son comportement condamnable, mais elle avait finalement considéré que c'était trop risqué. Elle n'avait pas confiance en lui et, si quelque chose arrivait à Parker, elle ne se le pardonnerait jamais.

— Désolée, ajouta-t-elle avec un sourire. Je suis super crevée et super flippée. Ne m'en veux pas.

— Je comprends bien, t'en fais pas. Mais tu crois pas qu'être enfermée ici toute la journée ça aide pas beaucoup ?

— On doit absolument rester là, répliqua Julie. Au moins jusqu'à ce qu'on sache ce qui va se passer après.

— Combien de temps ?

— Je sais pas.

Julie avait bien conscience qu'elle devait réfléchir à un plan. Peut-être qu'elle et Parker feraient mieux de quitter la ville ? Elle devait partir d'ici avant que la police ne découvre la vérité – ou que Leslie ne sorte du coma et se rappelle que c'était Parker qui l'avait poussée. Mais elle se sentait larguée. Et épuisée. Elle n'arrivait pas à trouver la force de faire le premier pas.

Une sonnerie retentit de l'autre côté de la porte. Les deux filles échangèrent un regard interrogateur.

— C'était la porte d'entrée ? murmura Parker.

— Ouais, confirma Julie, tétanisée.

Elle n'attendait personne. En plus, elle était à peu près certaine que Caitlin et les autres avaient compris qu'elle avait besoin d'être seule.

Nouveau coup de sonnette.

— Julie, tu vas ouvrir cette foutue porte ? cria Mme Redding à l'autre bout du couloir.

Elle n'avait pas le choix : elle devait y aller. Mais elle hésitait à laisser Parker toute seule. Elle lui lança un coup d'œil méfiant.

— Tu bouges pas de là, prévint-elle. Je plaisante pas.

— Promis, obéit Parker en ramenant ses genoux contre sa poitrine après s'être assise sur le lit.

Julie sortit de la pièce et s'avança le long du couloir en évitant les cartons entassés. Lorsqu'elle ouvrit la porte, elle se retrouva nez à nez avec les inspecteurs McMinnamin et Peters. Leurs costumes-cravates détonnaient, au milieu de la pagaille de la maison. Devant leur air sérieux, Julie se félicita d'avoir obligé Parker à rester dans la chambre.

— Bonjour, mademoiselle Redding, lança l'inspecteur McMinnamin d'un ton froid. Nous voudrions vous poser quelques questions.

— Bien sûr, répondit-elle en s'efforçant de garder une voix calme, tandis que son cerveau était en ébullition.

Devait-elle sortir dans la véranda pour parler avec eux ? Cela pourrait leur paraître bizarre et ils pourraient penser qu'elle cache quelque chose. Mais s'ils entraient et voyaient le chaos qui régnait dans la maison, cela n'augmenterait-il pas les soupçons à son égard ?

— Vous voulez entrer ? proposa-t-elle comme si c'était tout à fait naturel.

Elle ouvrit grand la porte, écarta avec le pied un tas de

vieilles couvertures qui traînaient par terre et les conduisit dans le salon. Les policiers examinèrent la pièce d'un air détaché. En bons professionnels, ils restèrent impassibles. Julie se fraya un chemin à travers les monceaux d'objets pour atteindre le canapé dont elle avait même oublié l'existence. Elle attrapa une pile de vieux journaux qui prenait la poussière sur le tissu et la posa sur le tapis sale, puis déplaça une fragile tour constituée de boîtes de jeux posées les unes sur les autres – Trivial Pursuit, Monopoly, Scrabble… Julie n'avait aucun souvenir d'y avoir joué, même lorsqu'elle était petite. Après avoir débarrassé ce fatras, il y avait tout juste assez de place pour les deux inspecteurs. La seule chose positive, c'était que les chats étaient tous partis. Même si ça sentait toujours le pipi de chat dans la maison, au moins il n'y avait pas des dizaines de bêtes en train de tourner autour des jambes des policiers.

— Je vous en prie, asseyez-vous, proposa Julie en montrant le canapé.

— Merci.

McMinnamin se laissa tomber avec un soupir et sortit un carnet de sa poche.

— Je préfère rester debout, je vous remercie, lâcha Peters de sa voix de basse.

Après avoir écarté un seau rempli d'échantillons de cosmétiques et de flacons de shampooing fournis par les hôtels, Julie s'assit sur la table basse en prenant l'air le plus naturel possible. Durant quelques instants, la pièce resta silencieuse. Elle tendit l'oreille, guettant le moindre bruit qui proviendrait de sa chambre. Rien à signaler : Parker était aussi discrète qu'une souris.

McMinnamin s'éclaircit la gorge.

— Nous sommes surpris de vous trouver chez vous ce soir, alors qu'il y a une grande soirée pour Halloween, paraît-il.

Une ombre passa sur le visage de Julie. Comment les flics étaient-ils au courant ? Est-ce qu'ils avaient des indics qui les renseignaient sur toutes les fêtes de Beacon ? Peut-être seulement depuis les « événements » ?

— Bah… Je ne suis pas vraiment d'humeur à faire la fête, en ce moment, murmura-t-elle.

L'inspecteur hocha la tête d'un air compréhensif.

— Nous aimerions vous poser quelques questions sur une de vos camarades de classe, Ashley Ferguson. Vous savez qu'elle a disparu de chez elle depuis quelques jours, n'est-ce pas ?

— Oui, répondit-elle simplement.

Il posa sur elle ses petits yeux de fouine et la dévisagea.

— Sa famille est très inquiète et nous ne voulons négliger aucune piste. Nous avons entendu dire qu'il y avait des problèmes entre vous et Ashley.

Julie haussa les épaules.

— Elle a découvert… tout ça, expliqua-t-elle en montrant la maison d'un geste de la main. La manie de ma mère. Et elle l'a fait savoir à tout le monde.

Les deux hommes l'écoutaient, sans un mot. Ils l'encouragèrent à poursuivre d'un signe de la tête.

— J'ai essayé de ne pas me laisser atteindre, avoua-t-elle en levant les yeux sur McMinnamin. Mais vous savez, le lycée, c'est violent parfois.

Il se mordit la lèvre d'un air songeur puis joua avec son stylo en appuyant sur le bouton plusieurs fois.

— Où étiez-vous mardi après-midi, après avoir quitté le bureau de Mme Rose ?

Julie plissa le front d'un air concentré, comme si elle cherchait à se rappeler. En réalité, elle avait préparé un mensonge qu'elle se répétait depuis plusieurs jours.

— J'étais avec Parker.

Il haussa les sourcils et lança un coup d'œil à son acolyte. Peters hocha la tête.

— Nous avons fait du shopping, enchaîna Julie, sûre d'elle. Pendant tout l'après-midi.

Ils l'observèrent un instant en silence. Puis McMinnamin demanda :

— Parker comment ?

Elle faillit lever les yeux au ciel et se retint de justesse.

— Parker Duvall. Ma meilleure amie.

Le policier prit quelques notes dans son carnet puis échangea un regard avec son collègue.

— Parker Duvall, d'accord, lâcha Peters. J'ai compris.

Une crainte subite gagna Julie. *Avait-elle eu tort ? Allaient-ils vouloir interroger Parker, maintenant ?* Elle était loin d'être convaincue que son amie puisse endurer ça. Peut-être aurait-il mieux valu ne pas la mentionner ? Et dire qu'elle était avec Carson ? Il l'aurait couverte.

La voix de McMinnamin tira Julie de ses pensées.

— Parfait. Merci de nous avoir accordé un peu de votre temps, Julie.

Il se leva.

— Si vous pensez à quoi que ce soit d'autre, n'hésitez pas à nous contacter, ajouta Peters.

— Bien sûr, assura Julie.

McMinnamin lui serra la main tandis que Peters porta deux doigts à sa tempe en guise d'au revoir. Elle les raccompagna jusqu'à l'entrée, comme si elle avait fait ça toute sa vie. Après avoir fermé la porte, elle s'y adossa avec un soupir de soulagement. En fin de compte, ça n'avait pas été si terrible que ça. Sauf qu'elle les avait tout de même guidés jusqu'à Parker… Mais ils n'avaient pas demandé où elle était ni donné l'impression de vouloir lui parler. Et le temps qu'ils comprennent qu'elle habitait chez Julie et reviennent pour la voir, elles auraient quitté le navire.

Le plus urgent, pour l'instant, était de passer un coup de fil. Elle ne pouvait plus gérer seule la situation et avait besoin d'aide. Malgré sa forte réticence, elle avait beau tourner la question dans tous les sens, elle ne voyait qu'une seule personne à appeler. Elle retourna dans le salon et s'assit sur le canapé pour être hors de portée de voix de Parker. Inutile qu'elle l'entende faire ça. Après avoir sorti son portable de sa poche, elle tapa F-I-E dans la recherche des contacts. Le nom d'Elliot Fielder apparut aussitôt. Elle appuya sur la touche « Appeler ».

— Parker ? demanda-t-il d'une voix inquiète. C'est toi ?

Parker ? Julie fronça les sourcils, troublée. Pourquoi attendait-il un appel de Parker ? Sans même réfléchir, elle raccrocha et se leva pour aller dans sa chambre. Elle avait quelques questions à poser.

Problème : la chambre était vide. Elle balaya la pièce du regard, incrédule, pendant que son pouls prenait de la vitesse.

— Parker ? s'écria-t-elle.

Ses yeux tombèrent sur l'écran de son ordinateur. Il n'affichait plus son compte, mais celui de Parker. Elle s'approcha. Sur une photo on voyait Mac et un garçon blond que Julie ne reconnut pas, assis dans l'obscurité d'une voiture, penchés l'un sur l'autre. Visiblement en train de s'embrasser. En dessous, il y avait une légende : *Pute un jour, pute toujours*. C'était signé Claire Coldwell.

— Merde, murmura Julie.

Même si elle ne comprenait pas tout, elle était sûre d'une chose : Parker avait vu ça. Et peut-être que c'était, pour elle, la goutte d'eau qui faisait déborder le vase. Comme le post d'Ashley sur Instagram.

D'un bond, elle sortit de la chambre et, slalomant entre les obstacles aussi vite que possible, elle courut jusqu'à l'entrée. Elle ouvrit la porte. Le jardin était désert, la rue également.

Parker était partie.

Chapitre vingt-sept

Ava se regarda dans le miroir des toilettes de l'hôpital. Les yeux rougis, le visage bouffi, elle avait l'air effondrée. Elle passa de l'eau sur ses paupières gonflées, attacha ses cheveux à la va-vite et jeta les kleenex dans la poubelle en métal. En sortant, elle croisa dans le couloir un officier de police. Elle se raidit, mais il ne la remarqua même pas. *Il aurait peut-être dû*, se dit-elle avec un frisson.

Leslie était toujours dans le coma. Son état était stationnaire. Au moins, il n'empirait pas. Le père d'Ava passait presque tout son temps à ses côtés. Ava y venait le plus souvent possible. Elle avait beau haïr Leslie, elle voulait être présente pour son père.

La police avait mené son enquête et conclu que la chute de Leslie était accidentelle. Son taux d'alcool dans le sang étant très élevé, ils en avaient déduit qu'elle avait dû glisser sur ses hauts talons, perdre l'équilibre et tomber du balcon. Néanmoins, Ava n'avait pas l'esprit tranquille. Heureusement qu'elle avait un alibi en béton : elle était avec son père, au moment de l'accident. Mais elle ne cessait pas de penser au bloc-notes qu'elles avaient trouvé dans les affaires de Granger. Où était-il passé ? Et si quelqu'un l'avait trouvé ?

Au fond, Ava avait presque envie que Leslie sorte du coma. Comme ça, elle pourrait révéler *qui* l'avait poussée.

Elle retourna dans la salle d'attente. Assis sur le banc, son père tenait à la main un gobelet de café froid. La mère de Leslie, Aurora Shields, était là également. Elle avait débarqué quelques heures après l'accident et M. Jalali l'avait installée à la maison. La situation était étrange, et gênante, car il ne savait absolument pas quoi faire de cette femme qui se plaignait de tout – des draps trop rêches, de l'absence de lait de soja ou de pain sans gluten. Elle lança un regard glacial à Ava, qui se demanda ce que Leslie avait pu raconter sur elle à sa mère. Rien de bon, à l'évidence.

Elle répondit à Mme Shields par un sourire poli, s'assit à côté de son père et posa sa tête sur son épaule. Il passa son bras autour d'elle et la serra contre lui. Ava jeta un coup d'œil sur ce qu'il était en train de lire. Un dépliant intitulé « Le cimetière de McAllister ». Elle fronça les sourcils.

— Il faut rester optimiste, papa. Elle n'est pas… Pas encore.

Elle coula un regard vers la mère de Leslie qui écoutait ce qu'elle disait. M. Jalali hocha la tête puis plia le papier en quatre.

— J'essaie juste d'envisager toute les hypothèses, *jigar*. Aurora et moi pensons qu'il faut être lucide et réfléchir à toutes les options.

À son tour, il regarda Mme Shields. À cet instant, Ava comprit que c'était son idée, à elle. Incroyable ! Leslie n'était dans le coma que depuis quelques jours et sa mère était en train de choisir son urne funéraire. Avec un tel exemple, pas étonnant que Leslie soit une belle-mère aussi épouvantable.

Elle poussa un triste soupir en songeant à sa propre mère. Son père la regarda avec douceur, les yeux pleins de larmes.

— Moi aussi, ça me rappelle de bien sombres souvenirs...

Ava eut la chair de poule. La situation faisait en effet remonter des images enfouies dans sa mémoire : après l'accident de sa mère, son père et elle étaient venus en catastrophe dans ce même hôpital. Mais ils n'avaient pas attendu longtemps. Très vite, les médecins leur avaient annoncé qu'ils ne pouvaient plus rien pour elle. Sa mort avait été rapide et brutale. Mais Ava avait beau n'avoir fait qu'un passage éclair, l'odeur de l'hôpital lui donnait la nausée, tout comme les reproductions de tableaux accrochées aux murs. Sans parler des visages blêmes et angoissés des familles qui attendaient qu'on leur dise si l'être qui leur était cher allait vivre ou mourir. Pour une raison mystérieuse, quand les médecins avaient prévenu Ava et son père qu'il n'y avait plus d'espoir, elle n'avait pas pleuré tout de suite. Elle s'était levée, avait marché jusqu'au distributeur automatique et étudié les différentes friandises et boissons alignées derrière la vitre. Puis elle avait glissé une pièce dans la fente et choisi un paquet de Monster Munch, les préférés de sa mère. Comme si, en les achetant, elle pouvait faire revenir sa mère.

Si Leslie mourait, Ava éprouverait de la culpabilité, et non de la tristesse. Mais elle se doutait à quel point cela devait être douloureux pour son père. Leslie était le second amour de sa vie. Et Ava le lui avait enlevé. Éprouvant soudain le désir de le réconforter, elle lui caressa le bras.

— On est là l'un pour l'autre. Comme toujours. Ça va aller.

— Tu es une merveilleuse fille, murmura M. Jalali, ce qui déclencha chez elle une bouffée de culpabilité.

Puis il la dévisagea.

— Tu n'avais pas une fête d'Halloween, ce soir ?

Elle secoua la tête.

— Je ne te laisse pas seul. Et encore moins avec Mme Shields.

— Oh, Ava…, soupira-t-il. Tu devrais y aller. T'amuser un peu. Je sais que tu adores les fêtes déguisées. Alex y va ?

— Non, il finit son travail tard, répondit-elle.

Elle esquissa un sourire. Maintenant que les charges qui pesaient sur lui étaient levées, Alex était redevenu l'idole de son père.

— Et tes amies ?

Ava avait reçu des textos de Caitlin et de Mac, qui lui demandaient si elle irait chez Nyssa. Mac avait décidé d'y aller pour pouvoir surveiller Claire. Ava se sentit soudain coupable : elle devait les accompagner. L'union fait la force.

— D'accord, je vais y passer, lâcha-t-elle en hochant la tête. Mais si tu as besoin de moi, ou s'il se passe quelque chose, surtout tu m'appelles. OK ?

— Bien sûr, glissa-t-il avec tendresse.

La mère de Leslie, elle, lança un regard à Ava comme si elle venait d'annoncer qu'elle sortait pour se faire une ligne de coke.

Ava se leva et s'éloigna en réfléchissant au costume qu'elle pourrait improviser et au fait qu'elle devrait prendre une douche pour évacuer l'odeur de l'hôpital. Au moment où elle atteignait la porte, son père lui lança :

— Ava ?

Il fouilla dans la poche de son pantalon et en sortit un petit objet.

— J'avais oublié… J'ai trouvé ça. C'est à toi, non ?

Ava revint sur ses pas et tendit la main. Son père posa sa trouvaille sur sa paume ouverte. Elle l'examina un moment. Il s'agissait d'une boucle d'oreille en fil d'argent avec des perles d'ambre.

— Non, dit-elle en secouant la tête.

Son père eut l'air troublé.

— Tu es sûre ? Je l'ai trouvée par terre, dans ma chambre, et ça n'est pas à Leslie.

Ava sentit son ventre se nouer tandis qu'une impression fugitive de déjà-vu lui traversait l'esprit. Puis son cœur cessa de battre un instant.

— Tu l'as trouvée dans ta chambre ? s'écria-t-elle.

Il hocha la tête, étonné.

— Oui, pourquoi ?

Une autre pensée jaillit dans son cerveau, mais elle la garda pour elle. *La chambre avec le balcon d'où est tombée Leslie ?*

— Qu'est-ce qu'il y a ? insista son père.

— Euh… Rien. On se voit plus tard. Je t'aime.

Elle tourna les talons et se précipita vers la sortie tandis que les pensées se bousculaient dans sa tête. Elle devait aller à cette soirée et trouver les autres le plus vite possible.

La boucle d'oreille appartenait à Julie.

Chapitre vingt-huit

Le vendredi soir, un ours blanc d'un mètre quatre-vingt-dix percuta Mac. D'un coup de patte maladroit, il tenta ensuite d'essuyer la bière qui avait éclaboussé son tee-shirt.

— Désolé ! lâcha-t-il dans un éclat de rire.

Mac crut reconnaître Sander Dennis, un élève de son cours de chimie. Sa copine, une fille de première, gloussa avant de se diriger vers la table du DJ, où se trouvait la fontaine à bière.

— T'as pas de déguisement ?

Mac leva les yeux. Un type de terminale, qui portait un costume d'oiseau bleu et blanc et un panneau sur lequel était écrit : QUOI DE NEUF ? 140 CARACTÈRES MAXIMUM. Il lança un regard alcoolisé à Mac, alors que la fête venait tout juste de commencer.

— J'ai pas trop eu le temps de m'en occuper, lâcha-t-elle.

— Nul ! répliqua-t-il avant de s'éloigner.

Avec un soupir, elle balaya la pièce du regard. Si seulement elle avait pu lui dire qu'elle n'était pas venue ici pour fêter Halloween mais pour sauver une vie… Elle avait la prémonition que c'était ce soir que le tueur prévoyait de s'attaquer à Claire. Le contexte était parfait : une fête bruyante et bordélique, des litres d'alcool, un paquet de suspects potentiels. Exactement leur raisonnement quand elles s'en étaient prises à Nolan pendant *sa* fête.

Un frisson la traversa. Elle devait à tout prix trouver son ex-amie. Quelques heures plus tôt, elle avait posté un message sur Facebook à propos de son déguisement « top secret ». Mais elle avait aussi publié une photo de Mac et Oliver en train de s'embrasser avec une légende immonde. Mais Mac avait décidé de ne pas relever ce nouvau coup bas. Ni le fait que, visiblement, après le resto, Claire les avait suivis dehors pour les espionner en train de s'embrasser. Si elle voulait la sauver, mieux valait ne pas penser à tout ça.

Elle avait été voir quelques autres pages, sur Facebook. Toujours pas de nouveau post sur celle d'Ashley, mais de nombreux messages de gens qui manifestaient leur sympathie. Ceux qu'Ava avait reçus étaient à propos de sa belle-mère, alors qu'elle n'avait rien écrit depuis longtemps. Rien de nouveau non plus sur la page de Julie. Sa dernière activité datait d'avant le fameux mail d'Ashley : elle avait mis en ligne un lien vers un article intitulé « Les dix meilleures musiques à télécharger pour booster votre week-end ». Bien évidemment, aucune info sur sa présence éventuelle à la fête de Nyssa.

Mac ferma les yeux et se rappela la vision de Julie passant en voiture devant la maison de Claire. Peut-être y avait-il une explication ? Julie pouvait très bien connaître quelqu'un d'autre dans cette rue. Et peut-être qu'elle conduisait doucement parce qu'elle cherchait une maison ? Pas forcément celle de Claire. Pourquoi Julie serait-elle derrière tout ça ? Pourquoi aurait-elle pris un tel risque ? Après tout, elle était peut-être venue là pour la même raison que Mac : vérifier que tout allait bien pour Claire. Oui, bien sûr, ça devait être pour ça.

Une chanson de Katy Perry sortit des enceintes et des dizaines d'invités se précipitèrent vers la piste en poussant des cris surexcités. Mac se dirigea vers le patio et fit le tour de la piscine. Une bande de terminales étaient en train de disputer une partie féroce de water-polo tandis que des filles sautaient dans l'eau en retenant leur bikini d'une main.

Soudain, elle la vit. Claire. Assise avec une violoniste de leur orchestre, une bière à la main, elle était déguisée en bonbon de Candy Crush. Mac était tellement soulagée qu'elle faillit sourire. Elle s'approcha. Claire leva les yeux et fronça les sourcils en l'apercevant. Elle murmura quelque chose à l'oreille de sa voisine, qui éclata de rire. Mac ne se troubla même pas. Seule comptait sa mission.

— Salut, Claire, lança-t-elle en avançant vers son ancienne amie.

Celle-ci la regarda d'un air perplexe avant d'esquisser un sourire en coin.

— Super costume. Ou bien, pas de costume ? C'est une fête déguisée, ce soir, bolosse. Mais c'est peut-être ça, ton déguisement – une grosse bolosse ?

Puis, après avoir échangé un regard, elle et sa copine se levèrent et partirent vers la maison.

— Attends ! s'exclama Mac.

Mais Claire ne se retourna pas.

Tant pis. Mac était déterminée à les prendre en filature. Elle les suivit de loin, tout en surveillant la foule d'invités pour voir si quelqu'un d'autre observait Claire ou se préparait à l'agresser. Mais elle n'aperçut que des Marilyn Monroe minables, des rock-stars débraillées, quelques Daft Punk et les inévitables sorcières, chats et autres bonnes sœurs pourries. Tous étaient occupés à boire ou à prendre des photos avec leurs portables.

Sans perdre de vue Claire, elle passa la porte vitrée et entra dans la cuisine, où une fausse tête décapitée trônait au milieu d'un plateau. À côté étaient posés des bonbons en forme d'œil et quelque chose qui ressemblait vaguement à un cerveau humain. Un couple de footballeurs vêtus du simple maillot des Seahawks, les yeux rougis et l'air coupable, sortit en riant du cellier, les bras chargés de pots de Nutella et de paquets de biscuits. Ils percutèrent Mac, qui bouscula la fille devant elle. Qui n'était autre que Claire.

— Attention ! s'exclama-t-elle en se retournant.

— Désolée, lâcha Mac en baissant les yeux.

Claire croisa les bras sur sa poitrine en fronçant les sourcils.

— C'est quoi ton problème, Mackenzie ? Pourquoi tu me suis comme ça ? T'as pas compris que je ne voulais plus être ton amie ?

Mac se rappela le post que Claire avait mis sur Facebook. C'est sûr, ça devait lui paraître étrange.

— Désolée. Je…

— Tu quoi ? aboya Claire. Tu vas surtout me foutre la paix, maintenant !

Puis elle tourna les talons et se dirigea vers l'escalier. Mac se précipita pour lui emboîter le pas, mais une main brandie devant elle l'arrêta dans son élan. Elle se retrouva nez à nez avec Blake, déguisé en Anthony Kiedis des Red Hot Chili Peppers. Torse nu. Elle ne put s'empêcher de remarquer ses abdominaux magnifiques.

Il regarda Mac, puis Claire qui montait les marches.

— Tu crois probablement que c'est une bonne idée de vouloir à tout prix faire la paix, hurla-t-il pour se faire entendre malgré la musique. Mais c'est peut-être une cause perdue.

Mac s'écarta.

— Tu ne comprends pas.

— Non, en effet, répliqua-t-il, les mains dans les poches. Tu essaies d'être bonne copine. Mais elle a changé, Macks. Claire n'est plus la fille que tu as connue.

— Je m'en fous, répondit-elle sèchement. Je veux juste être sûre qu'elle est en sécurité.

— Tu veux dire par rapport à l'alcool ? À mon avis, c'est trop tard.

Pas question d'expliquer à Blake les raisons de son inquiétude. Mais peut-être qu'elle exagérait ? Que pouvait-il lui arriver tant qu'elle restait chez Nyssa ? Après tout, en cours de cinéma, elle avait parlé d'une voiture qui renverserait Claire accidentellement – ce qui ne risquait pas de se produire à l'intérieur de la maison. Vue comme ça, la situation était moins inquiétante et elle put respirer plus librement. Finalement, elle n'avait qu'une chose à faire : s'assurer que Claire ne parte pas.

Tandis qu'elle se tournait vers Blake, il fit un pas vers elle. C'était étrange d'être si près de lui après l'avoir évité pendant des semaines au lycée. Il semblait différent, à présent. Plus grand que dans son souvenir. Plus baraqué et plus mignon, aussi. Il se tenait si proche d'elle que son torse nu touchait presque sa poitrine.

Il tendit la main et toucha doucement ses cheveux.

— Tu es ravissante, ce soir.

Elle eut un rire sec. Il mentait, évidemment, étant donné la dégaine qu'elle avait. Il s'approcha encore et Mac sentit l'odeur familière de sucre et de gâteau qu'il dégageait.

— Tu me manques tellement, Macks.

Elle baissa la tête.

— Blake…

— J'espérais de tout mon cœur que tu acceptes de me parler de nouveau. Sans toi, la vie n'a pas la même saveur. Tu as lu ma carte ?

Elle aurait aimé répondre non. Lui dire qu'elle s'en fichait, de sa carte. Mais sa lèvre trembla et elle ne réussit pas à articuler le mot. Il lui releva le menton et, en silence, plongea ses yeux dans les siens. Elle crut défaillir. Dans sa tête, c'était un feu d'artifice de pensées, de questions. Pouvait-elle le croire ? Il semblait sincère. Mais la dernière fois aussi… Comment être certaine qu'il pensait vraiment ce qu'il disait ?

Presque sans s'en rendre compte, elle se pencha vers lui. Elle avait envie de lui faire confiance. Besoin, surtout. Peut-être le pouvait-elle ? Autour d'elle, les sons s'estompèrent. Elle approcha son visage de celui de Blake et ferma les yeux. Comme c'était bon de sentir de nouveau ses lèvres.

— Mac !

Quelqu'un lui secouait l'épaule, la ramenant brutalement à la réalité. Lorsqu'elle ouvrit les yeux, elle aperçut Ava qui se tenait à côté d'elle, l'air stressé.

— Je suis vraiment désolée de vous interrompre, dit-elle en les regardant tour à tour. Mais il faut que je te parle, Mac.

Elle n'avait jamais vu Ava dans un tel état de panique. Son cœur se mit à battre à tout rompre. Elle se tourna vers Blake et bafouilla :

— Euh… Je suis désolée, je…

Mais Ava lui coupa la parole et lui prit le bras.

— Maintenant !

Chapitre vingt-neuf

Caitlin vérifia une dernière fois sa tenue de pom-pom girl et sortit de la voiture avec Vanessa, qu'elle était passée prendre sur le chemin. Elles étaient garées à quelques mètres de la maison de Nyssa, dans le quartier résidentiel de Beacon, l'un des plus élégants de la ville. À cette distance, Caitlin entendait déjà résonner les basses puissantes de la sono et pouvait voir des groupes sur la pelouse, des gobelets rouges à la main, qu'ils ne cherchaient pas à cacher. Parmi eux, elle reconnut Corey Travers, un élève de troisième qui faisait partie de l'équipe junior de foot.

— Salut les miss ! cria-t-il. Super match !

Caitlin et Vanessa affichèrent un large sourire. Corey faisait allusion à la rencontre contre Franklin qui avait eu lieu dans l'après-midi. Elles avaient dominé durant toute la partie, et Caitlin en était d'autant plus fière que c'était sa première compétition en tant que cocapitaine. Vanessa, qui, fidèle à son surnom, était déguisée en Viking, donna un coup de coude dans les côtes de son amie.

— Il est super mignon !

— Mais c'est un gamin ! lâcha Caitlin en riant.

— Depuis quand c'est un problème ? la taquina Vanessa, les yeux brillants, en lançant un coup d'œil vers Jeremy, qui était enfin sorti de la voiture et marchait quelques pas derrière eux. Caitlin rougit et lui donna un coup sur son casque. Vanessa éclata de rire et rejoignit la foule en secouant ses longs cheveux blonds et en agitant son bouclier en plastique.

Caitlin ralentit pour attendre Jeremy. Il était resté silencieux durant tout le trajet et avait la mine renfrognée.

— Fais pas attention à ce qu'elle dit, glissa-t-elle rapidement, espérant qu'il n'ait pas été vexé par l'allusion au « gamin ». Quand on la connaît, elle est vraiment chouette, je te promets.

— Mmmh, marmonna-t-il.

Ils entrèrent dans la maison. En apercevant la foule d'invités, Jeremy s'assombrit davantage. Il avait l'air crispé et gêné. Caitlin lui donna une petite tape sur l'épaule pour le taquiner, mais il ne réagit pas, mal à l'aise dans son déguisement de bûcheron qu'elle avait créé pour lui avec des affaires trouvées dans le garage. Clairement, ça n'était pas son choix : il aurait mille fois préféré qu'ils restent à la maison, vautrés dans le canapé à regarder *Dr Who* et à s'embrasser.

— Regarde ça ! s'exclama Caitlin avec une gaieté forcée, en désignant un squelette grandeur nature.

Puis elle éclata de rire en voyant un garçon qui portait un masque d'alien.

— Et lui ? C'est un personnage de *Star Trek*, non ?

— Une version ratée, ouais, lâcha Jeremy d'un ton aigre.

Caitlin lui prit la main.

— Viens, on va se chercher une bière, proposa-t-elle avec l'espoir qu'un verre ou deux le dérideraient.

Le salon était plein à craquer, l'atmosphère moite et la plupart des invités étaient déjà saouls. À l'autre bout de la pièce, la fontaine à bière était prise d'assaut, tandis qu'un groupe de garçons étaient en train de trinquer en levant des verres remplis d'un liquide vert fluo. Caitlin se fraya un chemin, sourire aux lèvres, mais elle sentait Jeremy tendu. Voire dégoûté. Cam Washington, un autre joueur de l'équipe de foot, s'approcha d'elle et lui donna une tape amicale dans le dos.

— Bravo pour les deux buts ! lança-t-il, l'haleine chargée.

— Merci, lâcha Caitlin d'une petite voix.

Puis, avec un geste vers Jeremy, elle ajouta :

— Tu connais Jeremy, non ?

Cam jeta sur lui un regard flottant.

— Euh… Non, je crois pas qu'on se soit rencontrés.

Une ombre passa sur le visage de Jeremy et il contempla la main tendue sans la serrer. Caitlin comprit instantanément ce qui lui passait par la tête : Cam avait déjà vu Jeremy des dizaines de fois. C'était un des bons copains de Josh et il était toujours fourré chez les Friday. Son trou de mémoire laissait supposer que Jeremy n'était pas assez important pour qu'on se souvienne de lui.

Derrière eux, quelqu'un s'exclama soudain :

— Caitlin !

Elle se retourna. Vêtu du maillot de Manchester United de David Beckham, Josh était assis dans un fauteuil, sa jambe plâtrée allongée sur une chaise devant lui. À son regard brillant, elle comprit qu'il avait déjà bu un certain nombre de bières. Elle lui fit un petit signe de la main auquel il répondit.

— Tu vas écrire un mot sur mon plâtre ? hurla-t-il en brandissant un gros marqueur.

Elle se raidit. Du coin de l'œil, elle apercevait le visage de Jeremy, de plus en plus sombre.

— Allez ! s'écria Josh. Tu m'avais promis de le faire, rappelle-toi !

Elle blêmit. Jeremy tourna les talons et partit. Caitlin esquissa un sourire d'excuse avant de se précipiter derrière lui. Elle s'en voulait à mort : quand Josh lui avait demandé par texto, l'après-midi, si elle accepterait de signer son plâtre, elle avait en effet répondu oui.

Jeremy lui lança un regard noir.

— Est-ce que tu m'aimes vraiment ?

Elle frémit, surprise par la dureté de sa voix.

— Pourquoi tu me demandes une chose pareille ?

Il détourna les yeux.

— On dirait plutôt que tu préférerais retourner avec mon frère. Comme si tu regrettais.

Elle poussa un soupir. Elle aimait sa sensibilité à fleur de peau, sa capacité à détecter ce qu'elle ressentait. Mais cela lui rendait parfois la tâche difficile.

— Non, dit-elle. Je ne veux pas retourner avec Josh.

— Quand est-ce que vous vous êtes parlé ?

— Il m'a envoyé un texto cet après-midi, à propos de son plâtre, répondit-elle en haussant les épaules. J'ai accepté de signer, pour être gentille.

— Comme si lui, il avait été gentil avec toi, ironisa-t-il.

— Tu es injuste, répliqua-t-elle.

Puis, après avoir respiré un grand coup, elle ajouta :

— Jeremy, si on veut avancer, toi et moi, on doit

s'accommoder de ton frère. Je n'ai pas de raison d'être méchante avec lui et tu ne peux pas m'en vouloir juste parce que j'ai parlé avec lui. On ne peut pas renier le passé. Il faut que tu prennes un peu sur toi pour faire plus de compromis. Ce que tu n'as pas beaucoup essayé de faire ces derniers temps.

Il fronça les sourcils.

— Qu'est-ce que tu veux dire ?

— Que…

Son cœur s'accéléra. Elle ne voulait pas en arriver là. Tellement pas. Mais elle sentait bouillir en elle un besoin irrépressible de dire les choses. Pour ne pas exploser.

— Je suis fière de jouer au foot, voilà ce que je veux dire. Même si je ne suis pas certaine d'y consacrer ma vie, pour l'instant j'aime ça, et ça compte pour moi. Et on dirait que tu… Que ça a franchement l'air de t'énerver, en fait.

Il la dévisagea, bouche bée.

— J'étais énervé parce que tu avais annulé notre soirée.

— Ce que je comprends très bien, coupa-t-elle. Mais tu m'as culpabilisée à mort. Comment j'aurais pu deviner que tu avais prévu de m'emmener à ce concert ? Tu m'en avais jamais parlé avant !

— C'était censé être une surprise !

Elle baissa les yeux.

— Je suis désolée, vraiment. Mais je ne pouvais pas laisser tomber mon équipe. La soirée d'intégration a lieu une fois par an et c'est important que les capitaines y participent.

Il haussa les épaules d'un air las.

— Quant à ce soir, j'ai plein d'amis qui sont là,

poursuivit-elle. J'aime les fêtes, Jeremy. Si tu faisais un effort, peut-être que tu aimerais ça aussi.

Il répliqua aussitôt :

— Ça m'étonnerait.

— Peut-être qu'on est trop différents, alors, conclut-elle calmement.

En disant ça, elle eut un pincement au cœur. Elle n'avait aucune envie de rompre avec lui, mais elle ne voulait pas non plus le rendre malheureux. Et la tête qu'il faisait, à l'instant, laissait penser qu'il l'était.

Il fronça les sourcils et se rembrunit. Mais il n'eut pas le temps de parler : Ava et Mac se précipitaient vers eux, l'air bouleversé.

— Tu as vu Julie ? demanda Ava.

Caitlin secoua la tête. Entendre ce nom la mit mal à l'aise. Elle n'avait pas réussi à chasser cette impression désagréable que quelque chose clochait chez Julie. Elle avait préféré ne pas raconter aux autres qu'elle l'avait trouvée bizarre lorsqu'elle l'avait vue, la veille, en se disant que Julie était peut-être simplement préoccupée.

— Il faut qu'on la trouve, lâcha Ava. Et vite.

— Pourquoi ? questionna Caitlin en sentant l'angoisse monter.

Ava et Mac lancèrent un coup d'œil à Jeremy. Il s'éloigna d'un air énervé.

— À plus tard, lança-t-il sèchement en se dirigeant vers la porte.

Caitlin le retint par le bras.

— Tu pars ?

— J'ai rien à faire ici, répondit-il en se dégageant pour traverser la foule.

— Mais comment tu vas rentrer ? cria-t-elle, inquiète.

Sans même se retourner, il contourna un groupe de pseudo-chanteurs de rock avant de disparaître par la porte. Le désespoir la gagna. L'avait-elle perdu pour de bon ? Aussi bêtement que ça ? Elle voulut le rattraper mais fut arrêtée dans son élan par l'expression paniquée de ses amies. Visiblement, il y avait un sérieux problème.

Ava mit quelque chose dans la main de Caitlin.

— J'ai trouvé ça chez moi.

Elle baissa les yeux et vit une boucle d'oreille.

— Et donc ?

— C'est à Julie, expliqua Ava d'une voix tremblante. Mon père l'a trouvée dans sa chambre. La chambre avec le balcon d'où Leslie a été poussée.

— Et jeudi soir, j'ai vu Julie dans sa voiture passer très lentement devant chez Claire, poursuivit Mac. Pourtant, c'est pas du tout son quartier…

Caitlin frémit.

— Je suis allée la voir hier, avoua-t-elle. Et j'ai vu quelque chose, dans sa véranda… Un bidon d'engrais. À base de cyanure.

Mac laissa échapper un cri.

— Et c'est seulement maintenant que tu nous le dis ?

— C'est pas interdit d'avoir de l'engrais, protesta Caitlin. Et puis, c'est pas parce que tu as vu Julie passer devant chez Claire en voiture que ça veut dire quelque chose. Elle était peut-être dans le coin pour une autre raison.

— Et la boucle d'oreille ? insista Ava.

Caitlin se creusa le cerveau pour trouver une explication plausible. Mais elle avait beau chercher, passer en revue les moindres détails pour tenter de trouver une information, rien à faire : tous les indices convergeaient.

— Pourquoi Julie nous ferait un truc pareil ? souffla-t-elle.

Mais Ava et Mac ne l'écoutaient plus. Toutes les deux regardaient, hébétées, l'autre bout de la pièce.

Julie. Elle avait finalement décidé de venir à la fête.

Chapitre trente

Julie se tenait sur le seuil de l'immense salon, entourée d'une flopée de sorcières, zombies, Kim Kardashian, Superman et autres Justin Bieber. La plupart la dévisageaient d'un air stupéfait, d'autres la contemplaient avec un sourire moqueur. Tous remarquèrent son teint livide et ses cheveux sales, ainsi que son sweat-shirt American Apparel gris et son legging noir – pas exactement un déguisement. *Julie Redding est devenue monstrueuse*, murmuraient-ils certainement. Elle s'en fichait. D'ici quelques heures, elle ne les reverrait plus jamais. Avant cela, elle devait absolument trouver Parker. Mais elle avait beau scruter la pièce, pas la moindre fille pâle et blonde avec un sweat-shirt à capuche en vue.

Julie craignait que Parker n'ait lu le post que Claire avait envoyé à Mac. *Je dois protéger mes amies*, avait déclaré Parker dans les bois. *Claire est ignoble. Autant que les autres*. Le commentaire de Claire avait-il ravivé la haine de Parker ? Julie avait essayé de l'appeler des dizaines de fois depuis qu'elle avait disparu, mais elle ne répondait pas. Elle était convaincue qu'elle viendrait à la fête. Même si ça lui brisait le cœur, c'était la seule piste cohérente.

Parker avait promis. Elle était bien plus atteinte que Julie ne l'avait cru. Elle avait besoin d'être aidée, et Julie n'en était plus capable. La seule chose qu'elle pouvait encore faire, c'était de la trouver avant qu'elle ne mette la main sur Claire.

Quelqu'un lui tapa sur l'épaule. Elle se retourna. Ava, Caitlin et Mac se tenaient devant elle. Déguisée en pompom girl, Caitlin était vraiment mignonne. Ava, elle, paraissait bien plus grande dans sa longue robe noire. Quant à Mac, elle ne portait pas de tenue particulière. Toutes les trois paraissaient inquiètes. Terriblement inquiètes.

— On peut te parler ? demanda Ava.

Julie fronça les sourcils.

— Je dois trouver…

— C'est vraiment important, coupa Caitlin.

Julie les dévisagea à tour de rôle. Elles s'étaient rapprochées, formant un cercle autour d'elle.

— OK, lâcha-t-elle, tendue. Mais vite, alors. Je cherche quelqu'un.

Mac frissonna tandis qu'Ava, prenant Julie par le bras, la conduisit le long d'un couloir, en direction des chambres. C'était plus calme dans cette partie de la maison, même si on entendait des bruits de voix dans la chambre de Nyssa, un peu plus loin. Une vague odeur d'herbe flotta jusqu'à elles.

Julie observa ses amies. Leurs visages fermés la mirent soudain mal à l'aise. Elle laissa échapper un rire sec.

— Qu'est-ce qu'il y a ? Vous me foutez la trouille, là.

Elles la dévisagèrent un moment sans rien dire. Finalement, Ava rompit le silence.

— Tu n'as pas un truc à nous dire ?

Julie sentit son ventre se serrer. Il y avait un milliard de choses dont elle voulait leur parler. Sauf qu'elle n'osait pas.

— Bah… À quel sujet ? demanda-t-elle d'un air dégagé.

Ava sortit quelque chose de sa poche et le brandit sous son nez.

— À ce sujet-là, par exemple.

Julie le lui prit des mains, stupéfaite :

— Mais c'est ma boucle d'oreille ! Où est-ce que tu l'as trouvée ?

L'air grave, Ava répondit :

— Chez moi. À l'endroit où Leslie a été agressée. Dans sa chambre, en fait.

Le cœur de Julie fit un bond dans sa poitrine et son visage se rembrunit. Parker. Elle avait dû les lui emprunter.

— Et j'ai remarqué qu'il y avait du cyanure dans ta véranda, enchaîna Caitlin d'une voix faible.

— Et moi, je t'ai vue dans ta voiture rôder autour de chez Claire, ajouta Mac.

— Qu'est-ce qui se passe, gémit Ava. C'est toi qui as fait tout ça ?

Julie écarquilla les yeux, comprenant tout à coup de quoi elles parlaient.

— Sérieux ? Vous pensez que c'est moi ?

Dans le fond, ça pouvait donner cette impression. Elle avait en effet traîné autour de la maison de Claire pour vérifier que Parker n'y était pas. Quant au cyanure, sa mère gardait un paquet de trucs dans la véranda, Parker devait le savoir et en avoir pris. Et il était tout à fait possible qu'elle ait porté les boucles d'oreilles de Julie quand elle avait poussé Leslie du balcon.

— OK, je comprends pourquoi vous pourriez croire ça,

dit-elle. Mais sincèrement, les filles, c'est pas moi. Vous devez me faire confiance.

— Tout semble pourtant te désigner, répliqua Ava. Alors qu'est-ce qu'on est censées penser ?

Elle hésita un instant avant d'ajouter, d'un air hésitant :

— La question, c'est : pourquoi ? Pourquoi tu nous ferais ça ?

— Faites-moi confiance, c'est tout ce que je vous demande, affirma Julie en les regardant tour à tour. OK ?

La musique hurlait encore plus fort et lui faisait tourner la tête. Elle tendit le cou pour tenter d'apercevoir Parker, craignant qu'elle ne soit en train de poursuivre Claire.

— J'ai une explication à vous donner, lâcha-t-elle. Mais je ne peux pas le faire maintenant.

Elle voulut passer devant elles, mais Ava l'arrêta.

— Et pourtant tu vas le faire, lança-t-elle. On ne te laissera pas partir tant que tu ne nous auras pas expliqué.

La panique gagna Julie.

— Laissez-moi sortir ! hurla-t-elle.

— Pas question ! répondit Mac en se plaçant derrière Ava.

Julie se débattit pour leur échapper.

— Lâche-moi ! Il faut absolument que je l'en empêche !

Toutes les trois la dévisagèrent, stupéfaites. Ava resserra son étreinte.

— Empêcher qui ?

Julie les regarda, les yeux brillants. Elle ne voulait pas le dire ! Vraiment pas. À la seconde où son nom franchirait ses lèvres, elle trahirait Parker définitivement.

— C'est évident, non ? s'exclama-t-elle. Qui n'est pas avec nous en ce moment ? Qui d'autre est au courant, pour notre liste ?

— Toi, Julie ! cria Mac. Toi, tu sais, et c'est toi qui es derrière tout ça.

— Non, c'est pas moi !

Ses yeux se remplirent de larmes. Elle avait l'impression de sentir la présence de Parker – comme si elle assistait à la scène par-dessus son épaule et comprenait soudain à quel point elle était une amie pourrie. Julie lui avait promis de ne jamais trahir son secret. Elle avait juré sur sa vie qu'elle n'en parlerait à personne. Et elle était là, sur le point de tout raconter.

Désespérée, elle enfouit son visage dans ses mains.

— Je n'ai rien fait de mal ! C'est Parker qui est responsable.

D'un geste brusque, elle se dégagea de l'emprise d'Ava.

— J'essaie juste de la protéger. Et de protéger Claire. Parker est malade, vous comprenez ça ? Et si vous ne m'aidez pas à la trouver au plus vite, elle va s'en prendre à Claire.

Elle leva les yeux, guettant leur réaction. Elle s'attendait à des visages stupéfaits et à des regards compréhensifs. Mais au lieu de ça, elle découvrit le visage blême d'Ava, les yeux écarquillés de Caitlin et le regard plein de pitié de Mac. À les voir, on aurait dit qu'elles partageaient un secret. Comme si elles avaient tenu Julie à l'écart de quelque chose.

Elle frémit.

— Alors vous venez, ou pas ? lança-t-elle d'un ton sec.

D'une voix hésitante, Ava finit par parler.

— Tu veux qu'on aille avec toi chercher Parker ? demanda-t-elle.

— Parker Duvall ? murmura Mac.

— Oui, répondit-elle. Parker Duvall, notre amie.

Elle les observa l'une après l'autre. Elles semblaient pétrifiées, comme si une mauvaise fée leur avait jeté un sort.

— Qu'est-ce qu'il y a ? s'exclama-t-elle d'un ton énervé. Pourquoi vous me regardez comme ça ? Vous venez ou pas ?

— Julie…, intervint Caitlin d'une voix douce.

Elle échangea un regard avec les autres. Les yeux d'Ava étaient pleins de larmes et Mac avait le menton qui tremblait. Puis elle la contempla de nouveau, d'un air triste et inquiet. Très inquiet.

— Parker est morte depuis plus d'un an, Julie.

Chapitre trente et un

Ava observa Julie qui devenait rouge écarlate. Affaissée contre le mur, cette fille qu'elle pensait connaître tremblait de tout son corps.

— Non, murmura-t-elle. C'est pas vrai. Vous mentez.

Mac sanglotait à présent.

— Parker est morte, Julie ! Son père l'a tuée. Il l'a battue à mort, le soir où elle est rentrée après avoir pris de l'Oxy.

Julie poussa un gémissement.

— Non, il ne l'a pas tuée ! Elle a survécu !

Ava lança un coup d'œil désespéré aux autres.

— Non, malheureusement, insista-t-elle d'une voix douce. Il y a eu des tas de commémorations au lycée. Plus que pour Nolan et Granger réunis. Tu ne te souviens pas ?

Ava, elle, s'en rappelait. Parker était morte à peine quelques semaines après sa mère. Elle la connaissait peu. Elle l'avait seulement vue quelques fois chez Nolan – ils étaient si proches, tous les deux. Après leur rupture, lorsqu'il avait lancé ces rumeurs la concernant, Parker était venue la voir. « Parfois, il se conduit vraiment comme un connard, lui avait-elle dit. Tu veux que je lui parle ? » Même si Ava avait décliné la proposition, elle lui avait été reconnaissante de l'avoir ainsi soutenue.

Elle se souvenait du jour où elle avait appris que Parker était morte. Au début, on avait parlé d'une overdose accidentelle – la jeune fille rebelle morte après avoir fait la fête toute la nuit. Mais à cause des nombreuses blessures sur son visage et son corps, la vérité avait rapidement éclaté.

— C'est grâce à toi qu'on a su pour son père, raconta Ava d'une voix brisée. C'est toi qui l'as fait arrêter. La mère de Parker ne voulait pas avouer.

— Et tu es allée à son enterrement, a rappelé Mac.

— Tu as même parlé, ajouta Caitlin.

Julie ne pouvait rien faire d'autre que les dévisager, médusée. Ava sentit son cœur se serrer en voyant son visage ravagé. En cours, elle avait étudié des articles sur le syndrome post-traumatique et il y avait eu de nombreuses réunions sur le sujet au lycée. Julie était la meilleure amie de Parker, elle pouvait comprendre que sa mort violente l'ait traumatisée. Ce qui la choquait, c'était qu'elle ait pu entretenir une telle illusion sans que personne s'en rende compte. Était-il possible qu'elle ait tout occulté ?

Caitlin tendit la main pour prendre celle de Julie, mais celle-ci recula.

— *C'est faux !* hurla-t-elle si fort que les voix, dans la chambre de Nyssa, se turent un instant, avant de laisser la place à des éclats de rire.

— Parker était tout le temps avec nous. Vous êtes en train de me dire qu'elle n'était pas en cours de cinéma ? Mais c'est *elle* qui a lancé cette fameuse discussion.

Ava écarquilla les yeux.

— Non, Julie, c'est toi. C'est toi qui as cité en premier la personne que tu voulais voir disparaître.

— En vrai, tu en as nommé deux, précisa Caitlin. Le père de Parker… et Ashley.

Julie secoua la tête.

— C'est Parker qui a parlé d'Ashley, pas moi. C'est elle qui a lancé le sujet. Elle était avec nous à la fête de Nolan. Et aussi dans la maison de Granger.

À leur tour, les autres filles remuèrent la tête. Mais elle ne sembla pas le remarquer.

— C'est elle, l'assassin !

Sa voix et son visage étaient méconnaissables.

— C'est elle qui a fait tout ça. Je sais que ça vous paraît dingue, mais elle voulait nous aider. Elle cherchait juste à nous protéger. Bien sûr, elle se trompait. Je le sais. Mais elle a agi pour notre bien.

Après une seconde de silence, elle pointa son doigt vers Caitlin.

— La mort de Nolan t'a réconfortée.

Puis, désignant Ava :

— Et toi, reconnais que tu es trop heureuse d'être débarrassée de Leslie. Ça t'a permis de retrouver ton père.

— Chut ! s'exclama Ava en fronçant les sourcils, craignant que quelqu'un ne les entende.

— Parker avait raison, poursuivit Julie d'une voix soudain calme et froide.

Elle fixa sur Mac un regard intense.

— Aucune de ces personnes ne méritait de mourir, même pas Nolan. Donc je dois trouver Parker avant qu'elle ne tue Claire. Et vous allez me laisser faire.

D'un seul coup, elle se rua vers la porte en poussant brutalement Mac contre le mur, et se mit à courir dans le couloir. Lorsqu'elles s'élancèrent à sa suite, c'était trop tard : elle avait disparu, engloutie par la foule.

Ava s'arrêta près d'un groupe d'ados en train de danser mollement et lança un coup d'œil à Mac.

— Où est-ce que tu as vu Claire pour la dernière fois ?

Mac pâlit.

— Quelque part par là, répondit-elle en se hissant sur la pointe des pieds pour essayer de voir par-dessus les têtes.

Soudain, un cri retentit :

— Les flics !

Tout le monde se mit à courir dans tous les sens en poussant des hurlements. La foule costumée se précipita vers les portes, se bousculant pour sortir. Ava s'efforça d'avancer à contre-courant pour partir à la recherche de Julie.

Avant qu'elle ne tue à nouveau.

Chapitre trente-deux

Mac passait d'une pièce à l'autre en appelant Claire d'une voix désespérée. *Pourvu qu'elle soit encore dans la maison*, se répétait-elle comme un mantra. Les gens quittaient les lieux, fuyant la police. Dehors, des voitures étaient garées le long du trottoir, toutes sirènes hurlantes. À un moment donné, Mac entendit des cris et des bruits de pas précipités. Elle s'arrêta un instant pour prêter l'oreille, mais les sons s'éloignèrent. Tous les jeunes se dirigeaient vers les bois dans l'espoir de ne pas se faire attraper. Claire se trouvait-elle parmi eux ?

Elle s'arrêta sur le seuil de la porte d'entrée. Les policiers encerclaient la pelouse pour retenir les gamins. Un des flics criait dans un mégaphone : « Si vous avez bu ou consommé des drogues, ne prenez pas votre voiture. Nous vous raccompagnerons. Je répète… »

— Claire ? appela Mac en croyant reconnaître son ancienne amie au milieu d'un groupe.

Mais personne ne tourna la tête. Ils filèrent à toute allure. Mac chercha Julie du regard, mais elle aussi avait disparu. Son cœur battait à tout rompre. Elle n'arrivait toujours pas à comprendre comment Julie pouvait croire que Parker était encore en vie. Pire que ça : elle était persuadée que Parker avait été la cinquième fille de la bande. Que signifiait un tel comportement ? Était-ce un dédoublement de la personnalité ? Avait-elle agi tout ce temps-là en pensant qu'elle était Parker ?

Mac s'étonna qu'aucune d'entre elles n'ait repéré plus tôt un tel dysfonctionnement. Elle se rappelait à présent certains moments où Julie avait semblé réagir de manière étrange, comme si elle était en contradiction avec elle-même. Sur le coup, Mac avait imaginé que c'était une manière d'envisager les problèmes sous tous leurs angles. En plus, Julie n'avait pas vraiment de famille susceptible de remarquer quoi que ce soit. La plupart du temps, sa mère ne devait même pas savoir où était sa fille. Si seulement elles avaient fait plus attention à elle… Auraient-elles pu éviter un tel désastre ?

Consciente des minutes qui passaient, elle chassa ses pensées pour faire face à l'urgence du moment : où était-elle passée ?

Elle aperçut une ombre traverser la rue et se rendre dans la direction opposée à celle des voitures de police. Lorsqu'elle reconnut le déguisement coloré, elle eut un coup au cœur. Claire. Qui, à présent, se tenait au beau milieu de la route, visiblement en train de regarder quelque chose sur son portable.

— Claire ! cria-t-elle en courant dans sa direction.

Celle-ci leva la tête et fronça les sourcils en la voyant.

— Va-t'en, lança-t-elle d'un air ennuyé.

— Éloigne-toi de la route ! s'exclama Mac.

— Pourquoi ? répliqua Claire, avec une drôle de tête.

Au même instant, Mac entendit le vrombissement d'un moteur.

— Claire !

Le bruit du moteur s'emballa de plus belle. Une odeur de caoutchouc brûlé se répandit dans l'air. Et soudain, sortie de nulle part, une voiture surgit et fonça droit sur Claire.

— Non ! gémit Mac.

Elle courut de toutes ses forces. La lumière des phares brillait sur l'asphalte. Le véhicule roulait de plus en plus vite. À cent mètres de là étaient garées les camionnettes de la police. Claire finit par regarder vers la voiture. Sans bouger, elle leva un bras, aveuglée par les phares blancs.

— Cours ! rugit Mac.

Elle parvint à la hauteur de Claire une fraction de seconde avant la voiture et se précipita sur elle, la projetant au sol. Elles atterrirent de l'autre côté de la route et heurtèrent violemment le trottoir. Claire poussa un hurlement. Mac avait le souffle coupé. Dans un crissement de pneus, la voiture passa à quelques centimètres d'elles. Roulant à tombeau ouvert, elle disparut au coin de la rue.

Mac entendit un gémissement derrière elle et se retourna. Claire s'était redressée, mais elle restait là, l'air hagard. Sa main gauche reposait dans le creux de son bras droit. Elle leva les yeux et dévisagea Mac, comprenant soudain qu'elle lui avait sauvé la vie.

Sans un mot, Claire contempla sa main. À son tour, Mac la regarda. Ses doigts étaient tordus dans des positions étranges. L'auriculaire, en particulier, formait des angles inhabituels.

— Oh, non…, lâcha-t-elle. Tes doigts…

Claire était livide. Elle ouvrit la bouche pour parler. Mais, au même instant, ses paupières se fermèrent et elle s'affaissa dans l'herbe.

Chapitre trente-trois

Une heure plus tard, Caitlin se trouvait dans le hall du commissariat, en compagnie d'Ava et de Mackenzie. L'endroit semblait en état d'alerte maximale : des policiers se pressaient dans tous les sens, les téléphones sonnaient, les imprimantes crachaient des feuilles sans discontinuer et tout le monde parlait en même temps. Le cœur de Caitlin battait encore à vive allure. Elle avait accouru peu de temps après la chute de Claire, mais les secours et les officiers de police avaient ordonné à tout le monde de s'éloigner des lieux et de rentrer à la maison. Elles n'avaient pu s'y résoudre. Il fallait qu'elles viennent ici. Pour dire la vérité.

McMinnamin apparut sur le seuil de la porte et examina les filles d'un air sombre.

— Suivez-moi, lâcha-t-il d'un ton bourru.

Sans un mot, elles lui emboîtèrent le pas. Les sourcils froncés, Caitlin scrutait les visages des flics qu'elles croisaient pour tenter de deviner ce qui s'était passé. Comment allait Claire ? Depuis que les portes de l'ambulance s'étaient refermées sur elle, personne n'avait eu de ses nouvelles. Était-ce vraiment Julie qui avait essayé de l'écraser ? Au moins, les flics ne les soupçonnaient plus désormais. Du moins elle l'espérait.

L'inspecteur les conduisit dans une pièce vide et, d'un signe de la main, les invita à s'asseoir.

— Sacrée nuit, hein ?

Elles hochèrent la tête. Ava était tellement oppressée qu'elle avait du mal à respirer.

— Vous savez quelque chose, c'est ça ? demanda McMinnamin, les mains sur les hanches. C'est pour ça que vous êtes là ?

Caitlin échangea un regard avec ses amies. C'était le moment de parler, elle le savait. Mais elle avait le cœur serré à l'idée d'abandonner Julie. Elles s'étaient juré de rester solidaires.

Mac prit une profonde inspiration.

— Nous pensons que c'est Julie Redding.

McMinnamin fit un signe de tête, les mâchoires crispées.

— OK.

Les yeux rivés au sol, Caitlin poursuivit :

— Elle a avoué. En quelque sorte.

Cela restait difficile à comprendre, pourtant, oui, Julie avait avoué. Plus ou moins. Elle avait dit que c'était Parker, mais Parker n'était plus là.

— Et ensuite, elle s'est enfuie, ajouta Ava. On craint que ça soit elle qui ait blessé Claire Coldwell.

L'inspecteur acquiesça.

— C'est également ce que nous croyons.

Caitlin releva vivement la tête.

— Comment ça ? Vous aussi ?

— Oui. Nous surveillons Julie Redding depuis un moment.

L'air ébahi, Caitlin dévisagea le policier.

— Mais… Mais comment en êtes-vous arrivés à cette conclusion ?

Comme si elle attendait ce moment-là pour faire son apparition, Mme Rose entra dans la pièce. L'air grave, une tasse de café à la main, elle adressa un rapide signe de tête à la ronde :

— Inspecteur. Mesdemoiselles.

McMinnamin l'invita à s'asseoir.

— Caitlin était justement en train de me demander comment nous avons compris que Julie Redding était notre suspecte. Pouvez-vous éclairer ces jeunes filles ?

— Bien sûr.

Après s'être installée sur la chaise, Mme Rose réfléchit un instant avant de prendre la parole.

— Pendant mon entretien avec Julie, l'autre jour, j'ai saisi un certain nombre de choses. Elle vit dans un endroit chaotique et désordonné. Elle a besoin d'un ancrage, de stabilité. J'ai soigné un certain nombre de personnes souffrant du « trouble de l'identité multiple » et j'ai aussitôt diagnostiqué les symptômes de cette pathologie chez Julie.

— C'est quand on croit qu'on est plusieurs personnes ? interrogea Ava.

— Oui. On parle de « trouble de l'identité multiple » lorsque quelqu'un a au moins deux identités distinctes. Pas simplement deux noms, mais bien deux *personnalités*. C'est un peu comme si deux personnes différentes vivaient dans le même corps. Et, dans le cas de Julie…

— L'autre personne, c'est Parker, interrompit Caitlin.

— Exactement. Julie est Julie, mais elle est aussi Parker. À des moments différents ou, parfois, en même temps.

La forte odeur de détergent donna soudain la nausée

à Caitlin. Elle inspira profondément. Jusqu'au bout, elle avait espéré qu'il y aurait une autre explication. Elle se rappela la Julie étrange et renfrognée qu'elle avait vue chez elle, la veille, et qui ne ressemblait pas à la Julie habituelle. Était-ce la Julie-Parker ? Caitlin avait bien senti que quelque chose clochait. Aurait-elle dû réagir ? Prévenir quelqu'un ? Encore une fois, comment aurait-elle pu se douter que son cas était aussi grave ?

Mme Rose se laissa aller contre le dossier de la chaise.

— L'autre jour, lorsqu'elle a dit aux inspecteurs que, le soir où Ashley avait disparu, elle était avec Parker, cela a confirmé mes soupçons. En quelque sorte, Julie entendait la voix de Parker dans sa tête ; elle devait aussi la voir, comme une hallucination. Pour Julie, Parker est aussi réelle que je le suis pour vous en ce moment.

Elle se tut un instant avant de poursuivre.

— Et je suis sûre que, en réfléchissant, vous pourriez vous rappeler des moments où vous pensiez parler avec Julie, alors que c'était avec Parker.

Caitlin hocha lentement la tête. Mac puis Ava l'imitèrent. Toutes les trois se sentaient tellement coupables. Caitlin voyait bien qu'elles avaient, comme elle, l'impression d'avoir été dupées.

— Qu'est-ce qui a déclenché ça chez elle ? demanda Mac d'une voix sourde.

Mme Rose soupira.

— Julie n'a pas été là pour Parker, la nuit où son père l'a tuée. Elle ne l'a pas aidée. Mon sentiment est qu'elle a endossé la personnalité de Parker peu de temps après sa mort, car elle n'arrivait pas à faire face à sa culpabilité. En devenant Parker, d'une certaine manière, elle la ressuscitait. En plus, cela lui permettait d'exprimer sa colère.

Avant, Julie était une élève brillante et populaire du lycée – presque parfaite, en quelque sorte. C'est bien ça ?

Elles acquiescèrent.

— C'est le moins qu'on puisse dire, lâcha Caitlin avec un rire triste. Elle était incroyable.

— Intelligente, belle, gentille…, ajouta Ava. Tout le monde l'adorait.

Mme Rose but une gorgée de café.

— Tout cela concorde. Pour protéger son secret, Julie était obligée de paraître pure et parfaite. Elle ne pouvait pas se permettre de sécher les cours, d'être insolente ou d'enfreindre les règles de quelque manière que ce soit. On a tous besoin de lâcher la pression de temps à autre, mais Julie, elle, ne pouvait jamais le faire. Elle risquait de tout perdre. À l'inverse, Parker était libre de dire et faire comme bon lui semblait. Y compris se venger de ceux qui faisaient du mal, à elle ou à ses proches.

Elle dévisagea les filles l'une après l'autre.

— Nolan Hotchkiss, bien sûr. Mais aussi Ashley Ferguson. La police ne l'a pas encore trouvée, mais nous redoutons le pire.

— Elle a aussi blessé ma belle-mère, Leslie, confia Ava d'une voix mal assurée. Je lui avais dit à quel point Leslie était ignoble. Mais je n'aurais jamais cru que…

— Et Claire…, souffla Mac en se frottant les yeux. Claire avait essayé de me faire rater mon audition pour Juilliard. Mais ça n'est pas pour autant que je voulais qu'elle soit blessée.

Mme Rose échangea un regard étonné avec McMinnamin, avant de dire :

— Elle exprimait vos frustrations, parce qu'elle pouvait le faire. Pour Julie-Parker, les règles n'existaient pas.

Elle franchissait constamment la ligne jaune, dépassait les limites. Je suis sûre qu'il y a des comportements de Julie, ou des choses qu'elle a dites, qui vous ont parus un peu… déplacés.

Un souvenir jaillit dans la tête de Caitlin. Ce jour-là, en cours de cinéma, c'était sûrement « Parker » qui avait lancé la discussion, et non Julie. Elle n'aurait jamais osé. Mais elle avait aussitôt cité Parker, se rappela-t-elle, commençant la liste par son père. C'était troublant de penser que chaque fois qu'elle s'était trouvée avec Julie, il y avait deux personnes en elle. Un frisson la parcourut.

— Vous croyez qu'elle a encore d'autres personnalités ? demanda Ava.

Mme Rose réfléchit avant de répondre.

— Pour autant que je sache, non. Mais pour en être sûre, il faudrait que je travaille sur elle pendant une plus longue période.

Le silence régna durant quelques minutes. Au loin, une sonnerie de téléphone résonna. Un policier marmonna quelque chose, ignorant l'appel.

— OK, lâcha finalement Ava en se penchant vers l'inspecteur et la profileuse. Je peux comprendre pourquoi Julie-Parker a tué Nolan, le père de Parker, et même Ashley. Mais, en admettant tout ça, pourquoi est-ce qu'elle aurait tué Granger ? En raison de son comportement envers moi et les autres filles ?

— Nous pensons en effet que ça a à voir avec ça.

McMinnamin sortit de son dossier une épaisse enveloppe pleine de terre sur laquelle était griffonné *Julie Redding*.

— Nous avons trouvé ça dans le jardin de M. Granger, vendredi soir, ajouta-t-il.

Il l'ouvrit et sortit un paquet de feuilles. C'était un rapport écrit par Mme Keller, la conseillère principale d'éducation du lycée de Beacon. Il était destiné à la psychiatre chargée de la cellule psychologique mise en place après le meurtre de Parker.

— Mlle Redding fait preuve d'une personnalité dissociée préoccupante, lut-il à voix haute. Elle a semblé avoir une conversation avec quelqu'un qui ne se trouvait pas dans la pièce. Lorsqu'on lui a posé la question, elle s'est fermée et est devenue très agitée.

Mac leva vivement la tête.

— Si vous avez trouvé cette enveloppe chez Granger, cela signifie…

— Qu'il savait ! compléta Ava en écarquillant les yeux. Pour Parker, il savait. Enfin… peut-être pas précisément que Julie avait une double personnalité et que c'était Parker, mais que quelque chose se passait.

— C'est exact, confirma McMinnamin en se frottant le visage avec les mains. Ce rapport est strictement confidentiel, il devait être conservé précieusement. Étant donné ce que nous savons sur Lucas Granger et son absence de scrupules, nous avons déduit qu'il avait dû remarquer que quelque chose clochait chez Julie et voler le rapport dans le bureau de la conseillère principale d'orientation. La question est : que comptait-il en faire ?

— C'est donc pour cela que Julie – ou plutôt Julie-Parker – a tué Granger ? Pour garder le secret ? demanda Caitlin.

McMinnamin hocha la tête.

— Nous avons trouvé les empreintes de Julie sur l'enveloppe, ce qui veut dire qu'elle l'a eue entre les mains. Était-elle Julie ou Parker, à ce moment-là, nous ne savons pas. Nous supposons qu'elle l'a trouvée chez Granger le soir où vous y étiez.

— Julie craignait que Granger ne révèle son secret et qu'elle ne soit alors obligée de suivre un traitement, enchaîna Mme Rose. La plupart des patients souffrant d'un trouble de la personnalité se montrent très résistants au traitement. Ils se sont fabriqués ces autres « moi » pour survivre et combler des vides importants dans leur existence. L'infime part de lucidité qui demeure en eux sait que, s'ils perdent une de leurs autres personnalités, c'est comme s'ils mouraient un peu. Dans le cas de Julie, si on l'obligeait à se faire aider, Parker mourait pour de bon. Julie perdrait une nouvelle fois sa meilleure amie.

Un profond silence accueillit cette explication. Caitlin se sentait la proie de sentiments contradictoires. D'un côté, elle était en colère : Julie avait tué trois personnes et avait cherché à leur faire porter le chapeau. Mais d'un autre côté, comment pouvait-elle la tenir pour responsable alors qu'elle était malade ?

McMinnamin toussa pour s'éclaircir la voix.

— Je suis désolé que vous ayez été considérées comme suspectes durant tout ce temps. Néanmoins, il reste des questions en suspens. Par exemple : que faisiez-vous dans la maison de Granger ? Et que s'est-il réellement passé à la fête chez Nolan Hotchkiss ? Nous savons que vous avez joué un rôle dans sa mort, mesdemoiselles. Trop d'indices convergent vers vous.

Caitlin baissa les yeux. Elle avait la chair de poule. Comme elle, ses amies fixèrent le sol.

— C'était juste une blague, lâcha-t-elle d'une voix morne.

— Nous n'avons pas imaginé qu'il mourrait, murmura Ava.

— On aurait jamais dû faire ça, ajouta Mac.

Caitlin contempla l'inspecteur d'un air plaintif :

— Est-ce que nous allons avoir des ennuis ?

Il croisa ses bras sur sa poitrine et poussa un soupir.

— Après tout ce qui s'est passé, je veux des aveux sincères. Et j'ai besoin que vous m'aidiez à trouver Julie. Elle est malade et a besoin d'être prise en charge avant qu'il n'arrive quelque chose.

Il se tut un instant, avant de poursuivre :

— C'est pour cela que nous sommes venus à la fête, ce soir. Nous nous doutions que Julie y serait. Et on vient de nous confirmer qu'elle n'est pas chez elle. Avez-vous la moindre idée d'où elle pourrait être ? A-t-elle une personne proche chez qui elle serait allée ?

Ava fronça les sourcils.

— Elle est sortie deux ou trois fois avec un nouvel élève du lycée, Carson.

— Carson Wells, commenta McMinnamin en acquiesçant. On l'a déjà contacté. Il n'a pas de nouvelles d'elle depuis des jours et il s'inquiète. Surtout depuis qu'il a découvert que son amie Parker dont elle parlait tout le temps était morte l'an dernier.

Les larmes coulèrent le long des joues de Caitlin. Julie était perdue dans la nature, avec personne pour l'aider – personne de *réel*, en tout cas. Comment allait-elle s'en sortir ? Avait-elle de l'argent pour se nourrir ? un endroit où dormir ?

— Il faut qu'on la trouve, murmura-t-elle.

— Ce n'est plus la peine, dit une petite voix tremblante.

Tout le monde tourna la tête. Julie était là, dans le

couloir. Comment avait-elle réussi à passer le contrôle ? Caitlin laissa échapper un cri de surprise. Julie portait un sweat-shirt à capuche sale. Ses cheveux hirsutes lui tombaient devant le visage. Elle était blême, son maquillage avait coulé et elle avait des cernes noirs sous les yeux. Caitlin ne put s'empêcher de se demander qui les contemplait, Julie ou Parker ? Elle se sentait triste pour l'une et l'autre.

— Vous avez raison. Je suis malade. J'ai besoin d'être aidée.

Julie étouffa un sanglot.

— Mais j'ai une faveur à vous demander…

— Nous ferons notre possible pour la satisfaire, répondit aussitôt Mme Rose.

Julie les dévisagea rapidement, le menton tremblant.

— Je veux parler à mon psy, et seulement à lui. Il s'appelle Elliott Fielder.

Chapitre trente-quatre

— Tu peux me passer les muffins, s'il te plaît ? demanda Ava, la bouche pleine.

Caitlin prit la corbeille à pain sur la table basse et la tendit à son amie, allongée sur le canapé.

— Merci, dit celle-ci en engloutissant un gâteau. Ceux-là, je les adore !

Caitlin lui fit signe de se taire et montra la télévision du doigt.

— Les infos ! prévint-elle.

Mac attrapa la télécommande et monta le son. Un présentateur se tenait devant le lycée de Beacon. Elles entendirent la fin de sa phrase :

« … Mlle Redding a reconnu les trois meurtres, ceux de Nolan Hotchkiss, Lucas Granger et Ashley Ferguson, dont le corps a été retrouvé hier par les plongeurs de la police dans une rivière, derrière la maison de ses parents. À l'endroit exact que leur avait indiqué Redding. Trois de ses camarades du lycée de Beacon Heights, près de Seattle, ont avoué avoir joué un tour au fils du sénateur Hotchkiss, Nolan, avec de l'OxyContin. Mais elles ont été lavées de tout soupçon quant à leur implication dans sa mort et en ont été quittes pour un simple blâme. »

Ava eut un frisson nerveux en découvrant que leur secret était ainsi révélé. Même si le journaliste n'avait pas dit leurs noms, cela faisait un drôle d'effet. Elles avaient obtenu que certains détails qu'elles avaient racontés à la police ne soient pas divulgués. Comme, par exemple, la liste qu'elles avaient dressée des gens dont elles souhaitaient la mort ; et comment cette liste avait cheminé dans la tête de Julie, jusqu'au moment où elle avait décidé d'éliminer tous leurs ennemis. Ava n'osait même pas imaginer la réaction de son père s'il entendait ça.

Le journaliste poursuivit son récit :

« Redding elle-même a précisé que ses camarades n'avaient rien à voir avec les meurtres. Il y a de fortes chances que la défense plaide l'aliénation mentale car, selon les experts, il s'agit d'un cas de dédoublement de la personnalité "extrêmement sérieux". »

Sur l'écran, apparurent des images de la maison de Julie où l'on voyait des enquêteurs de la brigade criminelle équipés de combinaisons spéciales et de masques qui entraient puis ressortaient en portant des boîtes toutes plus sales les unes que les autres. Dans le plan suivant, on voyait la mère de Julie, debout sur le perron, avec ses cheveux gras qui lui tombaient sur le visage, sa robe de chambre répugnante et son regard de folle qui divaguait au loin.

« Julie a toujours filé un mauvais coton. Elle a jamais été bonne à rien. Son père l'avait tout de suite compris. »

La caméra se tourna à nouveau vers le journaliste et ses cheveux blonds balayés par le vent :

« Retrouvez ce soir à 20 heures notre enquêteur Anderson Cooper qui va chercher à comprendre ce qui se passe dans la tête d'une adolescente meurtrière. Il recevra sur le plateau, en exclusivité, la mère de Julie Redding pour un face-à-face à ne pas rater. À vous l'antenne, Kate. »

Caitlin coupa le son. Les filles restèrent un moment silencieuses.

— Pourquoi j'ai comme une impression de malaise ? gémit Mac.

Après avoir lancé la télécommande sur le canapé, Caitlin ajouta :

— En fait, je ne sais pas si c'est mieux ou pire de ne pas aller au lycée cette semaine.

Le portable d'Ava vibra dans la poche de son pyjama. Message d'Alex : *Ça va ? je peux faire qq chose ?* Avec un sourire, elle pianota sur l'écran de son téléphone une réponse rapide en lui demandant s'il passerait chez elle. Au moins, de ce côté-là, tout s'était arrangé : leur relation était au beau fixe, et sa présence la rassurait. Avec lui, elle se sentait en sécurité.

Une silhouette apparut sur le seuil de la porte du salon. Ava leva les yeux et aperçut son père, vêtu d'un pull froissé et d'un pantalon en velours côtelé.

— Papa ? lança-t-elle d'une voix inquiète. Il y a un problème ? C'est Leslie ?

M. Jalali semblait préoccupé.

— Est-ce que je peux te voir toute seule un instant, *jigar* ?

— Bien sûr ! s'exclama-t-elle en faisant un petit signe à ses amies avant de disparaître dans le couloir.

Son père s'appuya contre la rampe de l'escalier et croisa les mains. Le cœur d'Ava se mit à battre plus fort dans sa poitrine. Peut-être que son père avait découvert pourquoi Julie avait poussé Leslie ? Et si, après ça, il la détestait et voulait qu'elle quitte la maison ? Au fond, c'était peut-être ce qu'elle méritait. Elle n'avait pas fait grand-chose pour protéger Leslie.

Au bout de quelques instants d'un lourd silence, son père prit une longue inspiration en contemplant sa fille.

— Leslie est sortie du coma ce matin.

Ava le regarda, bouche bée.

— Ah… Vraiment ?

Il hocha la tête. Bizarrement, il n'avait pas l'air particulièrement heureux.

— Oui. Et dès qu'elle a repris conscience, elle a immédiatement commencé à t'accuser. À dire que c'était toi, la responsable.

Ava se mit à trembler.

— Je n'ai rien fait, protesta-t-elle. Tu sais bien que je n'ai jamais…

— Pourquoi tu ne m'as pas dit la vérité, Ava ?

Elle cligna des paupières sans un mot. Son père avait l'air si triste…

— La vérité ? demanda-t-elle d'une petite voix.

Il ferma les yeux.

— Il y a quelques mois, quand Leslie m'a dit qu'elle pensait que la femme de ménage nous volait, j'ai installé des caméras de surveillance. Il y en a dans le salon, la salle à manger et la cuisine.

Ava fronça les sourcils.

— Je viens juste de visionner quelques extraits. J'ai vu comment Leslie se comportait avec toi quand je n'étais pas dans la pièce. Toutes ces horreurs… Ces mensonges… Ce matin, quand elle est sortie du coma… je ne l'avais jamais entendue parler comme ça. Ça m'a étonné, c'est pour ça que j'ai voulu regarder les scènes filmées par les caméras.

Il s'est penché vers elle et a murmuré :

— Pourquoi n'es-tu jamais venue m'en parler ?

Sous le choc, Ava hésita avant de répondre.

— Parce que…, bredouilla-t-elle. Parce que je n'étais pas certaine que tu m'écouterais.

Son père eut l'air désespéré.

— Tu es sorti avec Leslie si peu de temps après la mort de maman, poursuivit-elle rapidement. Et puis elle s'est installée et… et tu n'étais plus le même. Je pensais qu'elle avait aussi fait changer ton regard sur moi.

Elle baissa les yeux et avoua, à voix basse :

— Je me disais que tu ne me croirais pas.

Il ouvrit la bouche pour réagir, avant de se raviser. Des larmes brillaient dans ses yeux. Il attira Ava à lui et la serra fort dans ses bras.

— Je suis tellement désolé, souffla-t-il.

À son tour, elle se mit à pleurer. Ils restèrent un moment enlacés, tous deux bouleversés. À la fois tristes et heureux. Même si Ava ne savait pas de quoi serait fait l'avenir, quelque chose lui disait que Leslie ne serait plus dans les parages. Leur vie serait totalement différente. Elle avait l'impression de retrouver enfin son père attentionné et aimant. Et cela fit redoubler ses sanglots.

Tout à coup, elle eut un flash de ce moment, à la soirée de Nyssa, où Julie leur avait avoué que « Parker » avait commis les meurtres. *Reconnais que tu es trop heureuse d'être débarrassée de Leslie*, avait-elle dit à Ava. *Ça t'a permis de retrouver ton père.*

Même si c'était une pensée atroce, c'était vrai. Mais ça n'était pas parce qu'elle l'avait souhaité que cela devait arriver. Être un tyran, ou un père maltraitant sa fille, ou une belle-mère atroce ne signifiait pas qu'on devait mourir.

Elle ferma les yeux. Ces derniers jours, elle se sentait un peu perdue, ne savait plus quoi penser. Une chose était sûre, cependant : elle avait compris que rien n'était jamais acquis. Ni Alex, ni son père, ni sa liberté.

Et elle était décidée à ne plus prononcer de paroles qu'elle risquerait ensuite de regretter.

Chapitre trente-cinq

Après avoir englouti quelques muffins supplémentaires, Mac sortit de chez Ava en se demandant si elle devait rentrer directement chez elle ou non. La main sur la poignée de la voiture, elle contempla le ciel bleu azur. C'était le premier jour depuis des semaines où le soleil brillait. L'air était pur et vivifiant. Les feuilles des arbres bruissaient dans la brise légère et leurs teintes vertes, orange et jaunes dessinaient des camaïeux éclatants. Mac ne les avait jamais vues avec des couleurs aussi chatoyantes. Le ciel lui sembla plus lumineux que jamais. Même les petits nuages lui paraissaient délicats. C'était comme si, soudain, tous ses sens avaient ressuscité.

Elle avait cependant un sentiment d'inachevé. D'inaccompli. Il lui restait une chose à faire.

Laisse tomber, pensa-t-elle.

Mais dix minutes plus tard, elle se garait devant la maison des Coldwell. La voiture de Claire était à sa place dans le garage. Mac prit son courage à deux mains et se dirigea vers la porte d'entrée. Elle se prépara mentalement à un accueil glacial. Peut-être même à ce qu'on lui claque la porte au nez. Mais elle devait essayer.

Elle appuya sur la sonnette. Le carillon familier résonna. Quelques instants après, elle entendit un bruit de pas traînants. Elle retint sa respiration. La porte s'ouvrit.

Claire portait un pyjama sur lequel étaient dessinées des notes de musique, ainsi que des pantoufles gigantesques en forme de lapin. Sa manche gauche était remontée et son bras, maintenu dans un plâtre impressionnant qui démarrait juste en-dessous de l'épaule et finissait au bout de ses doigts. Mac n'en avait jamais vu d'aussi imposant.

Les deux filles restèrent quelques secondes l'une en face de l'autre sans rien dire.

— Je sais, ça en jette, ironisa Claire.

Mac la dévisagea, stupéfaite : elle ne l'avait pas encore mise à la porte.

— Je trouve plutôt que ça fait peur, en fait.

Claire soupira.

— C'est presqu'une arme de guerre, ce truc. Et en plus, ça gratte, tu peux même pas imaginer…

— Ça craint !

Un silence embarrassé s'installa quelques instants, puis Claire fit un pas en arrière.

— Tu veux entrer ?

Si Claire était allée chercher son violoncelle pour le lui casser sur la tête, Mac aurait été moins étonnée.

— Euh… t'es sûre ? hésita-t-elle.

— Bah, j'ai un service à te demander, en fait, répondit Claire en traversant l'entrée. Est-ce que tu peux me sortir une pizza surgelée de sa boîte ? C'est dingue le nombre de choses qu'on peut pas faire quand on n'a qu'une main.

Elles se dirigèrent vers la cuisine. Mac prit une pizza dans le congélateur et la mit dans le four, comme elle l'avait fait des centaines de fois dans cette cuisine qu'elle connaissait par cœur. Lorsqu'elle se redressa, elle aperçut Claire qui était en train de la dévisager avec un drôle d'air.

— C'était pour ça que tu m'avais collé aux basques pendant toute la soirée, chez Nyssa ? questionna-t-elle.

— Ben…

— Tu savais que Julie en avait après moi ?

Mac regarda fixement le sol. La culpabilité lui serrait la gorge. *Parce que j'avais mis ton nom sur la liste des gens dont on souhaitait la mort.* Comment lui expliquer que ce qui, au départ, était une discussion pour rire s'était transformé en manuel d'instruction pour tueur en série ? Et que c'était entièrement sa faute si les doigts de Claire avait été réduits en bouillie et sa carrière musicale peut-être compromise pour toujours. L'idée lui avait même traversé l'esprit de se casser aussi les doigts, pour se punir. Après tout ce qui s'était passé, ça ne lui semblait pas juste d'intégrer Juilliard.

Impossible de dire la vérité à Claire. Pas maintenant.

— Elle avait dit un truc qui m'a fait penser que tu étais sa prochaine cible, marmonna-t-elle.

Ce qui n'était pas vraiment un mensonge.

— Et je ne pouvais pas la laisser faire sans réagir, ajouta-t-elle.

— C'est horrible de penser qu'elle avait carrément des cibles, commenta Claire en secouant la tête.

— Ouais… Désolée de t'avoir suivie pendant toute la soirée. Je sais que ça devait faire bizarre.

Claire sourit. Un sourire simple et gentil, à mille lieues de l'esprit de leur relation ces derniers mois. Mac se sentit gagnée par une joie douce et réconfortante. Elle se rendit compte à quel point son amie lui avait manqué.

— Tu m'as sauvé la vie, dit simplement Claire. Tu n'étais pas obligée.

Mac haussa les épaules.

— Bien sûr que si.

Une odeur de pizza envahit la cuisine. Mac posa les yeux sur le plâtre de Claire. Elle lui avait sauvé la vie, OK, mais... et le reste ?

— Tu crois que tu vas pouvoir de nouveau jouer ? interrogea-t-elle.

— Les médecins ne sont pas très optimistes, lâcha Claire d'un air détaché En tout cas, je ne retrouverai jamais mon niveau d'avant.

Mac ferma les yeux.

Claire s'assit à la table et se mit à jouer avec la salière en forme de violoncelle.

— J'ai eu beaucoup de temps pour réfléchir. Et j'ai compris que...

Elle leva les yeux sur Mac, mal à l'aise.

— Je ne suis plus du tout sûre d'avoir envie d'aller à Juilliard.

Mac fronça les sourcils. À tous les coups, elle disait ça pour la déculpabiliser. Ou peut-être qu'elle planait à cause des antidouleurs ?

Claire posa la salière sur le moulin à poivre en forme de violon.

— Je sais que ça paraît dingue, mais je me suis rendu compte que j'avais envie d'entrer à Juilliard uniquement parce que...

Elle laissa échapper un rire gêné.

— Parce que tu voulais y aller. J'avais juste envie de te battre. Depuis, j'ai réfléchi à ce que je voulais faire. Et tu sais quoi ? L'université d'Oberlin, ça a l'air top ! Peut-être que j'étudierai la musique, ou peut-être pas. Maintenant, j'ai un milliard de choix que je n'avais pas quand j'étais en mode obsession sur le violoncelle. Tu comprends ?

Mac hésitait entre éclater de rire ou fondre en larmes. Après toutes ces années d'angoisse et de sacrifices, ces camps d'été, ces milliers d'heures de répétions, ces déceptions et ces mensonges, cette histoire avec Blake… Claire n'avait même plus envie de la récompense tant attendue ? Ça ressemblait à une mauvaise blague.

Elle était étonnée par la facilité avec laquelle Claire avait avoué que son but était de la battre. En y repensant, n'était-ce pas la même chose pour elle ? Du plus loin qu'elle se souvienne, Mac s'était toujours dépassée pour être la meilleure en violoncelle, répétant plus que Claire, mettant les bouchées doubles chaque fois qu'elle faiblissait, se battant comme une lionne pour reprendre la première place quand elle la perdait. Elle voulait réellement aller à Juilliard ; mais là n'était pas la question. Elle était aussi compétitive, aussi prête que Claire à aller au bout du monde pour obtenir ce qu'elle voulait. Ne l'avait-elle pas prouvé en citant son nom lors de cette satanée discussion en cours de cinéma ?

Soudain, Mac partit d'un rire hystérique.

— Désolée, hoqueta-t-elle. Ça n'a rien de drôle. Je sais même pas pourquoi je ris…

Contre toute attente, Claire se mit à rire à son tour. Un gloussement timide, au début, mais qui se transforma rapidement en francs éclats de rire.

— Vraiment, je suis désolée…, répéta Mac. Faut que je m'arrête, là.

— Moi aussi, gémit Claire, hilare.

Mais elles continuèrent toutes les deux à rire de plus

belle, comme au bon vieux temps – pliées en deux, se tenant les côtes, pleurant et suffoquant en même temps, les abdos endoloris par les crampes. Mac riait tellement que ses lunettes étaient couvertes de buée. Cela lui rappelait de si bons souvenirs : les colos de musique avec Claire, les soirées pyjamas après les répétitions d'orchestre ou leur fou rire monumental lors d'un concert au Carnegie Hall parce que le chef d'orchestre avait sa braguette ouverte. Jamais elle n'aurait cru possible de partager à nouveau un moment pareil avec elle. Et c'était si bon.

C'est seulement après que Mac eut débarrassé leurs assiettes de pizza et qu'elle les eut rangées dans le lave-vaisselle qu'elles retrouvèrent leur sérieux.

— Bon, je voulais te dire…, commença Claire en pressant le bout des doigts de sa main gauche pour activer la circulation. Je suis vraiment désolée pour le post de toi et Oliver sur Facebook. C'était naze de ma part. J'étais juste jalouse.

Mac se contenta de hausser les épaules. Cela lui semblait tellement loin, désormais.

— Pas grave, lâcha-t-elle.

— Mais en fait, qu'est-ce qui s'est passé avec lui ? Vous êtes ensemble ?

Son ton était sincère. C'était le même que lors de leurs discussions sur les garçons, jadis – avant que l'histoire avec Blake ne change leur relation.

— Non, répondit-elle en se sentant un peu coupable d'avoir laissé languir Oliver si longtemps. Ça n'a pas marché.

Claire hocha la tête d'un air entendu.

— Mais il est super, ajouta Mac avec un sourire

honnête. Tu devrais tenter ta chance. Je peux lui parler de toi, si tu veux.

Au même instant, comme par une étrange coïncidence, le portable de Mac se mit à vibrer dans sa poche et, avant qu'elle n'ait eu le temps de le mettre en mode silence, la chanson de Bruno Mars retentit. Cette chanson si familière. *Merde.* Elle n'avait jamais changé la sonnerie qu'elle avait choisie pour Blake et que Claire connaissait aussi.

Elle enfouit sa main dans sa poche et lança un regard paniqué à Claire, craignant que ces moments de fou rire, de sincérité et de proximité retrouvés ne se volatilisent de nouveau. Mais Claire souriait.

— Pas de problème, tu peux répondre.

D'un mouvement du menton, elle montra le portable, et ajouta :

— Il t'a toujours aimée, tu sais.

Mac se figea sur place, le souffle coupé. Le téléphone continua de sonner. Claire baissa les yeux.

— Je l'ai compris dès le premier jour à Disneyland… Je ne me doutais pas que ça irait aussi loin. Ça n'est pas sa faute, Mac. J'ai fait en sorte qu'il se sente coupable s'il refusait de détourner ton attention de l'audition. Il ne voulait pas le faire.

Les pensées fusaient en tous sens dans la tête de Mac. Elle respira profondément pour tenter de reprendre ses esprits. Elle se sentait tellement soulagée que Claire ait finalement avoué. Et d'avoir la preuve que Blake lui avait dit la vérité. Elle fit un pas en avant et serra son amie dans ses bras, le cœur gonflé de joie.

— Je t'aime, souffla-t-elle.

— Hein ? lâcha Claire avec un drôle d'air. Je te balance

que je suis une vraie salope et tu me réponds que tu m'aimes ?

C'était pourtant vrai : malgré tout ça, Mac l'aimait. Même si ça ne remettait pas pour autant les compteurs à zéro, car Mac se reprocherait toute sa vie d'avoir cité le nom de Claire lors de cette fichue discussion.

— Je veux juste qu'on redevienne amies comme avant, murmura-t-elle.

Claire poussa un grognement en levant les yeux au ciel.

— C'est bon, arrête le pathos et rappelle-le !

Mac lui jeta un regard reconnaissant avant d'appuyer sur « Rappeler ».

— Salut, dit-elle d'une voix timide.

Chapitre trente-six

Caitlin claqua la porte de son casier dans le vestiaire. Elle avait beau être absente du lycée depuis une semaine, pas question d'abandonner son équipe. Surtout pas ce soir, où elles devaient affronter Bellevue. En plus, c'était leur premier match avec les nouvelles.

— Allons-y, Caitlin !

Ses coéquipières passaient devant elle en rajustant une dernière fois leur maillot ou l'élastique qui retenait leurs cheveux. Ursula lança un *whooooop !* tonitruant, auquel les joueuses répondirent avec le même entrain en rejoignant le terrain au pas de course. Elle adressa un sourire à Caitlin, qui le lui rendit. C'était étrange, car, il n'y avait pas si longtemps, elle la considérait comme sa pire ennemie ; que c'était elle qui avait tué Nolan et les avait piégées, qu'elle avait espionné leur discussion pendant le cours de cinéma et avait imaginé un plan diabolique. Autant d'hypothèses qui, maintenant, semblaient absurdes.

Cela dit, ce qui s'était vraiment passé paraissait tout aussi impensable.

Elle songea à Julie. Aux dernières nouvelles, elle avait été internée dans un hôpital psychiatrique hautement sécurisé, à une vingtaine de kilomètres. Le genre d'endroit où elle ne pourrait pas recevoir de visites pendant un moment car elle subissait un traitement lourd vingt-quatre heures sur vingt-quatre. Elle essaya de s'imaginer à quoi pouvaient ressembler ses journées. Au moins, elle était dans un environnement propre et rangé. Et sans chats. Serait-elle malheureuse de se séparer de Parker ? Était-ce déjà le cas ? Peut-être que ce genre de choses prenait des mois, voire des années. « C'est comme un deuil », avait dit Mme Rose. Malgré ce qu'elle avait fait, Caitlin était triste pour Julie. Si elle-même avait dû endurer la mort de Taylor une deuxième fois, Dieu sait comment elle aurait réagi. L'idée était insoutenable.

Un sifflement retentit et la ramena à la réalité. Elle ajusta sa mentonnière, glissa son protège-dents dans sa bouche et rejoignit l'équipe. Tandis qu'elle courait vers le terrain, elle aperçut ses mères dans les gradins et leur sourit. Entre elles, les choses s'étaient enfin apaisées. La veille au soir, elle leur avait dit tout ce qu'elle avait sur le cœur, et, même si elles lui en voulaient encore d'avoir joué ce mauvais tour à Nolan, elles étaient de nouveau à ses côtés. Caitlin avait fini par admettre à quel point elle était en colère contre Nolan, car elle le considérait comme responsable du suicide de Taylor. Elle leur avait raconté avoir lu et relu le journal de son frère des centaines de fois en essayant de comprendre à quel moment il avait pris sa décision ; quel était ce moment de bascule qu'elle avait raté.

Ses mères l'avaient écoutée sans rien dire, les yeux brillants de larmes, serrant les lèvres pour contenir leurs sanglots. Puis elles avaient pleuré toutes les trois et s'étaient rendu compte à quel point cette tristesse infinie qui les accompagnait à chaque seconde était vaste et qu'il était difficile d'en parler. Mais savoir qu'elles partageaient ce sentiment atténuait la douleur.

Caitlin arriva en dernier sur le terrain. Elle ferma les yeux pour s'imprégner de l'air frais du soir, des cris des spectateurs, des encouragements du coach de l'équipe adverse, des sifflets dans les gradins. Il lui restait une chose à régler. Jeremy. Ils ne s'étaient pas reparlé depuis la fête de Nyssa. Josh, lui, l'avait appelée le lendemain pour s'excuser de lui avoir demandé de signer son plâtre alors qu'il était saoul.

— Est-ce que c'est à cause de ça que mon frère est parti ? avait-il questionné.

— Pas vraiment, avait-elle répondu.

Ce qui était vrai : Jeremy était parti à cause de ses sentiments contradictoires à elle. Elle ne voulait pas revenir avec Josh, et lui non plus, probablement. Elle le comprit clairement après ce coup de fil. Leur nouvelle amitié était des plus agréables.

Elle enleva sa veste de sport et la lança sur le banc de touche. À présent, elle devait se concentrer sur le jeu. Lorsqu'elle se pencha pour serrer ses lacets, quelque chose accrocha son regard dans les gradins. Assis sur un banc, le visage peint aux couleurs de Beacon, se tenait Jeremy. Il portait à bout de bras un énorme panneau sur lequel était écrit en grandes lettres : ALLEZ CAITLIN !

Elle resta quelques secondes bouché bée. Puis, alors que le match allait commencer d'une minute à l'autre, elle quitta le terrain à toute allure et grimpa les marches pour le rejoindre.

— Mais qu'est-ce que tu fais là ?

Il sourit d'un air penaud.

— Il fallait bien que je vienne soutenir ma copine…

Elle sentit les larmes lui monter aux yeux.
— Sérieux ?
— Bah ouais, sourit-il malicieusement, avant de prendre un air grave. J'ai beaucoup réfléchi à ce que tu m'as dit, et tu as raison. Je dois t'aimer telle que tu es. Une joueuse de foot, une fille qui aime sortir et aller à des fêtes. Une joueuse et une fêtarde très sexy, d'ailleurs.
Il lui prit la main avant d'ajouter :
— Et tu sais quoi ? J'adore cette fille. J'aime absolument tout en elle.
Pendant une seconde, elle crut que son cœur allait exploser. Un immense sourire étira ses lèvres et elle se précipita dans ses bras. Blottie contre lui, elle respira son odeur. C'était si bon d'être avec lui à cet instant. Elle aurait pu rester comme ça pendant toute la nuit… Mais elle devait retrouver son équipe. Au moment où elle s'écartait, elle vit Mary Ann qui traversait le terrain pour venir vers eux. Un instant, elle crut que sa mère était fâchée de la voir se montrer aussi peu pudique dans ses démonstrations d'affection avec Jeremy, mais, tandis que Mary Ann s'approchait, elle remarqua son air tendu. Le même air que lorsqu'elle avait découvert que Taylor était mort.
Sa mère courut jusqu'à elle et, haletante, l'attrapa par le bras pour l'éloigner de Jeremy.
— Qu'est-ce qu'il y a ? s'exclama Caitlin. Qu'est-ce qui se passe ?
Mary Ann dut attendre quelques instants avant de retrouver son souffle, puis elle plongea ses yeux dans ceux de sa fille.
— Julie… Elle est partie… Elle s'est enfuie de l'hôpital psychiatrique…

Chapitre trente-sept

Un soleil éclatant illuminait le paysage, derrière la fenêtre de la chambre d'hôtel de Julie. La silhouette des palmiers se détachait au loin, tandis que les voitures filaient le long de la route qui passait en contrebas en cette fin d'après-midi. Julie se laissa aller contre le dossier de sa chaise et contempla le ciel limpide. Elle se sentait parfaitement détendue. Pour la première fois depuis longtemps, son cerveau était apaisé. Elle savourait l'absence de peur et de stress et sentait une énergie nouvelle irriguer son corps.

Elle n'avait qu'un souvenir confus de ces dernières vingt-quatre heures et pas la moindre idée du trajet qu'elle avait parcouru. Mais c'était sans importance. Une seule chose comptait : elle était loin du monde cruel de Beacon Heights, et personne ne pourrait la trouver. Elle les avait tous semés – les médecins, les infirmières et même les flics. Ils étaient intelligents, aucun doute là-dessus, mais elle avait exécuté son plan à la perfection. Pas question de moisir dans un hôpital psychiatrique. Son dévouement envers Parker avait des limites.

Elle n'éprouvait pas le moindre remords d'avoir menti

à tout le monde. Elle avait eu bien raison de leur raconter qu'elle était malade et de les laisser se creuser la tête à propos de son cas très rare et très grave de « trouble de la personnalité multiple »... C'était carrément plus facile de s'échapper d'un hôpital psychiatrique que d'une prison. Elle n'avait pas eu d'autre choix que de leur mentir. Mais Julie connaissait la vérité : Parker était tout ce qu'il y avait de plus réelle et vivante. Et c'était elle, *Parker*, qui avait commis ces crimes. Pas Julie.

C'était aussi elle qui avait imaginé le plan, avant même que Julie ne se rende aux flics. Lorsqu'elle l'avait retrouvée dans les bois, après avoir quitté la fête, Parker l'avait prise par les épaules, l'avait regardée droit dans les yeux et lui avait dit d'un ton ferme :

— Tout va bien se passer. Pour toi comme pour moi. J'ai une idée : on va se servir de Fielder.

— Fielder ? avait répété Julie. Je croyais que tu le haïssais ?

Parker lui avait alors avoué qu'elle avait recommencé à le voir, à la fois comme patiente, mais aussi comme amie (elle avait baissé les yeux en racontant ça). Elle lui avait expliqué qu'elle avait tissé un lien fort avec lui et qu'il était très attaché à elle, compte tenu de sa propre histoire avec sa mère.

— Il viendra te voir à l'hôpital psychiatrique, je te promets, avait-elle affirmé à Julie. Ensuite...

Elle avait murmuré le reste à l'oreille de Julie.

Après avoir hésité un moment, celle-ci avait fini par accepter le plan de Parker. Elle s'était rendue aux flics, qui l'avaient emmenée à l'hôpital, où on l'avait mise sous calmants. Mais les policiers lui avaient promis de prévenir Fielder. Il était arrivé peu de temps après, débraillé, hirsute et l'air paniqué. Il l'avait écoutée. Comme aux autres, elle lui avait menti. Les larmes aux yeux, il avait hoché la tête.

— Je veux être soignée, m'en sortir, avait-elle supplié.

Fielder lui avait pris la main.

— Moi aussi, je veux que tu ailles mieux, avait-il dit.

Puis, au moment où elle lui avait tendu son manteau, elle avait discrètement ôté son badge visiteur. Sans rien remarquer, il lui avait adressé un pâle sourire en lui promettant de revenir la semaine suivante. Vingt minutes plus tard, quand elle fut certaine qu'il avait quitté l'établissement et qu'une nouvelle infirmière avait pris sa garde – la plupart d'entre elles ne connaissaient pas encore Julie –, elle s'était changée, avait épinglé le badge sur sa chemise et était sortie. Aussi simple que ça.

Le fait de s'être servie de lui ne la dérangeait pas franchement. Après tout, c'était quand même un mec tordu qui avait espionné Parker. D'ailleurs, c'était son idée : *Pour être libres, nous devons prendre des mesures extrêmes*, avait-elle murmuré, cette nuit-là, dans les bois. Fielder, c'était parfait : même si, au début, on le soupçonnerait d'avoir aidé Julie à s'évader, la police comprendrait vite qu'il s'était fait rouler, et cela ne nuirait pas à sa carrière.

Tandis qu'elle regardait les voitures ralentir à cause d'un embouteillage, Julie sentit son estomac gargouiller. Elle devait chercher de quoi se nourrir. Elle contempla les véhicules à l'arrêt. *Tous ces gens coincés dans leurs voitures et coincés dans leur vie, qui attendent juste que les autres dégagent le passage*, songea-t-elle. *Très peu pour moi.*

Elle savait que c'était mieux ainsi. Il n'y avait plus rien de bon à Beacon pour elles. Elle eut un pincement au cœur en pensant à Carson qui avait été si gentil. Mais elle se rassura en se disant qu'à l'heure qu'il était il devait la prendre pour une folle, comme tout le monde. C'était le cas de sa propre mère, à en croire cette horrible interview. Décidément, elle était beaucoup mieux ici.

Quelqu'un frappa à la porte. Julie sauta sur ses pieds. Elle traversa la chambre et ouvrit doucement. Elle poussa un cri de joie en découvrant qui se tenait devant elle.

— Enfin ! s'exclama-t-elle en se précipitant vers Parker pour la serrer contre elle.

Sous sa capuche, elle affichait un large sourire. Elle semblait tellement soulagée, comme si elle avait eu peur de ne plus jamais la voir.

— Je peux entrer ?

— Et comment ! s'écria Julie en éclatant de rire.

Parker s'avança dans la pièce en brandissant un sac plein de nourriture chinoise.

— Tu as faim ?

— Carrément, lâcha Julie avec un sourire qui illumina son visage. Je suis si contente que tu sois là, saine et sauve.

— Je suis une battante, tu sais bien. Je m'en sortirai toujours.

— Je sais, mais tu as pris de gros risques.

Parker haussa les épaules. Elle n'avait rien fait d'autre que se cacher pendant que Julie suivait son plan à la lettre : se rendre, être internée puis s'enfuir. Elle savait ensuite où la rejoindre, et avait fait le long trajet en se déguisant. En réalité, c'était Julie qui avait pris les plus grands risques.

Elle lui était éternellement redevable.

— Tant que tu es dans ma vie, tout ira bien pour moi.

— Pareil, s'exclama Julie.

Elles s'installèrent confortablement et se partagèrent les

plats. Parker mangea comme un ogre. Cela faisait une éternité qu'elle n'avait eu aussi faim. Elle se sentait… *vivante*. Enfin. Tout était parfait. Elles étaient enfin réunies et personne ne pouvait menacer leur amitié. Meilleures amies pour toujours.

Les yeux dans les yeux, sans avoir besoin de parler pour se comprendre, elles pensèrent la même chose au même instant : plus jamais elles ne seraient séparées.

Remerciements

Un immense merci à Katie McGee, Lanie Davis, Sara Shandler, Les Morgenstein, Josh Bank, Romy Golan et Kristin Marang pour le génie créatif dont ils ont fait preuve sur ce projet. Un grand bravo également à Jen Klonsky, Kari Sutherland et Alice Jerman, de chez Harper, qui l'ont encore amélioré. Ma reconnaissance éternelle à Jen Shotz, sans qui je ne l'aurais jamais fait.

Et enfin, même s'il s'agit d'une œuvre de fiction, je tiens à souligner que, contrairement à ce que font les personnages de ce livre, se moquer des autres est tout, sauf élégant. Soyez bon avec votre prochain. Bises !

Ouvrage composé par
Facompo

Cet ouvrage a été imprimé
en Allemagne par

GGP Media GmbH
à Pößneck

Dépôt légal : janvier 2016
Suite du premier tirage : juillet 2016

MIXTE
Papier issu de
sources responsables
FSC® C003309

Pocket Jeunesse, une marque d'Univers Poche,
est un éditeur qui s'engage pour
la préservation de son environnement
et qui utilise du papier fabriqué à partir
de bois provenant de forêts gérées
de manière responsable.

www.pocketjeunesse.fr
POCKET JEUNESSE

12, avenue d'Italie – 75627 PARIS Cedex 13